法拉栗

钟熙：

每当你用看正人君子的目光
看着我，
都会让我怀疑，我是不是你
想象中的人。

可以说吗？最近我已经有
变坏的趋势。
不知道为什么，看到你为我
担心、生气，我就会很愉悦。
不过不能太频繁，我怕我会
沉溺在这种感觉里。

江恪之

浅拉栗

ZHONG XI

钟熙

自由明艳女

春天，应该对自己诚实。
她想，她并不畏惧爱。

JIANG KE ZHI
江恪之
清冷
禁欲男
“你说想我，所以我来了。”

吊桥效应

法拉栗 著

江苏凤凰文艺出版社
JIANGSU PHOENIX LITERATURE AND ART PUBLISHING

图书在版编目（CIP）数据

吊桥效应 / 法拉栗著. -- 南京：江苏凤凰文艺出版社，2023.11
ISBN 978-7-5594-7998-3

Ⅰ. ①吊… Ⅱ. ①法… Ⅲ. ①长篇小说 – 中国 – 当代 Ⅳ. ① I247.5

中国国家版本馆 CIP 数据核字 (2023) 第 185349 号

吊桥效应

法拉栗 著

责任编辑　张　倩
出版统筹　曾英姿
特约编辑　刘思月　罗李璇
封面设计　黄　芸
封面绘制　十六 ou　七点夏令时
出版发行　江苏凤凰文艺出版社
　　　　　南京市中央路 165 号，邮编：210009
网　　址　http://www.jswenyi.com
印　　刷　长沙金鹰印务有限公司
开　　本　880mm × 1230mm　1/32
印　　张　9.5
字　　数　247 千字
版　　次　2023 年 11 月第 1 版
印　　次　2023 年 11 月第 1 次印刷
书　　号　ISBN 978-7-5594-7998-3
定　　价　46.80 元

目录

CONTENTS

目录

CONTENTS

第一章

和死对头流落荒岛

钟熙支着胳膊撑起上半身看着眼前的一切——沙滩、大海、游艇以及岛屿。这本该是合成浪漫的元素，然而此时此刻，只是她悲剧的点缀。

她吐掉嘴里的沙子，低头看到自己身上那件救生衣，赤裸的小腿上还裹着从海里逃生时缠上的不知道是海草还是海带的玩意儿。

钟熙确信，从她出生到如今这二十三个年头里，还没有哪个瞬间这么狼狈过。

她脱掉救生衣后，感觉胸口一阵阵地疼。她低头望了一眼，暴露在吊带裙外的肌肤红得吓人。

就在她考虑这红色印记到底是哪里来的时候，身后传来了男人低沉而疲惫的声音：“你醒了。”

钟熙翻了个白眼。她当然醒了，不然是诈尸吗？

她闭上眼睛，再次确定了一个不争的事实。

她和这个声音的主人犯冲。

江恪之见她低着头不说话，以为她还沉浸在不久前那场骇人的台风里。

事实上，钟熙单纯是在懊悔。人要倒霉到什么程度才会遇上这种电视剧都看不上的剧情？

如果是和其他的英俊优质男人，那她还可以身心愉快地度过这段时光，但是和江恪之流落荒岛……

她不甘心地回头看了一眼这个男人——这个岛上除了她的唯一人类。她承认江恪之是个冰山帅哥。

但那有什么用？他们连朋友都算不上，如果非要定义，大概是互相看不顺眼的行业竞争对手，俗称死对头？

而江恪之像是感受不到她的视线，问完那句话后直接忽视她的存在，一动不动地注视着大海。

钟熙用力地掐了一下自己的大腿，她怎么会被人一激就登上了贼船？

钟熙会来东南亚的玻璃庄园度假是受到济广集团杨董事长的邀请，她和他的妻子关系很好，再加上国内正值冬天，便想找个温暖的地方待一阵子。

这次受邀的不仅她一个人，还有一些杨董事长的合作伙伴。

进庄园前，她看到岸边有一艘不算小的游艇时，太阳穴微微一跳。

谁都知道江氏集团的长子江恪之出行绝不坐飞机。

是的，如果出国，他的远途交通工具就是船。

钟熙曾暗暗地猜测过这人是不是有什么隐疾。

就在她和杨董的儿子一起在泳池聊天时，她总能感受到令自己不适的冷空气。

她上岸一看，江恪之正独自站在玻璃门外的棕榈树旁。

注意到室内有人后，他的视线不露痕迹地从她身上掠过，简单地跟她身边的人颔首示意。

钟熙的好心情因为这个男人的存在而产生了裂缝。

她到底对他做了什么，让他这样对她？

众人辞行的时候，有人问起钟熙接下来的行程，她随口回答自己会去找在東城做矿产投资的朋友。

杨董笑着告诉她小江总似乎要开船回東城，她坐腻了飞机，不如换换口味。接着，在场的所有人都玩味地笑了，因为所有人都知道他们不对付。

钟熙前年从法国顶尖的高等商学院毕业后，回国没多久就在自家集团旗下最大的艺嘉传媒有限公司担任关系总监一职。

她是典型的现代思维，行事作风理性，即使和竞争对手也能做到面子上过得去。

只有对江恪之不同……

钟熙很早就知道江恪之这个人，她在法国首都P城上大学的时候，江恪之曾作为英国L城商学院的优秀学生来她的学校进行交流。

后来她回国了，巧合的是，他们所在的公司是A市新媒体的两大龙头，碰面更是家常便饭。

江恪之话少，给人的印象虽然淡漠，但也算得上绅士优雅。只是很快大家就会发现，这圈子里的两位俊男美女，似乎一见面就视对方为空气。

大家都认为是因为钟熙抢了几个江氏合作商，就连钟熙自己都这么想。

起初，钟熙想要握手言和，在一次酒会上，她主动伸出了橄榄枝。

她端起一张笑脸，举着两杯酒走到江恪之身边。那时他还神情自然地和人交谈，只不过她刚走到他面前，还没来得及将手里的鸡尾酒递给他，他脸上的表情瞬间变得僵硬冷淡。

钟熙气得差点儿把酒泼到他的脸上，他这简直是对她赤裸裸的侮辱。

她活到这么大，还从没有在男人那里吃过瘪，指望她热脸贴男人的冷屁股，下辈子吧！

自此，两个人的梁子就这样结下了。

于是，在杨董戏谑着让她坐江恪之的船走时，钟熙注意到江恪之吃了苍蝇一般的表情后，秉着自损八百也要伤敌一千的心理答应了。

她知道江家那边一直想和杨氏达成更深入的合作，江恪之肯定不会拒绝。

就这样，钟熙登上了那艘“悲剧之艇”，开启了她的“晦气之旅”。

如果钟熙知道五个小时后，她会和江恪之一起遭遇一场突如其来的台风，绝不会头脑发热地说出那个“好”字。

回想不久前，她本来还在客舱休息，不知过了多久听到有人在叫她的名字。

还不知道危险逐渐逼近的钟熙迷迷糊糊地从沙发上爬起来，只感觉这游艇比她在重城遇到的出租车还会“飞”。

“钟熙！”

钟熙头脑发昏，第一时间还在想这是不是江恪之第一次叫自己的名字，接着才意识到这游艇开得似乎有点儿问题。

她哎了一声，连鞋都没穿就往驾驶舱那里走。

“怎么会这么晃？”

这时的江恪之已经摘下了墨镜，虽然看起来似乎还算沉着冷静，但说出来的话不是如此：“我们遇上了台风。”

钟熙睁大眼睛，半晌才消化了这个信息。

“你怎么能用‘我买了一棵大白菜’的语气说出这种话？”

江恪之对她的质问没有回应，让她先穿上救生衣，手机套上防水袋。

钟熙讨厌他那副指使人做事的态度，但还是依照他的话做了，毕竟她在海上的经验实在少得可怜。

雨越下越大，天上的乌云像一个黑洞，仿佛随时会压下来将他们吞噬，更不要说，后来发动机也出了问题，在离岸还有好几百米的时候，钟熙被迫下船……

钟熙感觉腿上越来越痒，终于从这接二连三的惨剧中回过神。

湿掉的衣服早就被晒干，她都不知道自己是什么时候晕过去的。

钟熙剥掉黏在腿上的东西，只感到无尽的饥饿。

“游艇上的东西在哪里？”她问。

江恪之没看她，淡淡地回：“游艇上。”

钟熙望了一眼还漂在海上的游艇，又看了看这个多说一句话好像会死的江恪之。

她好想发火。

“你家好歹也是业内三大龙头之一，那么有钱就不能买一艘质量好点儿的游艇吗？”

江恪之没说话，他原本准备从国内先去柬城洽谈一些商务上的事宜，后来船长因为急性胃肠炎没能送他到庄园。他独自一人便挑了一艘不那么大的游艇，反正只要开十来个小时就能到。

他一直自诩是个谨慎的人，从前，他独自驾驶船只去过很多地方，每一次出发前，他一定会做一次很严密的检查。

但这一次，他没有。

这天早上，他在得知要和钟熙同行后，深感烦躁，让他忽略了很多细节。

他在海上的经验丰富，即使气象局没有提前通知，他也应该发现不对劲。

现下，因为自己的疏忽，让这个女人和自己一同流落在这座荒岛上，他要负很大一部分责任，于是，他忍住没有让她闭上嘴巴。

手机在钟熙下游艇前就被她塞进了吊带裙的胸口里。

她到处摸了摸，却发现什么也没有。

江恪之似乎看懂她在找什么，于是说："在你身后。"

钟熙一摸，果然摸到了。她没多想，立刻说："谢天谢地，我们得立刻报警，现在天已经黑了，再不报警的话，我们就得在这里待一晚上。"

江恪之却没有回话，目光平静地看向海平面。

一轮残月从海平面逐渐升起，海水看起来像是深蓝色的丝绸，毫无波澜。黑云早已消失，那里好像不曾出现过狂风暴雨，而钟熙似乎从他身上得到一个信号。

她低头看了看手机，一点儿信号都没有。

钟熙感到一阵无助，毕竟她从来没有经历过这些。她纠结了好久，最后还是双手扶着地，往江恪之身边挪了挪。

"那我们怎么办？"钟熙的声音很小。

为什么现在在她身边的偏偏是这个人……

显然，江恪之还没有适应钟熙突如其来的接近，但他明白人在面对恐惧时会做出一些不同寻常的反应。

江恪之和钟熙不同，他之前就有因为遇到飓风在海上漂了整整两天的经历，但她这样的大小姐，大概是第一次遇到这种事，于是他努力克制住推开她的冲动。

"等救援队找到我们。"他答道。

江恪之在信号消失前曾用游艇将求救信息发出去。

钟熙并没有从他冷冰冰的话中得到安慰，她想了想，转过身开始祷告。虽然她是无神论者，但这个时候给自己找点儿心理安慰也好。

"保佑快点儿有人来救我们，等我平安回去，就立刻捐掉我今年个人收益的30%给有需要的女孩儿们，阿门。"

江恪之没想到她已经寄希望于神明。

“这里大多信奉佛教，你这种行为可以说是挑衅。”

钟熙忍不住瞪他：“你闭嘴啊。”

但她犹豫了一瞬，最后还是改口，小声地说：“佛祖，保佑我们可以顺利回家，等我们回到家，我旁边这个男人就会捐掉他收益的一半，拜托拜托，阿弥陀佛。”

…………

江恪之真是懒得理她。

面前是浩瀚无垠的大海，身后是空无一物的荒岛，哦，也不能说什么也没有，毕竟不远处就是密得看不见底的恐怖丛林。

钟熙许完愿后便抱着双膝一句话也没说，就在江恪之以为她下一秒就要崩溃的时候，她突然从地上站起来。

江恪之不知道她突然又抽什么风。

钟熙蹭掉手心的沙子，问道：“什么时候可以上游艇拿东西？我想拿相机拍东西，做荒岛求生专题，流量应该会很高。”

她神采奕奕地说完后，突然谨慎地看了江恪之一眼。

“这个提案是我先想到的，回去以后，如果你们公司也搞这个，我会很看不起你。”钟熙直言，反正这里只有他们，又互相讨厌，她实在没有装的必要。

“你的‘看不起’价值在哪里？”江恪之冷冷地扫了她一眼，“贵公司借鉴我司的策划借鉴得还少吗？”

连什么时候能被救援队发现都未知，她就迫不及待地开始畅想了。

就在钟熙还要和他争论的时候，江恪之将视线转向幽深的大海：“都是你的，我不会抢。”

钟熙没想到他会这么大方，这让她开始反思自己是不是太霸道了。

她四处看了看，说道：“不然这样，你可以去做探险挖宝相关的，比如寻找深海资源的专题，虽然题材严肃了点儿，但估计会很吸引男人。或者你可以在海边钓鱼，荒岛打猎也行，虽然现在没有信号，不能直播，但你先把视频拍好，后期说不定也能爆。”

钟熙很真诚地给他提建议，他却只想屏蔽耳边的声音。

钟熙看他又是一副油盐不进的样子，只觉得自己的好心被他当成驴肝肺。

其实她一直觉得像江恪之这样的人根本不该做新媒体，他更适合当律师或者法官。

钟熙第一次看到他的时候，是在学校的礼堂，那年她才十八岁。

她的学校和英国的商学院组织了一场辩论会，他是反方的四辩。

钟熙遇到的西方人大多热情，面部表情也总是很丰富，而江恪之的表情全程就没有变过。他的口音是地道标准的英式发音，她闭上眼睛只觉得自己好像在听简・奥斯汀电影的原声，很催眠。

当时她并不知道他也是中国人，因为他的轮廓相比较亚洲人来说有些深，瞳孔的颜色像是浅琥珀色，嘴唇很薄。

后来她才听说，江恪之身上有八分之一的英国血统。

长得帅又怎么样？每分每秒都绷着一张脸，好像谁都欠了他百八十万似的。

如果其他人遇到这种事，除了恐惧，大概还会害怕家人担忧，不过钟熙并没有这种负担。

在上初中的时候，用人放假，钟熙曾在没告知父母的情况下去朋友家住了三天，然而直到她回家，都没有人发现这件事，更不要说她高中没毕业就直接去了法国留学。

所以就算钟熙被困在荒岛一个月，她的父母也不会担心他们的女儿遇到危险，更可能认为她只是单纯地出去旅游了。

唯一让她有点儿挂心的是她的狗狗，她出门前把它送到了外婆家，也不知道回去以后它会不会已经变成一头猪。

哦，还有她的工作，半个月后她还有一个很重要的饭局。

不过，再怎么也不可能要在这个地方待两周吧？钟熙乐观地认为。

钟熙不喜欢独处，自认为思想上足够独立，不过她非常怕黑，黑暗会让她特别没有安全感。

回头的时候，她发现江恪之不见了，瞬间打了一个寒战。

他们的关系是很糟糕，但一起流落到这个地方，江恪之不至于撇下她一个人就跑了吧？

钟熙心慌意乱地打开手机手电筒，没有信号的手机也只有这个用处了。

天色早已黑透，她只觉得这一刻的环境要是用来拍恐怖片都不需要任何道具。她猜测江恪之往岸边走了，于是也开始往那里走。

她的鞋子早已在上游艇的时候脱掉了，踩在布满细碎石子和沙子的地上，她每走一步都是一种煎熬。

"也不知道江恪之跑哪里去了，和我说句话再消失会怎么样？"

正值十二月，即使在东南亚，这个点也让人感觉到微微地冷。钟熙双手抱胸站在海岸边，身上穿着白色吊带连衣裙，长发不时地被海风吹拂，活脱脱的恐怖片的主角。

自己吓了一会儿自己后，钟熙倒是没那么害怕了。

她低下头，准备用海水洗洗脚上的沙子，结果却看到了其他东西。

江恪之老远就听到她在叫他的名字，走过来的时候，看到的就是她蹲在海边，还低着头。

她这是在向海磕头？江恪之无奈地扶了扶额，问："你又在做什么？"

他的语气一贯淡漠，但钟熙这一次完全没有被影响到。他将手电筒往她身上一照，就看到她两只手各提了一只大螃蟹。

"看这个，我们可以吃烤螃蟹了！这里还有很多只，你也来拿几只！”

这个瞬间，她忘记了他们之间的龃龉，她眼底的亮光在黑夜里让人难以忽视。

江恪之沉默着将她手里的两只螃蟹接过来，随后空中出现两道漂亮的抛物线，肥美的螃蟹被他丢进无垠的海水里。

“喂！你干……”

江恪之面无表情地打断她：“我以为台风后被冲上岸的死鱼死虾不能吃，这是常识。”

钟熙哪里知道这些，她有些遗憾地看着地上圆鼓鼓的小东西，低下头摸了摸自己的肚子。

“可这是螃蟹。”不是鱼也不是虾。

钟熙幻想的海鲜大餐没有了，她第一次感到悲伤：“而且我饿了。”

她蹲下身，用手捧起一点儿海水，又倒进海里。

“好渴，要是有工具就可以淡化海水了……”

江恪之垂眸看着她的脑袋，最后低声说：“起来，跟着我。”

钟熙慢吞吞地站起身：“你是霸道总裁吗？还‘跟着我’……”

话虽这样说，钟熙却还是乖乖地跟在江恪之的身后。

这种地方，真是越黑越吓人。

江恪之拿着手电筒，将她往边上带。

钟熙这才发现，这里还有个不算大的岩洞。

“里面会不会有什么……”钟熙小声地问道，本能地往江恪之身边贴了贴。

“不知道。”江恪之的身体因为她的靠近而紧绷。

他走进洞里，拿出一瓶水和一片全麦面包。

“吃吧。”他将它们放在纸袋上递过来。

钟熙眼露惊喜：“你不会是刚刚去游艇上拿东西了吧？”

江恪之摇了摇头。他跳下游艇的时候就把它们放在救生筏上，只不过当时钟熙不肯下去，根本没有注意到。

钟熙看着水和面包，从没有哪一刻觉得江恪之的形象如此伟岸。

她犹豫了一下，将手里的全麦面包分成两半，递给江恪之半片。

江恪之摇摇头："我没有吃晚饭的习惯，你吃吧。"

钟熙哦了一声，开始啃面包。全麦面包虽然难吃了点儿，但饱腹又健康，她心满意足。

不过剩下的那半块面包她还是没有吃，水也只喝了一小口。毕竟她也不知道还要被困在这个鬼地方多久，不知道这些食物还能不能撑到那个时候。

如果现在她回了国，大概率已经和朋友约上局准备去玩了吧。她托着腮想着。

钟熙爱玩，把蹦迪当成一种有氧运动，有时候蹦累了就回家睡觉，通常十二点左右就睡了。

她又看了一眼手机，十点半，她已经开始困了，这一天实在太过戏剧化。

钟熙抬头望过去，江恪之倚靠在山洞边上不知道在想什么。

吃人家的嘴软，钟熙觉得自己也应该做点儿什么。

她突然感到悔恨。小学的时候不该只顾着看言情小说，小学生必读书《鲁滨孙漂流记》也应该读一读。

按常识来看，这晚他们肯定是睡山洞吧？那她是不是得去抱点儿树叶铺在洞里？

钟熙双手握拳给自己做心理建设，转过身准备到林子里捡点儿树叶。

江恪之低声叫住她："做什么？"她牙齿打战的声音简直让他想忽视都难。

钟熙被他吓一跳，摸着胸口说："江总，我们商量一下好不好？我知道低音显得人的声音磁性有魅力，但是这里只有我们，你晚上说话的时候，声音可以稍微高一点儿吗？低低的、很瘆人的。”

江恪之盯着她的眼睛半晌才说：“你又要做什么？”

“你困了吗？”还没等江恪之回答，钟熙就说，“我困了。”

“那就睡觉。”

“可是睡哪里呢？”

江恪之起身：“你睡在洞里。”

“对啊，所以我打算去捡点儿树叶铺进去。”

江恪之将手电筒往洞里一晃，钟熙这时才发现洞里已经有很多树叶，不知道是他是什么时候找到的。

“明早我会去游艇上把简易帐篷拿过来，你今晚先睡在这里。”他简单地说。

钟熙承认自己对江恪之的这种少说话多做事的风格很欣赏，但这个人把所有事都做了，她还可以做什么呢？

真让人难为情，他们又不是朋友。

钟熙本来还打算将树叶再铺平一点儿，够两个人睡，江恪之却制止了她。

“你难道不睡这个？”钟熙不解地问道。

不过她很快便了然，毕竟她也有过一段看烂俗言情小说的时光，这个剧情她再熟悉不过了。

如果她假惺惺地对江恪之说山洞让给他睡，无非两种可能：一种可能，江恪之会想怎么能让女人睡外面；也有另一种可能，那就是他顺杆爬坡地先接受，最后在她“可怜巴巴”地要睡外面时，又把山洞让给她。

在这种鸟不拉屎的无聊地方，钟熙不介意为自己加点儿戏娱乐一下，然而还没等她开始表演，就听到江恪之淡淡地说：“我睡外面。”

这个男人又杜绝了她给自己找乐子的可能！

说真的，钟熙对于明明有足够两个人睡的山洞，却要有一个人迂腐地选择睡外面感到无法理解。

她想了想后，很识大体地说："我知道男女授受不亲，出于你的绅士风度，你肯定会把山洞让给我睡，但特殊情况特殊对待，今晚都睡山洞吧。"

见江恪之不给反应，她故意激将道："如果你是担心我会染指你……"

钟熙还在琢磨措辞，没注意到江恪之的脸都黑了。

"那你真就想太多。"她希望他不要不识抬举。

然而江恪之的反应并不在她的意料之中。

唯一的对手戏演员半天都一言不发，钟熙就这样干看着他，就在她准备为自己找补的时候，江恪之恢复了之前的神情。

"你睡山洞，我睡外面。"他面无表情地下结论。

钟熙怎么也没想到她话都说到这份上了，江恪之还能这么矫揉造作。

一时间，她再一次想起那杯被他拒于千里之外的鸡尾酒，以及他一次又一次的冷脸……

想到那些，她双手抱胸，一双眼睛也瞪得圆圆的。

"我真不想那么没有礼貌，但容我问一句，请问江总你是脑袋有问题吗？难道和我睡过一个洞，你从此以后就不干净了？"

钟熙感觉自己的魅力在江恪之这里接连遭遇滑铁卢。

江恪之瞥她一眼，对她跳跃的脑回路没有任何想法。

"你想太多了。"江恪之的语气冷淡，"我要留在洞外随时关注风向。"

初到一个陌生的地方，这里的一切对他来说都是未知的，还有这深山老林，不知道会不会有什么野兽出没，睡在洞里只会降低警觉性。

但这些话他不打算说给钟熙听，这只会加深她的恐惧，而作为这片空间下她唯一的同伴，他会成为恐惧的承受方。

得到回应的钟熙拖长音调哦了一声，这个答案还能接受。不过他为什么非要什么话都像挤牙膏一样，最后才说清楚？

“那上半夜我睡，下半夜就换我来看着吧，你也不用因为我是女人就什么都自己揽了。”毕竟他们也没那么熟，钟熙自然而然地说道。

江恪之闻言一愣。

他从没有想过钟熙会这样提议，一开始，他以为这只是她的场面话，结果下一秒她已经拿出手机开始定闹钟了。

他看到她定了一排闹钟，伸手握住她手上的手机，沉声说道：“关机多留点儿电吧，明天找一找说不定哪里会有信号。”

钟熙点点头，觉得他说的话有道理，说：“那你记得叫我，现在是十一点，那你四点叫我。算了，还是三点半吧。”

江恪之说：“我记得了。”

睡觉的问题交代完，江恪之准备往外走，钟熙却意识到另一件事。她犹豫了几秒后，吞吞吐吐地叫住他：“那个，江恪之……”

他停下脚步：“嗯？”

江恪之手中的电筒光芒微弱，钟熙低下头看地上散落的树叶，心想：面子事小，虫子事大。

于是她只好硬着头皮开口：“那个我先申明一点儿，我是一点儿也不害怕睡在山洞，也不怕黑，就算山洞有蛇有蜈蚣我也不怕，但是……但……”

刚质疑人家脑子有问题，现在又有求于人，钟熙只觉得尴尬不已……

江恪之却打断了她的话：“知道了。”

“我还没说完，你怎么就知道了？”

江恪之将山洞外的石子往边上踢了踢，随后又回到洞口。

“不会有蜈蚣，也不会有蛇，”他靠在岩洞边坐下，“我就在这里，你去睡觉。”

他的声音在这个静谧的黑夜里依然没有什么温度，但是无端地让钟熙松了一口气。

个子高看起来就是很可靠，江恪之的公司以后就算破产，他去做保镖大概也不错。钟熙在心里对他献上诚挚的祝福。

她看到他闭上了眼睛，于是她也回到山洞里。

她先是头朝里躺下，只是闭上眼怎么都睡不着。

她翻了几次身后，犹豫着出声："江恪之，你来柬城是干什么的？"

山洞寂静，不过偶尔可以听到海水退潮的声音，可能是他的留下让她觉得他们不是不可以正常沟通，兴许这次回了国他们的关系可以破冰。

如果不是江恪之每次见她都避如蛇蝎，她也不至于那么反感他。本来钟熙就不是斤斤计较的人，

钟熙正畅想着，就听到从洞外传来江恪之一如往常的简短回答："有事。"

钟熙再一次被他的不冷不热给噎到。错觉，果然全部是错觉。

每次在她对他的观感稍微好一点儿的时候，他就会立刻用一盆冷水将她浇醒。为了不被气死，她老老实实地闭上了眼睛，睡在这个随时可能出现各种意外的山洞里。

第二章

鸡飞狗跳的荒岛生活

这一觉，钟熙醒了很多次。平常在家里睡，她一定要留一盏灯才能睡好。

她第一次醒来的时候，迷迷糊糊地换了睡觉的方向，将头靠在山洞口。

钟熙看向洞外，确定江恪之还在那里才踏实地闭上了眼睛。

后半夜就是各种乱七八糟的梦。

等她真正醒来的时候，阳光透过洞口温柔地洒在她的脸上。天已经亮透了，亮到她可以清楚地看见自己脸旁的那只棕色爬虫身上长了六条腿……

“啊啊啊！江恪之！”

钟熙尖叫着从地上爬起来的时候，压根儿没发现自己整个人都睡在洞外，身上还披着一件衣服。

她惊魂未定，揪着衣服就逃了出来，甚至感觉胳膊上起了鸡皮疙瘩。

钟熙看到怀里的黑色西服，是江恪之昨天穿在身上的。是的，她从没见过度假坐游艇还穿西装的。

她的手挡在额头上，眯着眼睛看到海边有一道颀长的身影。

与她往常见到的不同，江恪之的头发完全没有打理，短发就这样落在额头上，与他从前冷漠阴郁的气质不同，顺毛的他看起来倒是透着一股清爽的少年气。

太阳早已从海上升起，橙色的光辉将蔚蓝的海岸镀上一层璀璨的金闪。丛林的风拂过她的面庞，林间传来清新的气息。

然而钟熙无暇沉浸在男色和大自然的馈赠里，她看到手机屏幕里蓬头垢面的自己，只有一个想法：她要刷牙！她要洗脸！

钟熙打算和江恪之商讨一下，要不要去搞点儿木头，再去舀点儿海水，用最简单的方法晒出海盐，然后用树枝蘸盐刷牙。

这方法是原始了点儿，但总比脏兮兮的好。

想到这里，她又看了他一眼，突然觉得说他脑袋有问题这件事真的有理有据。

试问谁能相信一个正常人在这种天气会穿类似冲锋衣一样厚的衣服呢？

她还没来得及思考江恪之是怎么换的装，光顾着研究他身上那套厚衣服了。

好奇心驱使她走过去，不过她没有立刻走到江恪之跟前，而是先到海边用海水洗了洗脸，漱了漱口。

西装被她披在肩膀上，她直起身，在水面上看到江恪之的倒影。

钟熙擦了擦脸上的水，转身看向他："对了，你夜里怎么没有叫我呢？"

她想了想，将手上他的衣服递过去。

"我忘记了。"江恪之没有接衣服，而是指了指后面山洞旁那块比较平坦的地，"你的随身包被我放在那个帐篷里。"

“帐篷？”钟熙猛地转过头，还真有一个颜色和江恪之身上冲锋衣配套的简易单人帐篷。

她差点儿忘了，她的包里牙刷、牙膏、漱口水一样不少，连洗发水都带了一小瓶。

谢天谢地，就算在这里，她也不至于沦落成野人了！

她再一次将视线移到江恪之的身上。

他神色寻常，但眼底的红血丝就是近视三百多度的钟熙都能看出来。

她睡了一夜，虽然并不舒适，但好歹也是在休息，可是江恪之连帐篷都准备好了。

钟熙知道此时此刻自己的目光一定异常复杂，就像言情小说男主角才会有的眼神。如果硬要分析，这个眼神大概暗含三分感动、四分矛盾和三分……不好意思，她编不下去了。

“你应该叫我起来一起搭的，”她双手不自然地绞着，挤出一句，“但还是谢谢。”

江恪之没有说话，两个人往帐篷走去。钟熙这才注意到江恪之手上的牙刷，他刚刚大概在海边刷牙。

他把牙刷放到帐篷边上的包里，钟熙一眼就看到自己的包了。

储存在山洞里的食物也被江恪之转移到帐篷里，钟熙看到江恪之取了半块全麦面包，用纸包好放进上衣的口袋里，随后又从口袋里拿出一把瑞士军刀。

钟熙本想弓身进去拿包，就看到他的目光落在自己身上。

他的眉微微地蹙着，似乎在考虑怎么表达。

于是钟熙也停下了动作。

“我一会儿会去那里看看有没有人居住。”江恪之开口，指了指丛林的方向，将那把刀递到她手上，又用瓶子装了半瓶水握在手里。

钟熙不解地接过刀，想当然地说：“那我也要跟你一起去。”

她从没想过独自一人留在这里，没想到江恪之摇了摇头：“你就在这里。”

“为什么啊？我不要。”得到否定的答案后，钟熙脸皱成一团。

“万一有救援队来，发现这里一个人都没有怎么办？”江恪之沉声说道。

最重要的是，丛林深处不知道有没有什么猛兽，到处是不知名的危险。钟熙穿着吊带长裙，随时都有可能被地上的草或是树干扎到。

江恪之有理由怀疑，她就是他最大的危险。

钟熙的脑子乱成一团糨糊，她好像被他的理由说服了，但一个人留在这种地方还是让她感到害怕。

“可是我都不懂泰语，要是救援队来了，我跟他们说‘萨瓦迪卡’吗？”她六神无主地在原地打转。

江恪之沉默了一瞬，半晌才说：“那就讲英语好了。”他垂眼注视着她，“你英文很好的，不是吗？”

他的语气始终没有什么感情，但钟熙知道他百分之百只是想让她能够听他的话留下，是在安抚她。

“话是那么说。”她抬眼看了看他的表情。

尴尬的不是她一个人，意识到这件事后，她的内心感到一阵安慰。不管出发点是什么，从他嘴里听到这种话，她感觉别扭又微妙。

一天前，如果有人告诉她，有一天，江恪之会肯定她，她一定会觉得这真是滑天下之大稽。

江恪之继续交代：“放在这里的水果存放不了多久，你饿了就吃，不要吃海边飘来的鱼、虾或是螃蟹。游艇里有卫生间，你需要的话可以坐救生筏去。”

江恪之说到这里，认为自己已经尽了同行人的义务和责任。

“那我们为什么不直接住在游艇里？”

“游艇上活动空间有限，住在陆地上可以规避未知风险。”

钟熙抬头望着那张始终没什么情绪的脸，她第一次感觉和一个人捆绑在一起的感觉太可怕了。

明明毫无感情基础可言的两个人，但因为她的身边只有他，他的离开让她觉得天好像要塌了。

她想，如果她和江恪之的关系很好，在这种地方，不管怎么说她都是一定要和他时时刻刻黏在一起的，可惜不是……

于是，钟熙不情愿地回到帐篷里待着：“那好吧。”

江恪之将自己的外套放在帐篷里，临走前，他回头看了看洞里那个缩起来的背影。

“我很快回来。”

钟熙看着瑞士军刀，也不看他，无精打采地哦了一声。

不过最后，这把刀还是派上了用场，钟熙用它切了杧果，还用来插了鱼……

直到江恪之的身影消失在帐篷外，钟熙终于接受了要独自待在这个荒岛的事实。

她在帐篷里瘫了一会儿后，拿着包准备去海边刷牙洗脸。

钟熙初到法国那年，因为沉迷甜品闹过一次很严重的牙痛。她到现在还记得那种神经仿佛被针扎、被电击的痛，几乎疼到她要撞墙的程度。

后来，她对牙齿的呵护可以说是牙医看到了都会自愧不如。

从玻璃庄园离开的时候，她的其他东西被空运回去，牙齿护理的东西倒是一样没少地待在她的随身包里。

“也太咸了吧，好想吐。”钟熙用海水漱掉口中的泡沫，脸皱成一团，再次感叹道。

在海边蹲到脚抽筋后，钟熙艰难地划着救生筏去游艇的卫生间上了个厕所，没想到不算大的游艇，污水排放系统倒是不错。

不过钟熙没敢在游艇上待太久，把贴身衣裤洗了晾在甲板的杆子上后，没过一会儿就回了帐篷。

太闲了，怎么能这么闲？钟熙看了一眼毫无信号的手机，太晦气了，这年头还有人可以断网到这种程度吗？原始人好歹还有个伴，她呢？如果江恪之在，跟他吵架应该也好过这样漫无目的地待着。

在国内的时候，因为工作，睡眠对她来说是件奢侈的事，现在她有时间睡都难以入眠。

钟熙闭上眼勉强自己入睡，但始终无法成功。算了，干脆起床去海边泡个海水浴吧。

钟熙再一次来到海边，她决定把心态放好一点儿，把这里当海疗中心就好。

有一句话说得好：只要心里有海，哪儿都是马尔代夫。

不过她对这里的水深没有一点儿把握，万一被淹，也不能指望螃蟹给她人工呼吸。

所以她也只打算在靠岸的地方简单地“腌渍”一下身体。

钟熙把连衣裙撩起来，缠在自己腰上，开始清洗两条腿，她专门挑了离早上刷牙远一点儿的地方。

烈日当空，钟熙看着阳光下的肌肤，真是细腻光滑。她低下头再看一眼海水里倒映出来的那张脸，即使没有化妆，还是有被美到。

钟熙承认自己确实是一个自信的人，她对自己全身上下都非常满意。

她长得漂亮，即使在审美完全不同的中西方，她都是没有争议的美人。

钟熙的眼睛属于典型的狐狸眼，眼头向下，眼尾有些上扬。她的不少外国同学都说很喜欢她的眼睛，她的上嘴唇微微上翘，像花瓣一样饱满。

当然外表是父母送的，不算什么。她的业务能力完全不输她的外表，甚至因为长相还有性别，她需要比男人付出更多才能得到别人的认可。

感谢国家的九年义务教育，钟熙的数学在国外的大学简直是碾压其他同学的水平。

和她同期出国的几个男生，在国外大手大脚地花钱，没日没夜地翘课打游戏，见到她说外语还会嘲笑她发音蹩脚，她一个眼神都懒得留给他们。她所在的专业毕业率很低，对本国学生都很困难，但她一个外国人竟以第三名的成绩毕业了。

钟熙百思不得其解，她一个女人，在公司看到漂亮的女孩儿都忍不住细声细气地说话，江恪之对她那样是为什么？

本来，如果江恪之正常点儿，那他于她而言只是一个值得欣赏的冰山美男。

但现在，这个男人莫名其妙地对她避之不及，那就不一样了，这完全勾起了她的好奇心和该死的挑战欲。

特别是这一天被迫共处一岛，抛开他的态度不说，他甚至算是个挺靠谱的人……

怎么有人可以惹人厌又让人觉得可靠呢？

钟熙理解不了。

洗完澡，钟熙感觉身体好像放松了一些，现在回去应该可以睡着了吧。

只不过，江恪之还是没有回来，他这天不会不回来了吧？

脚还浸在海水里，她分神地想着。

突然，脚趾传来尖锐的刺感。她以为是什么可怕的东西，惊慌失措地低下头，原来是一只螃蟹……

钟熙又蹲下身子仔细去看。螃蟹好圆好肥，即使被壳包裹住，好像也能看到饱满的蟹黄。她默默地咽了一口口水，艰难地思考吃还是不吃。

江恪之把瑞士军刀留给钟熙，一路都用小刀在树上做记号。手机毫无信号，但指南针还可以用，他一直在往丛林的西边走。

林内的树木又高又乱，越往里走，头顶不时传来凄厉的鸟叫声。他越发觉得没有带钟熙来是个正确的选择，他行动时已经极其注意，但还是被几处横过来的树枝扎到。

他走了一个多小时，还是没能走出那片丛林。

昨晚，因为环境还有一些人为原因，江恪之根本没有睡着。现在吃了半片面包后，他的昏沉感才有所减退。意识到这样走下去并不会有出路后，他决意回头。

毕竟还有人在等他。

这并不是江恪之第一次因为意外被困在一个地方，不过，那时候他是一个人。

现在，有一个人在自己的游艇上出了事，他对她有不可推卸的责任。

趁着还有一点儿力气，江恪之靠在树干上补充了一点儿水分后，开始往回走。

江恪之是九点出发的，下午两点的时候，他根据沿路的标记走出林子时，视线里没有一个人。

耳边除了浪潮声，什么也没有。

这和他对钟熙一直以来的认知不同。

有她在的地方总是充斥着聒噪。

江恪之看了一眼游艇，不知道是不是错觉，游艇似乎被海上的风吹得离岸边越来越近了。

只不过，甲板上飘着的那条白色丝带是什么？

江恪之没心情多想，快步往帐篷的方向走去。

帐篷口拉上了一半，江恪之站在边上，没有往里面看。

他想了片刻后，出了声：“钟熙。”

他本来想告诉她，这天没有走出林子，次日早上他会换个方向再试一试，里面却没有一点儿回应。

江恪之猜想她可能在睡觉，又或者在游艇上。

他正准备转身，视线里突然出现一条裙子。那是她早上还穿在身上的吊带裙，此时正皱巴巴地躺在帐篷外的地上，而瑞士军刀也被丢在一旁。

江恪之的表情凝固住。

他眉头紧蹙，动作极快地俯下身，说了一声“我进来了”便拉开了帘子。

钟熙确实躺在帐篷里。

江恪之拉开帘子，就看到她整个人蜷缩成一团，脸色发白，侧卧着。

他先是愣住了，而后很快地移开了视线。

他放在帐篷里的薄毯此时就在钟熙的脚边，她显然并没有注意到，因为她身上盖着的还是他离开前留下的西服外套。

钟熙听到动静，虚弱地睁开眼。

“发生什么事了？”江恪之问道。

钟熙尴尬地说：“那个……能麻烦你件事吗？我的裙子被我吐脏了，你可以帮我洗一下吗？不然我起来没衣服穿……”

江恪之闻言，眉头依然皱着。

“你吐了。”他陈述道，“你做了什么？”

钟熙的神情有些闪躲：“我就是吃了一个你留下的杧果，然后就这样了。哈哈，你可能不相信，我这个人肠胃比较脆弱。”

她干笑了一声。

江恪之盯着她，没有说话。

钟熙莫名其妙地紧张了一下，不过她很快发现一件事。

江恪之从进入这个帐篷开始，眼睛就不曾从她的脸上挪开。

很快，她的胃部又开始新一轮的绞痛。

钟熙还在这边疼着，耳边传来江恪之没有温度的声音：“不可能，你半夜吃一个套盒的雪糕都没见你有事。”

“那是因为我提前吃了健胃消食片好吧！”钟熙条件反射地辩驳。

等一下！

她一脸狐疑地盯着江恪之的眼睛。

“你怎么会知道我曾经半夜吃过什么？”

钟熙确实有一段暴饮暴食的经历，那还是她刚出国留学的时候。

初到异国他乡，她不想和那几个不学无术的富二代抱团儿，日常都是待在图书馆。由于学习压力太大，她有过一段短暂的依靠暴食解压的时光。

但江恪之不是她的室友，他怎么可能知道？

“你监视我？”她瞪向他。

江恪之冷笑一声：“自我感觉过于良好。”

“那你就解释清楚。”

“抱歉，”他神色冷淡地说，“我好像没有对你解释的义务。”

钟熙气死了：“那我就当你暗恋我未遂，所以处处针对我。”

江恪之就像是没有听见一般，转身离开，留钟熙一个人在帐篷里愤怒。

她不会真在国外和他结过什么仇吧？不然他怎么会连她半夜吃一盒雪糕的事都知道？

钟熙躺着，一边等待不知第几阵绞痛结束，一边脑子里第无数次回想她和江恪之的这宗悬案。

毫无头绪。

过了一会儿，帐篷外再一次出现脚步声。

"我进去了。"低沉的声音落下几秒后，江恪之掀开帘子，人却没有进来。

只是递过来一张纸，纸上有两颗白色的小丸子。

"吃掉。"他说。

"这是什么？我怎么知道你是不是想害我？"钟熙没有接。

就算是江恪之给的，那也是来路不明的东西，特别是她现在对他还有诸多疑惑。

"胃药。"江恪之简单地回答，"爱吃不吃。"

潜意识里，钟熙竟然相信他。

她看了他一眼，坐直身体接过药丸，就着旁边的水吃下去。

放下杯子的时候，江恪之已经离开。

钟熙盖好衣服，透过被风吹起的帘子，看到他手上提着她的裙子往海边走，好像男模在走秀……

不知道是不是心理作用，药吃下去后，胃确实好受了一点儿。

她突然想到什么，挣扎着拉开帘子，用最后一点儿力气冲外面喊道："你洗衣服的地方离我们刷牙的地方远一点儿啊！"

"男模"自然不会回应她。

钟熙再一次醒来是被饿醒的，胃痛好像已经有所缓解。

她睁开惺忪的睡眼，蒙眬的视线里，江恪之望着她的眼神像一块千年寒冰。

钟熙视线下移，看到他手上的盘子里还有着一部分螃蟹的残骸。

"我有没有说过这个不能吃？"他冷冷地问道。

钟熙张了张嘴，试图解释："它都游到我脚边了，还在挠我的脚趾，我真的很难做到忽视它。"

江恪之差点儿被她荒谬的说法气笑。

“钟小姐，这里是荒无人烟的岛，不是你家，这里不会有私人医生二十四小时为你服务，你可不可以让别人省点儿心？”

这还是江恪之第一次对她说那么多话，而他的语气比他的眼神还要冷。

身体不舒服的时候还被人凶，钟熙差点儿想要发作，但意识到自己确实做了不对的事，只好作罢。

“你那么大声干吗？大不了就算下次它们游到我嘴边，我也不吃了，这总行了吧？”这世上有人可以抗拒蟹黄吗？

因为饥饿，钟熙的声音恹恹的。

江恪之懒得跟一个病人斤斤计较，于是问道：“螃蟹是烤熟的，你哪里来的火？”

他刚刚洗衣服，一眼看到不远处有个隆起来的沙坑，踢开一看，里面螃蟹壳、鱼刺还有被烧的树枝是应有尽有，不知道的还以为谁给它们造了个坟。

钟熙眨了眨眼，一副嫌冷的样子：“我钻木取的火。”

说完，她把身上的衣服往上扯了扯盖住自己的脸。

江恪之要是相信她的话就有鬼了，他质问道：“你把打火机藏——”

只是钟熙没有等到他完整的一句话。

等等，她突然意识到一件事。

她仰起头一看，她的身体从小腹到脚趾完完整整地暴露在空气中。

气氛好像就此凝结。

她被江恪之看光了！

人在有些窒息的瞬间，反应会变得迟钝。

钟熙就是如此，她甚至能感觉到自己的肾上腺素在直线飙升，而四肢愣是像被什么定住了。

说真的，被人看光身体没什么了不起。

钟熙在国外那几年，从会盯着穿着形似内衣的上衣出街的美女，到自己也加入她们，思想随着穿衣风格改变了许多。

但绝不该是这种情景，也不该是面前这个人。

江恪之没有说话，第一时间别开眼，一言不发地将她脚边的毯子拿起来，丢到她身上。

钟熙回过神迅速伸手将毯子把自己整个包住，气氛凝固了好一阵子。江恪之在原地停留了几秒后，转身就要离开。

钟熙接受现实的速度非常快，于是幽幽地开口："你不打算说点儿什么吗？"

江恪之停下脚步，并没有回头。

"说什么？"他的声音听起来似乎很平静，像是并没有被刚刚的那场闹剧影响。

如果钟熙没有看到他红透的耳根，差点儿就要相信了。

江恪之此时很不自在，很好。

"你把我看光了。"她紧盯着他绷起的背，一字一板地说。

江恪之深吸一口气，沉着嗓子说："我没有看，自然也不会把你看光。"

钟熙才不信。

"你那双眼睛难道是摆设，怎么可能看不到？"她知道自己的话听起来有些胡搅蛮缠。

"你不相信的话，我也只能说一句抱歉。"

等了半天，江恪之也只是说了这么一句。

"我要听的不是这个。"钟熙觉得自己对着江恪之的时候很像一只斗鸡，必须啄出点儿结果才可以。

"那你想听什么？"江恪之感到烦躁。

钟熙扯住毯子的一角，眨了眨眼睛后说："比如，你应该夸我身材好，眼见为实，不是吗？"

江恪之的不自在因为她的一句话瞬间烟消云散，他怎么会期待她能有什么正常人的表现？

“抱歉，我对这个没有概念。”江恪之冷冰冰地回答。

说完，他低下头，像是突然发现了什么，随后弯下身子。

打火机被钟熙藏在帐篷底下，隐在石子里。

钟熙看到他手上的东西，反应比刚刚还要大。

“你这都能看到？那是我的打火机！”

“特殊时期，先没收了。”说完，江恪之将钟熙的打火机放进裤子口袋，头也不回地就要离开。

逗弄江恪之失败后，钟熙没什么失落的，反正还不知道要在这里待多久，眼下还有更为迫切的事。

“我饿了……”她其实根本不想麻烦他，但是她连件蔽体的衣服都没有。

“要吃什么？”他问。

“海鲜不行的话，粥也可以。”她记得游艇上好像有大米。

江恪之思忖片刻：“你现在食物中毒，电解质紊乱并不适宜吃流食。”

“那水果呢？”钟熙问。

“生冷也不行，除非把苹果煮熟。”江恪之公事公办地回答。

钟熙最讨厌果泥了，想想都觉得反胃。

“我不要，那米粥不可以，小米粥我记得是养胃的，这个可以吧？”

“可以，”江恪之一板一眼地回答，“当然可以，只不过等我找到种子，再进行播种、施肥，最后脱壳后再煮好给你，半年已经过去了。”

钟熙瞪着他那讨人厌的背影：“你早说没有不就好了，话讲那么多显得你口才很好吗？”

“只有煮苹果。”江恪之留下一句话。

钟熙摸了摸肚子："那好吧，三分熟就可以。"

吃人家的嘴软，她就不要挑那么多了。

十分钟后，江恪之端来一碗熟苹果，不知道是不是用她的打火机点的火，闻着味儿她就知道那苹果是十分熟的。

她忍着恶心咽下去了。

一抬头，江恪之已经离开了。

吃饱后，钟熙不想一直躺着，视线停留在西装外套和毯子上，最后她再三斟酌后，把毯子当抹胸长裙裹在身上出了帐篷。

往四周一看，江恪之正坐在丛林外的阴凉地，手里拿着阅读器在看书。他身上的那套防风服已经被换掉，现在穿着的是一件白色T恤。

真不知道他哪儿来的那么多衣服。

钟熙不懂他现在装文化人是装给谁看的，但还是盯着看了一会儿。没过一会儿，就像是察觉了她的视线，他一下子抬起头。

四目相对后，钟熙没有挪开视线。

她一步一步地走过去。

江恪之率先开口："还有什么事？"

钟熙指了指自己的身上："你还有没有别的长一点儿的衬衫？我的裙子肯定没有干，我又没有带换洗衣服。"

江恪之思考了几秒："可以。"

见钟熙还没有要走的意思，他抬眼看向她。

钟熙眨了眨眼睛，开口道："我可以问你一个问题吗？"

"我说不让你就不问？"江恪之收回目光，将阅读器收了起来。

如果这时候江恪之看着她，大概会看到她的眼睛里一闪而过一种名为"胜负欲"的情绪。

眼前的光被彻底挡住，江恪之看到钟熙往他身边又走近了一步，她问："你刚刚有想法吗？"

江恪之本来准备起身给她找衣服，闻言动作僵住。

“什么？”他转头看向她，那双浅琥珀色的眼睛里第一次流露出不解。

钟熙觉得更有意思了，她的眼睛一眨不眨地盯着他，嘴角漾起一点儿笑意，又复述了一遍。

第三章

不为所动的男人

江恪之不是一个会显露自己对他人看法的人。

有记忆开始，他和任何人的相处都是恪守分寸。

他可以和任何人共事，但如果说，有哪一类人是他较为排斥的，他大概会说：轻浮的人。

是的，不分男女，轻浮的人令江恪之反感。

“你在说什么疯话？”

事实上，江恪之知道自己看起来冷漠到难以接近，不过从少年时期开始，他就鲜少有情绪失控的时候，更不要说发火。

但现在，他需要极度克制自己才能保持表面的冷静。

不知道母亲当年为自己取名为“恪之”，是不是有料到这一天。

他面无表情地站起身，钟熙却并没有被他阴沉的表情吓到，依然笑盈盈地堵在他面前。

“让开，”他努力让自己的声音听起来波澜不惊，“我去给你拿衣服。”

“我又不急。”钟熙的尾音上扬，听起来愉悦极了。

江恪之冷冰冰地看着她，幸好，一切都证明她是个女人，但凡她是个男人，他都会狠狠地教训她一顿。

这个想法令江恪之感到讶异，毕竟，他从来不是有暴力倾向的人，再和这个人继续在一起，他不知道自己会变成什么样。

就在他打算绕过她时，她突然向后退了一步。

江恪之以为她的恶作剧终于中场休息了，紧绷的神经刚刚有些松弛，再一次因为她的举动抿紧了嘴唇。

“你在做什么？”他的声音真的很冷。

钟熙一直觉得自己算得上清醒聪明，但偶尔也会做点儿损人不利己的事。

比如，为了硌硬江恪之，登上了游艇，又比如此刻。

不过，真的要为了恶心他做到这种程度吗？钟熙有一瞬间的迟疑。倏地，一阵海风拂过，下一秒，她身上本就有些松散的毯子被这阵风吹落……

她直直地看着自己的身体，不知道老天是在整她还是在帮她……

显然，江恪之是那个比钟熙更为震惊的人。他错过了她面上一闪而过的愣怔，结合之前她说的话，以为是她故意为之。

钟熙注意到江恪之的目光渐渐变得愤怒恼火，那句准备解释的话随即被她吞咽回去。毕竟看到江恪之生气，她很难不开心啊。

钟熙小时候很喜欢一部港剧《金枝欲孽》，里面有这样一个剧情：宫妃女主角为了证明自己的才貌在太医男主角眼里是否有分量，脱掉了自己的外衣。

小小年纪的钟熙被这个操作震慑到，她没想到自己一直记到如今。

“把衣服穿上。”他冷冷地说。

“你不是要给我拿衣服？我在等你的衣服呀。”钟熙无所谓道，身体却不自觉地哆嗦了一下。

为了惹怒他，她真是下血本了，但凡海边的螃蟹会说人话，路过大概都会说一句“傻子”。

不过钟熙不是很在意。

只是江恪之的眼神像是要杀人，哎，真是柳下惠。

钟熙有点儿泄气，正准备把毯子裹好，视线不经意扫过他的微红的耳尖，嘴角翘起。

她将毯子裹好后，一脸挑衅地看着他。

江恪之的脸色变得更难看了……

目的达成的钟熙情绪高涨，她向江恪之身边迈进一步，能感觉到他的身体变得僵硬，眼里还透着一丝窘迫。

江恪之很高，钟熙需要踮起脚，仰着头才能将唇靠近他的耳边。

她看到江恪之颈部的青筋，眼底的笑意更深了。

“为什么表情这么难看？”她轻声细语得像是一朵解语花。

江恪之后退了一步，钟熙看到他的胸膛微微起伏着，看来被气得不轻。

“你到底想玩什么把戏？”

钟熙这时也收敛起笑容，双手抱胸：“我只是讨厌你每次看到我就像看见鬼一样，有意思吗？”

半晌，江恪之说：“是我的错，我误以为你还有点儿底线。”

钟熙一脸讥讽：“少岔开话题，我从来不是什么有底线的人，事实就是你现在这样，因为我。”

江恪之看着她摇了摇头：“你真是无药可救。”

“江医生，你这是在给我下病危通知书吗？去给我拿衣服吧。”她惬意地靠在背后的一棵大树上，笑着看向他，又是那个熟悉的宛如带着钩子的眼神。

“对了，你有什么没穿过的贴身衣裤吗？”钟熙想到自己的内裤，也不知道有没有风干。

“你闭嘴。”江恪之低斥道。

他不想再多看她一眼，往海边走去。

成功把江恪之惹生气后，钟熙神清气爽。

江恪之并没有他自己想象中对她那么不待见，她还是有吸引他的地方的，不是吗？

钟熙盯着他的背影，心里浮现出一个念头，这个念头让她感到诡异的兴奋。

那一天的傍晚，江恪之还是给她找到一件足够长的长袖白色衬衫。钟熙拿到鼻尖闻了一下，然后冲他眨了眨眼睛。

“有点儿香，是你身上的味道吗？”

她随口一句没过脑子的话，没想到江恪之的反应比她想象中的要大。她承认自己是故意在逗他，毕竟她要把这番“事业”渗透到方方面面，要做就做到最好，只是没想到他还是这么不经挑逗。

江恪之脸色严肃，道：“你到底想干什么？”

钟熙神色自然地把身上的毯子解开。

解开以后，她随手将毯子放到他的胳膊上。他都没来得及反应，手已经下意识地接了过来。

然后，他就看着钟熙解开衬衣最上面的一粒扣子，直接套头穿上。

“合身吗？”她像是没注意到江恪之快发飙的表情，在他眼前转了一个圈儿，一脸无辜道，“我能干什么？我只是想解开我们之间的误会呀。”

江恪之无动于衷地看着她，手里死死地抓着这条该死的毯子。

“如果你只是闲着无聊，想找个人解闷，那我必须重申，你找错人了，我不会跟你玩。”

钟熙心想，他越不想，那她当然就越想了。

钟熙将视线再一次定在他的脸上，手却不经意地靠近他的胳膊，指尖一路向上，轻柔地摩挲着他的肌肤。她明显地感觉到他胳膊的肌肉绷得很紧，触感，嗯……很好。

“你在做什么？”江恪之猛地收回手，不知道她又在搞哪一出。

钟熙笑了：“你这么紧张做什么？”

她看到江恪之一脸如临大敌。

“紧张？因为你无聊的小把戏？”他面无表情地盯着她。

钟熙耸了耸肩：“难道不是吗？”

江恪之一脸冷漠地摇了摇头：“你的激将法不会奏效，我只是单纯不想和你这个人有过多接触。”

钟熙闻言有一瞬间的愣怔，还有恼火，但她伪装得很好，依然面带微笑。不想和她接触？她按捺住给他一拳的冲动。

“为什么？”她问道。

没什么好说的。江恪之看着面前这个笑容狡黠的女人。

离她远一点儿。他的脑子里有一个声音不断地重复着。

和她多费唇舌毫无意义。江恪之转过身，头也不回地说：“没有为什么。”

两个人各自解决晚饭后一直各做各的，没有讲话。钟熙想到下一季度还有和一家视频软件深度合作的项目，便在帐篷里琢磨方案。

一直到月亮照进来，钟熙才想到睡觉这个问题。

白天胡闹归胡闹，但钟熙还是有点儿自己的原则，没道理一直让江恪之露天睡觉，这还是他的帐篷。

夜晚很清冷，丛林处一片黑暗。她瑟瑟发抖地跑过去，速战速决地抱了一堆树枝还有叶子。

更深露重，钟熙把泛潮的叶子踢到一边。

江恪之此时也走进山洞，他有一个包还放在这里。

钟熙见他进来直接说：“今晚我睡这里，你睡帐篷。今天是周三吧，一三五你睡帐篷，二四六我睡，可以吗？”

江恪之低着头进来后，直接示意她出去。

钟熙声音里带着点儿困倦：“你又不喜欢我，对我这么贴心我会误会的。”

江恪之没看她：“没必要误会，任何一个稍微有点儿教养的男人都不会让女人睡在这里。”他的声音冷硬。

“我在你心里算女人吗？”她真的不放过任何一个能逗他的机会。

“困就闭上你的嘴巴，睡觉吧。”

江恪之坐下后，背靠在山洞的岩壁，双手环抱在胸膛前，闭上了眼睛。

钟熙盯着他。过了几秒，她跑回帐篷里，把他的那件西装外套拿过来披在他身上。

“那好吧，衣服给你盖。”她还嫌不够，又开始找那条毯子，“毯子呢？”

“够了。”江恪之沉声说，“在包里，你拿走。”

钟熙得到答案后，从包里翻了出来，又把毯子也盖到了他身上。

江恪之终于睁开眼睛。

“我对你好吧？”钟熙对他微笑，在他说话前，已经跑回了帐篷。这天的分量差不多了，可不能把人逗急眼了。

因为没有钉子，所以帐篷只是被几块大石头压住地面上。

很快，江恪之烦躁地睁开眼。他看到钟熙把帐篷往山洞口搬，并且帘子也正对洞口的方向。

钟熙察觉到江恪之的视线后，露出一个有点儿不太好意思的笑，这个笑看起来倒是很真挚。

“我也懒得和你表演了，不然每天编理由怪累的，我不习惯在没有一点儿光的地方睡觉，但对面要是有个活物就还好，你可以接受我睡你对面吗？”

江恪之保持沉默。

钟熙思索了一下，眼睛在夜色里显得很亮。

她说："你要是不能接受，我们就一起睡帐篷吧。虽然是单人的，但我们挤一挤也不是不行的。"

"不必，"江恪之深吸一口气，闭上了眼睛，"我接受。"

事实上，江恪之没有怀疑钟熙的话。

昨天晚上，他因为她，一夜无眠。

半夜一点钟，钟熙只是把身体换了个方向，头靠近洞口。

但是没过半个小时，她就花样百出地折腾他。

江恪之被温热的触感给惊醒，睁开眼就看到她迷离着双眼爬到他身边，枕着他的大腿一下子就睡了，嘴里还念叨着："这枕头质量不好，差评。"

江恪之全身僵硬，不知道她是在演戏还是梦游，只是想把她从自己的身上拨开。结果她变本加厉地搂住他的腰，含糊地说了一句"你好香"便沉沉地睡过去。

江恪之几次想把她推开，但她缠得实在太过用力，最后他硬生生地忍耐到五点钟。

所以对于她要对着山洞睡的提议，他没有表示任何异议，只是他没有想到，她会离谱到连帘子都不拉。

钟熙这一晚倒是没有以和江恪之谈心来入眠的想法，他们这一天说得够多了。

在这种环境下入眠，对钟熙来说依然不是一件容易的事。

帘子敞着，钟熙挪动了一下身体，侧卧着，正对着洞口。

这晚的月色很好，钟熙眯着眼睛望过去，月色将江恪之的身影勾勒出朦胧的线条，他没有任何动作，大概已经睡着了。

耳边传来一阵嗡嗡声，吵得她头疼。她这才意识到：荒岛也有蚊子……

不知道是不是心理作用，露在外边的皮肤因为这个发现开始变得有些痒。钟熙不知道自己哪里被叮了，一边用手挠，一边在帐篷里找那只蚊子……

好痒好痒，她都不知道自己什么时候小腹也被咬了一口，还有大腿……还是说，是过敏了？

钟熙闭着眼睛，控制不住地在身上抓着，试图抑制住那阵痒意。可是越抓越痒。

钟熙抓了一会儿后不耐烦地睁开眼，本想找到那只恼人的蚊子，却看到山洞里的那个影子动了一下。

她将视线定在那个影子上，随着月光洒落的方向视线缓缓向上，对上那双浅琥珀色的眼睛。

钟熙与江恪之目光交会的瞬间，仍有一丝不确定。她不相信在这种光线下，她还能看到他的眼睛。

“江恪之，你还没睡？”她小声地试探道。

很快，空气中传来他低沉的声音：“几天而已，你都不能忍耐吗？”

钟熙发出轻哼时，江恪之就睁开了眼睛。他以为钟熙胃痛，于是睁开了眼睛。

接着，她手上的动作被帐篷的阴影完美呈现，而月色下那双氤氲的双眼，湿润丰满的双唇，也被他看得一清二楚……

钟熙一开始还没明白江恪之在说什么，但很快她就懂了。

钟熙露出了一个微妙的笑容。嗯，也难怪，她刚刚发出的声音确实容易让人误解，不过她并没有解开误会的打算，就让江恪之这样想她，似乎也不错？

“你还没睡着？早知道我就不那么压抑自己了。”钟熙语调轻松地说道。

许久，江恪之嘲讽的声音传到她的耳朵里：“压抑自己？”

“对啊。”

江恪之这一次选择缄默。

玩闹结束后，钟熙发觉，身上的痒意好像消失了。她才想起这晚还没有刷牙，现在跑去海边刷是不现实了，于是在包里找漱口水。

她将一小袋漱口水倒进嘴里，眼睛看着江恪之呈现在洞内的影子，最后将液体吐进垃圾袋。

江恪之没有再说话。

钟熙把身上的衣服理了理，从帐篷出来，进了山洞。

“我到这个包里找一下湿巾。”钟熙冲他露出一个俏皮的笑。江恪之没有说话。

钟熙一下子就找到了她要的东西，但她没有立刻走，她突然想起了什么，于是走到江恪之身边，跪坐在他身边。

钟熙的膝盖下垫着衬衣，不至于太疼。

“你干什么？”江恪之将身体往岩洞壁靠，可惜退无可退。

钟熙冲他眨了眨眼睛：“紧张什么？我只是有点儿好奇。”

“好奇什么？”

钟熙感到一阵幸灾乐祸，江恪之似乎对她……

她双手撑着地面，上半身前倾，慢慢地靠近江恪之。

很快，她将下巴虚靠在江恪之宽阔的肩膀上。而江恪之就像是被定在了原地，无法动弹。

钟熙觉得有意思极了，抬起手摸了摸江恪之像是要滴血的耳垂。

“你这里好红。”她甜腻的声音传进他的耳朵里。

“不要动手动脚，你到底想干什么？”江恪之咬牙切齿地说。

钟熙笑了：“我没有动手动脚，我只是摸了摸你的耳垂。”

江恪之像是终于回了神，伸出手紧紧地握住她还想作乱的手。

“玩够了，就滚去睡觉。”这是他人生第一次对人说出“滚”这个字。

钟熙只当没听见，像是因为这个姿势累了，于是真的将下巴搭在他的颈窝处。

下一秒，她发现江恪之全身紧绷起来。

他身上的味道很好闻，为什么在这种地方还能这么好闻？她想不通。

就在江恪之要推开她的瞬间，她对着他的耳朵小声地说：“你刚刚，一直在盯着我的嘴巴。”

她温热的鼻息将他的耳朵变得更烫，像是发烧了。

江恪之感到喉头再一次发紧。他别开视线，想说“因为你的嘴巴红得令人讨厌”，只不过钟熙没有给他回答的机会。

她靠在他耳边悄声说了一句话。

江恪之闻言猛地转过头，像是恼火，又像是被什么更为复杂的情绪侵袭。

“你知道自己在说什么吗？”

江恪之再一次握住她的双腕，这一次，他攥得很用力。

钟熙抬眼看着他，那双眼睛一如往常的冷漠，只是在这个黑夜里显得幽深。

“但我不可能被操控。”说完，他松开了她的手腕，当她不存在一般闭上了眼睛。

就这么自信吗？钟熙看着眼前这个男人，他这副不为所动的样子真让人讨厌。

一开始对他的逗弄其实只是出于对枯燥荒岛生活的调剂，但此时此刻，钟熙看着他坚毅的下颌，高傲的姿态，只觉得无比刺眼。

会的，你总会因为我而失控的。钟熙望着眼前的这张脸想道。

江恪之很晚才睡着，醒来的时候，已接近晌午。

他的生物钟一直很规律，从没出现这种情况。

帐篷里没有人，包里的存粮少了一些，钟熙大概率已经吃过了。

身体出了一些汗，他吃了一点儿东西，打算去海里洗个澡。

出于诸多方面的原因，江恪之走到离山洞远一点儿的海边。一路上没有看到人影，救生筏也不在，钟熙应该在游艇上。

他在岸边刷完牙后，才脱掉衣服，进入海里。

江恪之的包里有便携的沐浴液，但考虑到可能会造成一定的污染，他并没有使用。

头顶是刺眼的阳光，江恪之脑子里的思绪混乱，就这样洗了一会儿，感受到很强烈的来自别人的视线投向自己的后背。

他皱着眉转过身，并没有人。

只是很快，他听到海水被搅动的声音。

“需要我帮帮你吗？”

清甜的声音从背后传来，江恪之倏地转过头，就看到钟熙正站在他背后，见他回头，对他露出一个俏皮的笑。

钟熙从游艇上拿到自己的内裤还有裙子后，坐救生筏回到了岸上。

划到一半的时候，她就看到不远处有一个背影。

不得不说，江恪之从脸到身材真是完美到没话说。

她下了救生筏后，眼睛亮了亮，鬼鬼祟祟地将江恪之的换洗衣物抱进怀里，连同自己的一起藏到救生筏上，随后走进海里。

江恪之背对着岸边，钟熙没想到他过了那么久才发现自己。

“早安，”她冲他笑，“需要我帮忙吗？”

钟熙的身体大半都在海水里，湛蓝的海面上只能隐约看到她的胸脯。

其实钟熙的外表不太符合国人传统的审美。

她的眼睛妩媚，看人总像带着钩子，在国外那几年又迷恋上日光浴，现在的肤色是欧洲人看来健康又元气的颜色。如果不是因为皮肤敏感，偶尔会晒伤或紫外线过敏，她甚至懒得穿防晒衣。

钟熙的身体属于微微有肉感的沙漏身材，胸部遗传她的母亲，从侧面看起来就像一滴饱满的水滴，这是少女时期带给钟熙无限自卑的部位，那时候她会因为别人的眼神而低下头，但她现在很喜欢。

江恪之因为她的出现脸上有一两秒的愣怔，但很快又恢复了冷淡，像没有看见她一般转回身体。

他沉下身体，打算往更远的地方游，下一秒就听到身后“啊”的尖叫声。

理智告诉他百分之九十是钟熙在做戏，但他还是叹了一口气，没有迟疑地从海里转过身。

钟熙整个人已经沉下去，双手扑腾着海面。她水性不好，台风那天他就发现了。

江恪之看到她双腿蜷曲着，大概是脚抽筋了，没多想，箍住她的腰将她往上托。

到了岸边的时候，他正打算将她平放到岸上，她在他怀里突然睁开了眼睛，双手搂住他的脖子。

她咯咯地笑起来：“我骗你的，你上当了。”

这是江恪之早有预料的事。他擦了一把脸上的水，冷着脸就要甩开环抱在自己脖子的手。

谁知道这时候钟熙突然变了脸色，整个人慌乱地抓住他的肩膀。

“你又想干什么？”江恪之抿紧嘴唇。

“啊啊啊，有东西夹我的脚！”

她一边说一边往他身上爬，整个人趴在他身上……

原本维持坐姿的江恪之对她突如其来的动作毫无准备，整个人被她推倒，手也不小心碰到她的身上。

江恪之先是愣住了，而后很快收回手。

“抱歉，我不是有心的。”他的脸上难得露出不知所措的神情。

江恪之从没有和女人的身体这么贴近过。

他想推开钟熙，都不知道该从哪里下手。

江恪之有些慌乱地侧过头，看到了刚爬到岸边的那两只螃蟹，大概就是其中一位戳到了她。

它们可能受到了更大的惊吓，但江恪之将它们往一边踢过去。

“好了，没有了。”他依然没有看她，只是低声安慰道，“你起来。”

此时，呼吸平复的钟熙盯着他的眼睛，却迟迟没有离开他，两个人的身体依旧紧紧地贴着。

“你跟我说话，怎么不看着我的眼睛？”她眼睛一眨不眨地盯着他。

“别玩了，钟熙。”他喉结艰难地动了一下，“下去。”

钟熙伸出一只手，捏着他的下巴看向自己。

“不要，”她噘起嘴，一字一板地说，“你刚刚碰了我。”

“我没有。”江恪之身体僵硬，声音更生硬。

他决定用并不绅士的行为解决这个现状。

他抬起双手紧紧握住钟熙的双肩，准备将她推开。

钟熙却像是磁铁一般，整个人黏在他的身体上不肯动弹。

“你现在越来越会无视我了。”钟熙抱怨道。

江恪之闭上了眼睛：“下去，不然我和你没什么好说的。”

钟熙忍不住笑了。

“我们这样像不像女妖精想要引诱正人君子？你简直比他们还坐怀不乱。”

江恪之依然不理她。

钟熙又道：“你不睁开眼，是害怕我吧？害怕自己喜欢上我。”

江恪之终于睁开了眼睛。他的眼神看起来很平静，但钟熙知道根本不是那么回事，这都是假象。

“我没什么好怕的，我说过，我不喜欢你，自然也不喜欢你这样。”

他笃定的语气激怒了钟熙，但她依然只是笑。

“我们打个赌吧。”她一脸挑衅地看着他。

江恪之的脸色很难看，他们挨得很近。

“如果三分钟内你不会心跳加速……”她笑着在他耳边呢喃，“我就再也不打扰你，怎么样？”

这个赌注太有诱惑力，但这样的赌约仍然让江恪之神经紧张。

他眉头紧皱：“我不会跟你玩这样无聊的游戏。”

说着，他双手撑在后面，就要起身。

钟熙露出轻蔑的笑容，高高在上地看着他：“三分钟，一百八十秒，眨眼就过去了，还是说你没有信心？你担心自己……”

“不可能。”江恪之咬牙说道。

钟熙眨了眨眼睛，不给他考虑的机会。

“那我们倒计时开始，一百八十……”

话音刚落，江恪之整个人僵在了原地。

钟熙低头看过去，江恪之眉头紧锁，情绪被浓密的睫毛给遮挡住，他的嘴唇痛苦地抿着，那张恍若冰川制成的面具一点一点地碎掉。

八十秒，七十九秒……

江恪之紧闭着双眼，他觉得自己好像置身清晨满是露水的花园，不，是森林，不远处是肆意狂欢的野兽，而自己和它们没有两样。

浪潮声就像是钟摆在发出最后的倒数：“十、九、八……二、一。”

话音刚落，江恪之感觉海上无数的狂风和浪花席卷了他……

钟熙缓缓地俯下身，以一个胜利者的姿态在他耳边低语：“你看，我赢了。”

第四章

玩一场爱情游戏

一分钟后，江恪之冷静道：“嗯，你赢了。”

这是钟熙没有料到的，她以为江恪之会崩溃，会恼羞成怒。

不过这本来就不重要，钟熙大大咧咧地坐在沙滩上。

江恪之没有看到自己的换洗衣物和毛巾，只看到了身后钟熙穿过的白衬衫，不用想也知道被她藏起来了。

但他没有开口，想要从她口中得到答案势必要付出其他的东西。

钟熙双臂撑在后面，仰着脸庞惬意地感受阳光的照耀。

江恪之没有什么反应。

逗弄成功以后，钟熙变得好说话很多。她指了指不远处的救生筏，主动提起：“我们的衣服在那里。”

江恪之沉默地从里面找到自己的衣服，钟熙走到他身后时，看到他的背部肌肉都紧绷了起来。

“我是来拿自己衣服的，别紧张。”

她觉得很有趣，她有时候真怀疑让男人闻风丧胆是她的乐趣和骄傲。

两个人这样背对背穿衣服，实在太引人遐想了。

她一边想着，一边低头笑了。

结果这一低头有了新发现，她看到自己胸前竟然有几道发青发暗的痕迹。这两天她压根儿没有注意到这里，这样一看，只觉得那是人为的手印。

她将自己的手放上去，比印迹小很多的样子。

钟熙这时抬起头看向面前这个正在扣扣子的男人。

“借你的手用一下。”她飞快地说完，完全不给江恪之反应的时间，直接拉着他的手盖了上去。

江恪之抿着嘴唇垂眼看着钟熙，很快挣脱她的掌心。他不知道她这是又在搞哪一出。

钟熙却笑得明媚，指着自己胸口的那个印子，问：“看这里，你都不解释一下吗？”

江恪之盯着那个几乎淡到没有的印子，很快收回目光，淡淡地说道：“没什么好解释的，我只是在给你做心肺复苏。”

说完，他头也不回地往刚刚的方向走过去，大概是去拿洗漱用品。

钟熙又不傻，当然一猜就猜到了，但借题发挥可是她的爱好。

她跟在他后面继续追问。

“如果你知道心肺复苏的按压部位在哪里就问不出这么愚蠢的问题，那里只有骨头。”他的语气很冷。

钟熙耸了耸肩膀，问：“好吧，那我的嘴巴呢？”

江恪之脚下的动作停滞了一瞬，钟熙借机走到他面前，指了指自己的嘴巴，笑着问：“你既然这么懂心肺复苏，那一定有给我做人工呼吸了，你觉得这里软吗？”

江恪之盯着她微微翘起的嘴唇，她的笑容比此时的阳光还要刺眼，他真想抹掉它。

半晌，他语调平淡地说：“我没有感觉。”

“说谎。”钟熙才不信呢，“如果没有感觉，你就不会一直盯着这里看了……”

“不相信是你的事。”江恪之冷笑一声，向后退了一步。

他知道自己的笑有多僵硬，但他没什么好说的。

钟熙后来闲着无聊去帐篷里午休，但其实也并没有真正睡着。

她起来后走到海边，江恪之正在那里搭简易衣架，白衬衫被揉成团丢在海边。她想了想，顺手给洗了。

她蹲在海边看海，结果一眼看到了中午被江恪之踢到海边的两只螃蟹。她有些愧疚地把它们捡起来，又放回海里。

“好可怜，也不知道有没有被你踢出脑震荡。”

不远处的江恪之搭衣架的动作顿住，只是很快就继续手上的事，并没有说话。

那也比被她烤了好。廉价的同情心。

江恪之没有忘记那个坟一样的沙坑还有坑里的螃蟹壳，但他忍住没有搭理钟熙，这绝不是一个好的选择。

如果，江恪之能够一直谨记这一点就好了。

但显然，他没有。

钟熙就这样蹲在岸边，一会儿看看那两只螃蟹，一会儿回头看一眼江恪之。

过了一会儿，江恪之已经用木头做好了衣架，开始晒衣服，她还蹲在那里看。

钟熙好像突然发现了它们“连体婴”的理由。

她像发现了新大陆一般回头和江恪之分享，江恪之自然不会理她。

钟熙对此习以为常，她只是盯着那两小只心生艳羡地说道：“这种鬼地方，竟然连螃蟹都可以过得这么快乐。”

经过中午的事，她转过头眼巴巴地看着这片空间下唯一一个活体男性。

只是她嘴巴刚张开，还没来得及发出声音，明明低着头的江恪之就像听到了她的声音一般，生硬地给出他的答案。

“不可能。”

他似乎担心这三个字拒绝的力度不够大，低着头继续说：“你想都不要想，你自己想做什么，我不管，但我不可能陪你。”

说完，他的头也没有抬起来。

钟熙不乐意了，把白衬衫上的水拧干，也走过去挂起来。

她站在江恪之背面，踮着脚说：“你干吗总说打脸的话？”

江恪之的背绷得很直很直。

“不管你说什么，我也不会再答应你。”他弯腰捡起地上的工具，往山洞走去。

天色渐暗，钟熙看着夕阳柔和的光辉，内心感到一阵不爽。

“你冷漠得就好像今天的赌注没有发生过似的。”她噘着嘴嘀咕道。

江恪之依然保持缄默。

可江恪之越是避如蛇蝎，钟熙的胜负欲令她越想要让他破功。

见江恪之依然闷不吭声，她提议道：“出岛之前，我们互帮互助不好吗？还是说，你害怕自己会迷恋上……”

钟熙以为江恪之会继续把她当空气，过了半晌，他神色不悦地瞥了她一眼，低声说道：“迷恋上你的什么？你太自信了。”

钟熙轻飘飘地扫了他一眼，意有所指地说：“迷恋上什么，你不清楚吗？”

江恪之回过头。在这里，他更需要当一个哑巴。

钟熙冲他笑笑：“我的提议你考虑看看哦，我等你。”

江恪之的手握得很紧，他没什么好考虑的。

他不会再上钩了，绝不。

这个晚上，钟熙难得老老实实地睡在帐篷里，没有再逗他。

江恪之一直到深夜才进入睡眠，他久违地做了一个梦。梦里，钟熙像一条水蛇缠绕着他。

不一样的是，这一次，他感觉身体就像是被绳索紧紧地缚住，最后被她拽进了无尽的深渊里……

第二天早上，钟熙因为饥饿，醒得还算早。

她以为江恪之肯定起得更早，没想到出了帐篷，就看到他整个人缩在那条毯子里。

钟熙蹑手蹑脚地出去，在树荫下刷牙，搞完一套流程后，江恪之还没有醒。

她闲着无聊，就蹲在江恪之身边看他。

不得不说，混血真是了不起，他的鼻子可真挺拔……

钟熙收回目光，不小心扫到了他手面上有不少血痂，颜色已经很深，大概是前天去丛林时搞出来的。

她想了想后，从包里找到创可贴，她会随身带创可贴也是因为她的脚后跟很容易被高跟鞋磨出血。

钟熙给他贴了三个，江恪之竟然还没醒，真是见鬼了。

她肚子有些饿，从存粮里掏出一个苹果，坐在他身边小口小口地啃起来。

他那么谨慎的人，这样都不醒，不会是死了吧？

钟熙又试着啃出很清脆的一声，江恪之终于皱了一下眉头，虽然没有睁开眼睛，但好在没死。

一个苹果啃到一半，钟熙终于听到了江恪之的声音。

“你吃个苹果一定要这么大的声音？”他眼睛闭着，声音听起来哑哑的。

钟熙以为他会问自己为什么坐在他面前吃。

“你今天怎么这个点还不起？”她献上了意义不大的关怀。

江恪之没有说话，他五点就醒了，起来绕着海边晨跑了半个小时，又去洗了澡。

回来的时候，天依然很暗，海水看起来像是深蓝色的旋涡。

他人生第一次尝试回笼觉，竟然睡到这个点。

“苹果没有洗。”江恪之转移话题。

“哦，没事，吃一点儿农药也死不了。”钟熙回道。

她对江恪之竟然会关心她吃什么样的苹果感到诧异。

不过他又不说话了，于是钟熙伸出手指戳了戳他的手背。

“我给你手上的伤口贴了创可贴，你感不感动？”她嚼着苹果，口齿不清地问道。

江恪之眯着眼睛抬起手，最后又将手放下，许久才沉沉地开口：“伤口已经结痂，贴上创可贴除了影响伤口的透气性，导致伤口腐烂，没有任何实质意义。”

钟熙本来想做点儿言情女主角打动男主角的戏码，结果被他唬得一愣一愣的。

她伸手就要去揭，江恪之却握住她的手腕，吓得她另一只手里的果核掉到了地上。

“算了，贴都贴了。”江恪之的头有些昏沉，声音很低。

“哦。”钟熙的嘴角翘起来，“没想到你也会有这种‘来都来了’的思维。”

说完，她低垂着眼帘，视线落在江恪之握在自己手腕上的手上。

“你的手好大，可以握住我的手腕，还多出那么一大圈儿。”她喃喃道。

江恪之闻言睁开眼，目光也落在那里。

他的喉结动了动，自己都不知道什么时候把手放到了钟熙的手腕上。

钟熙见他神情严肃得就要松开，突然用另一只手握住了他。

与其说握，不如说搭。

钟熙的手轻轻地搭在他的大掌上，他的指甲修剪得很短，之前她看到他的一个包里还有指甲钳。

他的指缝非常干净，十指修长，看起来很适合弹钢琴。

钟熙就这样盯着他的指节，她抬起眼，江恪之也在这时看过来。他的眼神里有她看不懂的情绪。

钟熙将创可贴揭开，眼睛一眨不眨地注视着江恪之的眼睛，然后慢慢地低下头，在那些伤口上轻轻地吹了一下。

“那这样呢？”钟熙望向他的眼神就像是蒙着一层雾，呢喃着，“对伤口好吗？”

那湿热的感觉几乎让江恪之坐立不安，他的眼睛里依然没有流露出什么情绪，但他的身体已经变得僵硬。

他知道自己应该把手抽回来，但他只是无言地望着钟熙。

静谧的山洞内，只有两个人的眼神纠缠着。

钟熙握着江恪之的手抚上自己的脸庞。他的手心有些凉，不过感觉很舒服。

江恪之面上看起来滴水不漏，但心里早已被狂风骤雨侵袭。

再开口，他的嗓音低哑得不像话：“这样不对。”

不知道是在对钟熙说，还是在警醒自己。

钟熙将双手罩成一个小小的喇叭，靠近他的耳朵轻声说：“你不说，我不说，没有人知道的事，就是没有发生过。”

她毫无逻辑支撑的话语像一张密密麻麻的网，将江恪之蛊惑。

江恪之死死地盯着她那张一开一合的鲜红嘴唇。

是这样吗？

钟熙低下头看着他的那只手。

“你看，你的手这么大。”

她总是会用很新奇的语气说一些事，让人真的忍不住去关注。

江恪之低垂着视线看向那只手掌，就好像理智的那个自己早已分离出身体，现在待在山洞的是昨夜那个梦里的他。

就好像，他只是在被迫继续未完成的那个梦。

在梦里犯错，是可以被原谅的。

钟熙注意到，江恪之那淡色的瞳孔似乎收缩了一下。

理智被抛到九霄云外，钟熙看到他滚动着喉结，注视她的眼神就像猎人看着猎物。

她成功地吸引了江恪之，这让她有些得意。

就在钟熙正要将头从江恪之肩上移开的时候，他将并不干燥的食指递到她唇边。

就在江恪之将自己的手收回去时，钟熙突兀地搂住他的胳膊，这是她能够接触到的唯一的热源。

她仰头望着江恪之的眼睛，江恪之看向她。

两个人的脸相隔不到十厘米。

她越靠越近，就在她的脸将要触碰到江恪之的脸时，他终于别开了脸。

钟熙的下巴只蹭到了他的嘴角。

她笑了，只有她知道自己的笑里有一瞬间的僵硬和不满，不过这种不甘心的情绪只是一闪而逝。

“你以为我要吻你？”她轻声说道，声音带着一点儿讥讽，“你多虑了，接吻才不是我们之间会发生的事呢。”

她满意地看到江恪之的薄唇抿了起来。

钟熙还想说什么，不过她这时候因为从外面吹来的一阵风哆嗦了一下。

江恪之整理衣服的动作顿了一下，没说什么，只是将毯子丢到她的身上。

钟熙心安理得地裹好被子，嘟哝了一句：“今天真有点儿冷。”

江恪之自然不会有什么反应。

“不过也是，现在是十二月，国内不知道是不是都零下了。”她看了一眼山洞外。

她想回家，想念毛茸茸可以取暖的狗子。

钟熙没指望江恪之回答，反正他一贯把她当空气，但没想到他低低地应了一声：“嗯。”

确实见鬼，钟熙没忍住多了一句嘴：“你是不是睡山洞冻着了？”

江恪之的目光落在她身上，只几秒就离开了。

“没有。”

好吧，钟熙耸了耸肩，她裹好毯子站起身，说：“你不去海边洗漱吗？还有昨天晾的衣服也要拿回来了。”

江恪之没有提自己凌晨已经洗漱好的事，只是点了点头，起身。

钟熙提着裙子准备去换上昨天洗干净的那件白衬衫。

江恪之人高腿长，两个人又不是周末去超市买菜的情侣，他自然不会等她，早早就走到海边了。

钟熙走过去的时候看到衣架上有一根支撑的木头摇摇欲坠，大概是被风刮的，江恪之正在稳固它。

她想了想，径自走到了不远处的海边。

她正准备脱掉毯子，回过头迟疑着问：“毯子要洗吗？”

江恪之愣了一下，没抬头，回道：“先放那里。”

“哦。”

钟熙解开毯子盖在自己头上，水有些凉，她没有下去，回头看一眼江恪之。他依然在和木头纠缠，她想了想，用手舀了一些水往大腿上冲洗，水冰凉冰凉的。

她倒吸一口气，又冲洗了一会儿，身上才算干净。不过她头向前伸了一下，看到海水上的倒影，后知后觉地发觉这个姿势好像不太雅观。

她犹豫了几秒，忍不住冲后面大声喊道：“江恪之，你别以为我现在是在小解，我绝不是这么没品的人啊。”

毯子遮挡住她的视线，她自然看不到江恪之面上的表情，背后久久没有人回应。就在她忍不住要掀开毯子的时候，江恪之终于说话了。

“知道了，你……你别说话了。”他的声线绷得很紧，听起来严肃极了。

还好，形象还在。钟熙这下放心了。

她简单地洗完，又把吊带裙放水里过了一下后拧干，裹着毯子往衣架那里走。

江恪之似乎才搞定木头，正准备拿下干净的衣物。钟熙走近，把吊带裙晾边上后，一眼看到上面晾着两条男士内裤。一开始她还没当回事，只觉得两腿间灌妖风，就指着那两条试探着问江恪之。

“今天好像真的有些冷，你能不能借一条给我？我更偏好白色的这条。”虽然是万恶的四角，但反正也没人会看见。

江恪之却沉默了。

沉默了。

这是钟熙没有想到的。

“江恪之，我这次绝对不是在对你耍流氓，白衬衫有点儿短，我那条又不知道被我放哪里了……”她故作可怜地说着，手同时伸向白色的那条。

结果，她发现手上的触感湿湿的，而江恪之的脸色比没内裤穿的她还要难看。

“昨天洗的，怎么现在还那么湿？”钟熙盯着他看了几秒，突然阴阳怪气地哦了一声。

“我知道了。”她用一种很怪异的眼光打量着他。

江恪之整个人都僵在原地，没有哪一刻比这一刻更想要捂住她的嘴巴了。

“我知道了，你有三条内裤！你身上还穿着一条，三条都舍不得借一条给我，你这个小气鬼！难怪有人吐槽你们公司每次年会送礼都抠抠搜搜的，三等奖就送一破水杯。”

江恪之先是愣怔了一瞬，很快咬牙说道：“那个水杯价格近两千块。”

说完，他将已经干了的那条藏青色内裤从架子上扯下来，放进她的怀里，往救生筏的方向走去。

钟熙觉得他是落荒而逃，她志得意满地看了一眼手上的内裤，新得很。她直接在原地把内裤当短裤套在了身上，过后又把白衬衫的衣角给塞了进去。

这一天，罕见的，钟熙没有再和江恪之打照面。毕竟就算现在是两个野人，也还是要给彼此一点儿私人空间的。

她在帐篷里整理回国要做的事项清单，中间只出来吃了两次东西，吃完又去林子边逛了逛。

一直到晚上，江恪之都没从救生筏回来，她才出来看了看。

结果正巧，碰上抱着一堆树枝回山洞的江恪之。

“你回来啦？”钟熙问完这句话，自己都觉得怪异，搞得两人很熟似的。

江恪之点点头，进了山洞，钟熙就跟在他身后。

他进去才发现地上的树枝和叶子已经换上了新的。

钟熙邀功道：“我是不是很善良？毕竟你把帐篷让给了我。”

江恪之看了一眼她在黑夜里熠熠发光的眼睛，还有那双丰满的嘴唇。

明明他已经躲了一天。

钟熙见他没说话，往他跟前走一步。

“说真的，我真觉得你脸色不太好，如果真是冻着了，帐篷给你睡吧，我已经没那么怕冷了。”她不见外地拍了拍大腿上的裤子。

江恪之依然只是摇摇头。

“我很好，没有生病。”他的声音很哑。

钟熙趁他不注意飞快地摸了一下他的手背。

她收回手，不赞成地说：“你太凉了，不正常，不信你摸摸我，我就很热。”

钟熙说完，她意识到这句话有点儿引人遐想，不过江恪之一向直接无视。

与她预判相悖的是，江恪之向她投来极其复杂的眼神。许久后，他说：“我不会摸你。”

这个回答让钟熙深感意外。本来她有点儿担心他，毕竟他真出事了只有她受苦受累，但这时看到他的反应，她忍不住弯了弯嘴角。

钟熙伸手拉过他紧紧握成拳的手，他的手背全是青筋，一看就用了不少力。她不敢相信自己真的拉动了，于是慢慢地把那个手掌贴在自己的脸上。

“你看，我是不是热的？”她冲他眨了眨眼睛。

热，热得让江恪之想要收回手，然而他的手再一次背叛了他的大脑。

刚刚从救生筏下来的时候，江恪之就下定决心，到了山洞，他不会再放任自己和钟熙有任何超出同行关系的接触。

但此时，他冰冷的手掌却贪恋着那点儿微不足道的温热。

她带着笑意的眼睛一眨不眨地注视着他：“今晚，你还要我走吗？”

钟熙问完那句话以后，江恪之没有说话。

她看到江恪之收回落在她唇上的视线，紧紧地盯着她的眼睛。

许久，山洞才传来风声和呼吸声以外的声音。

“不走，”他的声音听起来无波无澜，“留下来做什么？”

钟熙笑了笑，觉得江恪之似乎变坏了，把问题又抛给了她。

不过，这样也很好。

“你过来。”她慢声细语地说。

说完，钟熙望着他的眼睛，跪坐在铺满树叶的毯子上，她的那只手依然拉着他。

“这毯子明天一定要洗了。”她说着，双手拉住江恪之的手，把他拉下来，两个人面对面。

钟熙整个人躺在毯子上，江恪之俯身看着她的眼睛，两个人的脸离得实在太近了，近到他可以看到钟熙脸上的茸毛，还有她的嘴唇，又开始得意地翘起来了。

钟熙却不知道他在想什么，她勾过来他的一只手。

江恪之目光沉沉地看着她，温热的呼吸让她的那片肌肤起了战栗。

江恪之的心跳声好吵，这让钟熙的脑子也变得混乱起来。

就在她正想找什么话题结束这个局面的时候，江恪之突兀地起身。

“抱歉。”他的声音嘶哑。

钟熙回过头，看到他头发凌乱，整个人看起来异常矛盾。

“抱歉什么？”她跟不上他的节奏。

江恪之自然不会回答她。

钟熙再抬头，江恪之已经不在原地。

江恪之站在山洞口，微凉的空气让他暴露在外的皮肤冒起了鸡皮疙瘩。

这晚是最后一次。江恪之对自己说。

身后传来脚步声，他完全没有听见，仍然沉浸在自省中。

钟熙靠在他的背上，他的背部肌肉瞬间绷紧。

“你不觉得外面有点儿冷吗？”钟熙将脸靠在他的背上，小声地问。

她其实有些困了。

“还好。”江恪之简单地回答。

他应该退开一步，他们绝不该靠得这么近。

这样想着，江恪之自嘲地笑了。

“你知不知道，我们的水没多少了，真要想办法淡化海水了。食物没有还能撑，水没了就糟糕了。”钟熙摸了摸自己的嘴巴，她的嘴还从没有像现在这样干燥过。

她正在脑海里回忆着海水淡化的方法，就听到江恪之打断了她的思绪。

“游艇上有海水淡化系统。”他四平八稳地说道。

“你不早说？我这几天都没怎么舍得喝水。”她不满地离开他的身体。

江恪之因为她的动作皱了皱眉，他回过头，神情严肃：“我只是单纯以为你不爱喝水。”

“不过要用电的吧？”钟熙追问。

“嗯。”

“所以游艇剩下的那点儿电还是得少用。”

“我知道。”钟熙没那么焦虑了。

江恪之的目光依然落在她的身上，她也不知道说什么好了。

“我困了。”她的双眼因为困倦变得湿润。

“那就去睡觉。”江恪之的目光沉沉的。

“你还睡在山洞吗？”她问。

江恪之收回视线，低低地应了一声。

“好吧，那我回帐篷去了。”钟熙趿拉着拖鞋往帐篷走。

“嗯。”

为什么气氛变得这么怪？钟熙回到帐篷翻来覆去地睡不着。

手机被她放进包里，她想看看时间，于是摸黑在包里翻找，夹层里有很多塑封膜，尖锐的口子一下把她的手指划破了。

她啊了一声，直呼痛。其实没有那么痛，但因为在黑暗下，她下意识地叫了。

“怎么了？”帐篷外立刻传来江恪之极低的声音。

“没什么，是我包里的……包装袋划到我了。”

钟熙将罪魁祸首掏出来。半晌，她目光极度复杂地看向帐篷外。

“江恪之。”

“怎么了？”

钟熙听到山洞里有一些动静，纠结着出声：“你知道刚刚划破我手的是什么吗？”

江恪之因为她的语气有一瞬间的沉默：“是什么？”

钟熙在黑暗里眨巴着眼睛，揉了揉铝箔塑封。

山洞里的动静完全消失了，钟熙明白，江恪之听懂了。

过了半晌，江恪之才出声：“包里怎么会有这个？”

钟熙想了想，开始满嘴跑火车，不过江恪之自然不会信就是了。

“很晚了，睡觉。”江恪之直接岔开话题。

没有说好奇，也没有说不好奇。

钟熙打了个哈欠，把它们堆到旁边，决定不要胡思乱想。

第五章

我在这里等你

半夜，钟熙被一阵风声吓醒。

外面的风很大，帐篷有一个角直接被刮得翘了起来。

钟熙被吓一跳，怪不得从早上开始就这么冷。她犹豫了一下，还是挣扎着起来把帐篷移到洞口。

可惜山洞入口不够高，不然她真想把帐篷塞进去。

好在换了个角度后，风也没那么大了。

她看着漆黑的山洞，只能听到江恪之平稳的呼吸声。

钟熙挪动帐篷的声音都没有把他吵醒，还说什么要随时关注风向呢。她在一片黑暗中对他做了个鬼脸，又觉得自己这行为有点儿二百五，便老老实实地躺下睡了。

这一次，她睡得很沉，醒来的时候，舒服地伸了个懒腰。

她这一觉睡得还不错。

钟熙抬起手，准备揉眼睛，就听到一个低沉的男声："不要揉眼睛，不卫生。"

她闻言，一下子睁开眼。

钟熙入睡的时候头靠近洞口这边，一夜过来，身体已经侧着，一眼就看到江恪之正端坐在洞内。

“你一大早的，在打坐吗？”钟熙有点儿起床气，但现在精神不错，语气也黏黏糊糊的。

江恪之没好气地说：“你堵住了洞口，我没办法出去。”

他已经在这里等了她至少半个小时。

钟熙反应过来：“哦，对不起，我忘了，昨晚风太大了。”

她钻出帐篷，两个人一起把帐篷往边上挪了挪。

“不过，我们真不能去游艇上睡吗？至少里面还有床和沙发啊。”钟熙在包里找洗漱用品。

江恪之看她一眼，简单地解释：“发动机有问题，燃油有限，活动空间有限，空气不流通，如果这里风大，在海上只会更严重。”

如果江恪之独自一人，他大概会选择留在游艇上，出了什么事，自救很容易，但是两个人，万一深夜入睡之后，在海上出现问题，他没有信心保证钟熙的安全。

不过江恪之注意到，因为风的关系，游艇离他们越来越近了，兴许再过几天，再近一点儿的时候，他们可以晚上到里面休息。

挪完帐篷以后，两个人一前一后地拿着牙刷和牙膏去海边洗漱。

这还是这几天以来的第一次。

钟熙蹲在江恪之旁边。她的电动牙刷已经没电了，所以只能可怜兮兮地干刷。

她百无聊赖地蹲在岸边，口齿不清地说：“已经记不清有多久没有吃肉了。”

她空着的那只手摸了摸肚子。

江恪之瞥她一眼，直到刷完牙，漱口以后，他才忍不住说：

“三天。”

钟熙擦了擦嘴上的泡沫：“什么三天？”

江恪之盯着她鼻头上的那点儿牙膏，几秒后别开了目光。

“准确地说，是两天半。你周三中午才吃了烤螃蟹和烤鱼，它们的尸体还在那个沙坑里。”

钟熙顿了一下，啊了一声：“竟然才过去两天半？我感觉我们已经被困在这里很久很久了，救援队是步行过来的吗？这么慢，杨总他们和我们失联都不觉得奇怪？”

她忍不住吐槽。

江恪之又看她一眼，低声提醒：“鼻子。”

钟熙把脸伸到海里，想照一照。

她原本蹲着，脚本来就有点儿麻，上半身突然前倾，整个人差点儿栽进去。

就在她惊呼的瞬间，江恪之及时拎住了她身上的衬衫衣领。

他的力气很大，钟熙以为有人拿绳子吊住了自己的脖子。惊魂未定之下，她难以置信地抬头看向男人。

江恪之见她身体稳住了，骤然松开手。

钟熙抚着胸口连咳了好几声，就差把肺咳出来了。

“我这是拿了什么剧本啊？要是偶像剧，咯咯——你顺手把我鼻子上的东西擦了不就完事了？你刚刚再用力一点儿我就要被你给勒死了，你也不用考虑肉的问题，吃我就好了。”

她被勒得眼圈和鼻子都是红的，整个人看起来委屈极了。

江恪之没想到自己力气那么大。他紧攥着双手，低声说了一句：“抱歉，我不是有心的。”

钟熙也没有真怪他的意思，就是抱怨一下罢了。她刚想说话，就看到他视线低垂，随后抬手把她鼻尖上的东西擦了，动作很轻。

擦完以后，江恪之有一瞬间的愣怔，钟熙也愣住了。

“现在没了。”他没再看她的眼睛，俯下身子把手放进海水里洗了洗。

钟熙看着他面无表情的侧脸，感觉自己的脸有点儿烧。

一时间，两个人都陷入了沉默。

钟熙不知道说什么，低下头往边上捞了点儿水，别扭地开始洗第二遍脸。

钟熙本来洗完脸就打算离开，但一想到也没什么事可以做，就还是待在原地没有动弹。

海水看起来很清澈，能清楚地看到几条黑色的鱼，不过她想不通它们是从哪里游来的。

江恪之擦干净手上的水，余光里见她还蹲在那里发呆，一眼就注意到她在盯着鱼。

她的手还放在被勒的脖子上，不知道在想什么，江恪之就这样看着她。

“今天中午应该可以吃鱼，如果你想吃。”他说。

江恪之确定这只是出于所有人都有的一种补偿心理。

钟熙闻言眼睛一下子亮了。

“我想吃！可你不是说不能吃吗？”

江恪之盯着她脖子上的红痕，手不自觉地攥紧了。

“距离上次台风已经过去四天了，可以吃了。”

“好开心。”她手撑着膝盖站了起来。

江恪之讨厌生冷食物，就算从前被困在海上，也只吃船上储存的东西。

他看着她一改刚刚的颓态，整个人看起来十分灵动。她喜欢在有光的地方睡觉，喜欢热闹，和他不一样。

他更适应一个人。

他们身上几乎没有相似的地方。

江恪之静静地注视着她，他想，他们是截然不同的两类人。

如果没有这次意外把他们困在一起，他们在任何场合遇到的时候看都不会多看对方一眼。

那样才是对的。

江恪之收回视线，说："我去游艇上做一下海水淡化。"

就这样相安无事地过完这几天。

钟熙点点头，走到他身边，说："正好我也要想用一下卫生间，会耗很多燃油吗？"

"还好。"

钟熙这才放下心来。

钟熙本来好奇怎么淡化海水，但游艇空间有限，她最后还是一个人跑到甲板上躺着了。

这里的视野真好，钟熙看向头顶的天空，阳光没有想象中的刺眼。

太久没有过这么闲的生活了，钟熙真怕自己回去之后无法适应工作。

她试图去想想工作上的事，但是根本无法集中精神。

可是下一秒，宽阔的背骤然出现在她的视线里，然后，是他整个人。

钟熙发现，白天的时候，江恪之瞳孔的颜色因为光线的问题看起来更浅，显得有些冷漠疏离。

"过来吃点儿东西。"他对她说。

钟熙走过去，一起坐到舱内。

除了地上的一大瓶水，她还看到桌上有水杯，还有一个袋子。

"里面是什么？"她问。

江恪之说："三包即食牛肉和黑巧。"

"好。"钟熙拿过一个杯子，喝了点儿水。

没想到现在连喝水都成为提升幸福感的事。

两个人在舱内无言地吃了两袋牛肉后，江恪之将最后一包递给她。

“我已经饱了。”钟熙没有接。

“饿的时候吃。”江恪之执意递给她。

“你呢？”

“我没有那么喜欢吃肉。”

他说这话的时候，眉间出现一道浅浅的褶皱，看起来好像真的不喜欢吃肉。

钟熙狐疑地接过来：“在这种地方，你还这么挑食？”

江恪之没有说话。

钟熙吃完东西后，无意地盯着江恪之的脸看。他好像是瘦了一点儿，下颌看起来更坚毅了。

江恪之没有给她继续看的时间，起身将水瓶放到救生筏上。

“走吧。”他没有看钟熙，但是朝她的方向伸出了手，示意她上救生筏。

钟熙抓住了那只手。

早餐吃得晚，钟熙和江恪之各自待在自己的舒适区，互不打扰，一直到快一点才开始准备午餐。

两个人分配任务，江恪之让钟熙去抱点儿树枝过来，他去抓鱼。

结果等到钟熙抱了一趟回来后，远远地就看到江恪之袖子卷起，手始终没伸进去。

没用的东西。钟熙叹了一口气。

她走过去。

“你这样优雅下去，救援队走之前我们都吃不上它们好吧！”她一个轻蔑的眼神扫向江恪之，示意他别挡道。

江恪之抿唇退开，就看到她快准狠地将手里的树枝插进鱼肚子……

就这样，钟熙一共抓了两条大鱼和三条小鱼。

这一天中午，钟熙吃了三条鱼。她没有想到江恪之的游艇上连个像样的调味品都没有，最后，她还是用上了自己的可食用玫瑰盐，那本来是她留下给皮肤去角质的。

钟熙吃完的时候，江恪之还在慢条斯理地剔鱼刺，连盐都不要，她都不知道他是怎么咽下去的。

“你确定不要盐吗？”她走前忍不住问了一句。

“不用。”他淡淡地说道。

由于前期工作都是钟熙做的，她心安理得地回帐篷里睡觉，留江恪之收拾残局。

真够惬意的，以前她绝不可能吃完饭就立刻躺下。

钟熙看着手里的玫瑰盐，如果不用来洗澡，大概还够这样吃一个月，她露出一个心满意足的笑容。

等等，她怎么会觉得自己会和江恪之在这种地方待上一个月，她傻了吗？

一觉睡醒以后，天已经有些黑了。

黑灰色的云笼罩着外面，一阵风吹过，拂过不少落叶。

钟熙很少在傍晚醒来，她自认为绝不是个矫情的人，但这种时候如果是一个人醒来，总会有一种被全世界抛弃的感觉。

哎，这想法真做作。

但钟熙还是立刻钻出了帐篷。

她四处张望着，面向海边的时候，终于看到一个颀长的身影。

江恪之正拎着一件衣服从那里走过来，钟熙深深地吐出一口气。

她没多想就往他那里跑过去，跑到他身边，她才发现他的头发湿湿的。

“你刚刚去洗澡了？”钟熙睁大眼睛问道。

江恪之不知道她为什么这么大反应，点了点头。

钟熙显得很失望，懊恼地说：“那你怎么不叫我？我昨晚就没有洗，现在天又那么黑……”

她一个人不敢去。

江恪之低垂着视线看着她，出声问道：“你不敢一个人去洗？”

他的声音不自觉地变轻，他自己都毫无知觉。

钟熙瞪他：“这不重要，重要的是你一点儿集体概念都没有。”

江恪之望着她色厉内荏的模样，眉间再一次皱起。

最后，他低声对她说：“我还要过去洗衣服。”

“真的？”钟熙抬眼望着他。

江恪之却没有看她，而是转身望向海边。

“嗯，去拿你的洗漱用品，我在这里等你。”

“你真的愿意陪我？”钟熙不确定地问道。她没想到江恪之会这么好说话。

江恪之有一瞬间的沉默，再出声，他的嗓音有些低哑：“我是去洗衣服。”

钟熙并没有打破砂锅问到底，因为她实在太想要洗澡了，管江恪之为什么去呢。

两个人不知道第几次来到海边。

钟熙洗之前还是没忍住对江恪之嘱咐：“你不要离我太远，我保证今晚肯定不会吓唬你。”

她把这几天对他的逗弄定义为“吓唬”。

“知道了。”江恪之头也没抬，身子微侧，将毯子放进水里。

钟熙决定速战速决，脱掉衣服下了水。她的头发已经很多天没洗了，不得不洗了。

钟熙也不想污染水源，所以挤了很少的洗发水。

她发量多，本来这种便携小瓶都不够她用三次。

她将泡沫抹在自己的发根，随后将身体沉进水里，冷意顿时侵入全身。

她在水里打着寒战，江恪之还在弯腰洗那条毯子。

钟熙只能看到他的侧脸，大概是她看得太过认真，长长的一缕头发突然从头顶落到她的眼睛上。

钟熙瞬间被那点儿洗发水的泡沫给糊了眼睛。

她紧闭眼睛，发出痛苦的声音。

江恪之闻言过来，声音有些紧绷："你洗个头发都能出事故。"

"眼睛里进东西了。"钟熙没心思计较他说话的语气，正想把整张脸沉进水里。

江恪之弯下身子伸手将她的头发捧起来。

"头发不能一起进水，不然眼球还是会接触到。"他的声音很严厉。

钟熙哦了一声。她把自己的手洗了洗，随后用海水往自己的脸上扑，试图冲洗掉眼睛里的洗发水。

几次过后，那种刺激到让人想流泪的感觉终于有所缓解。

她试着睁开眼睛，忍不住嘟囔："无耻厂商，虚假广告，说好了纯天然无添——"

钟熙要说的话却在睁开眼的这一刻堵在口中。

晦暗的月色下，蒙胧的视线里，她看到江恪之神色认真地凝视着她的眼睛。

因为捧着她头发的关系，他现在的姿势像极了在环抱着她。

见她突然不说话了，他略显担忧地打量着她。

“还是不舒服？我的药箱里有玻璃酸钠滴眼——”他眉头皱起，声音在这个黑夜里几乎算得上温柔。

钟熙却突兀地打断了他的话。

她感到一阵心烦意乱，嘴巴张张合合也没说出什么，犹犹豫豫绝不是她的风格。

“江恪之，我们……”她迎上他的目光说。

第六章

荒岛三项协议

黑云几乎就要压下来。

比天气更不可测的是江恪之的眼神。

在钟熙说出那个提议后，他一言不发，两个人默默地对视着。

钟熙感觉到自己的脸有点儿烫。

许久，他说：“头发冲一下。”

钟熙不高兴地哦了一声：“知道了，那你不要走。”

江恪之没有说话，等他松开她的头发后，这一次，他罕见地没有转身。

他只是站直了身体，神色复杂地看着她。

钟熙为自己刚刚说的那句话而脸红，她装作毫不在意的样子，侧着弯腰将发丝浸到海水里。

她不知道江恪之为什么不像刚刚那样背过去。

她洗完头发后，开始擦洗身体。

江恪之看到有水滴顺着钟熙的脸颊缓缓地往下淌，他承认自己很有答应她的冲动，在她刚刚说那句话的时候，或者更早。

一股折磨人的渴望萦绕在他的心中，意志一次又一次地忤逆他。

他的喉结滚动，竭尽全力将目光挪开，再开口声音低哑得吓人："洗好了吗？"

"你说呢？"钟熙轻声回。

即使在幽暗的光线下，他也知道，她又开始用那种带着钩子的目光看着他。

"天冷，你最好洗得快一点儿。"他生硬地说。

江恪之知道他应该快点儿离开这里。

更重要的是，他们应该谈一谈各自洗澡的时间。

他思索着开口："明天开始，我不会陪你洗澡，你可以中午洗。"

"嗯……"她咬了咬嘴唇，开始明知故问，"为什么？"

又在装傻。

"钟熙。"他眉头皱起。

钟熙瑟缩着快步走出海里，身上还沾着海水，她看起来很冷，双手环抱在胸前。

江恪之叹了一口气，决定去身后的衣架上拿件干净的衣服把她包裹起来。

倏地，钟熙整个人扑进他的怀里："好冷好冷。"

江恪之一直怀疑她患有肌肤饥渴症。他停在原地，没有动弹。

他听到她在他耳旁说话："江恪之……"

钟熙知道一切奇怪的感觉都是荷尔蒙在作祟。

或许今天过后，出现在他们之间的诡异气氛统统会消失。

江恪之抓着她肩膀的力道很重，就像是要把她捏碎。

两个人终于分开一点儿距离，江恪之垂眸看着她，眼神里是沉积已久的情感，几乎要将她淹没。

钟熙知道，他们是一样的。

“你不是冷吗？我去给你拿衣服。”他沉沉地说，这是他仅剩的自制力。

钟熙指着他身上：“我想要这件。”

“已经湿了。”

“没关系。”她执意说道。

最后，江恪之无奈地妥协。

就在他将上衣递到她手上的时候，她再次靠过来，脸颊贴在他的喉结上。

江恪之僵在原地一动不动，想要推开她，但如果可以，他早就这么做了。

许久，他伸手捏住她的下巴。

江恪之想说什么，钟熙却抬手覆在他的手背上。

“我知道你和我想的一样。”

“今天过后就好了。”她略带迷茫的声音传进他的耳朵里，“什么都不会改变的，我还是我，你也还是你。”

他看着眼前这张微微张开的嘴唇，真想像咬碎花瓣一样咬下去，他几乎就要这么做了。

但一个声音出现在他的脑海里：我们不是接吻的关系。

江恪之的喉头发紧，低喃道：“那样真的就好了？”

脚下是沙滩，几步之遥是无垠的大海，阵阵海风刮过，带着咸湿的海水气息，两个人的脚上已经沾上了不少沙子。

这本是江恪之按部就班的人生中绝不可能发生的事。

钟熙贪婪地呼吸着江恪之的气息，这个味道竟然能在这个黑暗的海边给她安全感。

江恪之身上没有一点儿赘肉，身上也没有海水的咸腥味。

钟熙目光虚虚地看着头顶上的夜空，只有零星的几颗星星。

她盯着天上最模糊的那颗星，问道：“江恪之，你刚刚好熟练。”

钟熙抬起手，学着他刚刚的动作，其实她只是单纯没话找话讲。

她正想活动活动腿，就听到他低沉的声音："很小的时候，学过搏击。"

钟熙侧过头，没想到江恪之会回答她这个问题，连江恪之本人都没有想到。

不过，这两件事有关系吗？钟熙想了想之后，才明白过来。

"哦，那真是没想到，你看起来就像是一个对方冲你挥拳头，你也只会用冰冷目光劝退对方的，嗯，和平倡导人？"

江恪之冷淡地瞥她一眼。她笑了："我猜对了，对不对？你肯定从来没动过粗。"

他看着她翘起的嘴角，过了半晌，才说："我只是不主张暴力。"

"哦。"这是钟熙意料之中的回答。

钟熙胳膊弯曲地靠在毯子上，脸贴在掌心上惬意地看着他。

两个人在昏暗的光线下盯着对方。

江恪之一言不发，不知道自己在想什么。钟熙在他的目光下渐渐靠近。

江恪之眼前开始一片迷蒙，就好像她才是支配一切的那个人，而被操纵的是他。

不是好像，事实就是如此。

钟熙毫无心理负担地自我取悦，他只是她没有其他备选的工具。

这个事实让江恪之心上蒙起一层阴霾，他开始痛恨自己。

他成为自己从前最为厌恶的人，轻佻且下贱。

他的心是如此抗拒，周身的血液却沸腾着，这样的自己太陌生了。

江恪之感觉自己像是溺水了，身旁的海水是不是已经向他们涌来？他一无所知……

两个人的嘴唇近在咫尺。

许久，江恪之感受着怀里的人的呼吸，闭上眼睛。

耳边是钟熙很轻的呼吸声，突然，他感觉他怀里的身体变得僵硬了。

她抬起头看向他，目光里满是别扭，还有探寻。

江恪之很快意识到，他的一只手一直在摩挲着她颈部的软肉，就好像在安抚她。

他心里感到一阵不安，停下了手上的动作，僵硬地挪开自己的手。

“你抖得太厉害了，我以为你在犯哮喘。”他的嗓音有些嘶哑。

钟熙立刻瞪他一眼，道：“你才哮喘呢！我只是呼吸道没那么好，还有点儿鼻炎。”她吸了吸鼻子。

“鼻炎？”难怪她说话总是带着鼻音。

钟熙没想到他会关心这个，奇怪地看了他一眼：“对啊，小时候重感冒拖很久才去看医生，就拖成慢性鼻炎了。”

这很正常好吧？见江恪之依然看着她，似乎在等她讲下去，她却懒得在这个话题上多纠缠。

很快，她低垂着眼睛看着他：“我抱起来舒服吗？”

钟熙的目光里带着调笑，还有一丝得意，谁让她又想起从前他对她不屑一顾的晦气样子。

江恪之闻言，才发现自己的手还不自知地揽在她的身上。

他神情自若地站起了身。

钟熙伸手摸了摸自己的背，不少粗糙的颗粒，刚刚竟然没有发现。

她有点儿不高兴地看着江恪之：“你刚刚把沙子蹭到我背上了。”

江恪之看到她又开始拍自己的腿：“这上面也是，讨厌，擦都擦不掉。”

钟熙看向大海，她真的不想再下水一次了。

江恪之看着她，没有说话。他弯腰将自己刚刚脱掉的上衣拿起来，又走到几步之遥的海边，将衣服吸满海水又拧干，递到钟熙面前。

“拿这个擦。”他说。

钟熙自然而然地把背对向他：“后背我擦不到。”

江恪之手上的动作顿了一下，几秒之后，才伸直手臂，在上面擦了擦。

“好了。”江恪之只胡乱地擦了几下就收回手，将衣服塞到她怀里，示意剩下的她自己来。

钟熙接过衣服，将自己擦拭干净。

两个人正准备离开，身后突然传来一阵叮咚咣当的声音。

钟熙吓一跳。

她猛地回头一看，江恪之幽深的眸子也正对向她。

他开口道：“应该是衣架断了，我去看一下，你——”

“我也跟你一起去。”钟熙手忙脚乱地把腿上的水抹干净，站了起来。

她套上自己放在一边的连衣裙就跟着江恪之往那边走。

他们走近一看，是江恪之从游艇上找到的螺丝钉松动了，再加上这两天夜里的风不小，所以衣架散架了。

钟熙想，这些钉子后面肯定还用得上，于是蹲下来在地上找：“现在有点儿太黑了，明天再做新的吧？”

江恪之本来还在想是哪一个环节出了问题，眼看钟熙一脚就要踩到一根碎木头，皱着眉从背后箍住她的腰。

“别捡了，天亮了再说。”他沉声说着，手腕微微用力将她原地挪开。

瞬间离开木堆的钟熙哦了一声，表情有些呆。

江恪之的手在她落地的瞬间就离开了她的腰侧。

她抬起头，见江恪之神情自然地接过她手上的钉子，又冲他点了点头：“知道了。”

江恪之看她一脸严肃，低声说了一句：“走了。”

钟熙本来打算跟上他的脚步，又想到了什么，于是指了指地上的木头：“这些好多都断了，明天肯定都不能用了吧？”

江恪之嗯了一声，不知道她又要做什么。

钟熙抬眼看着他：“那不然我们把它们给烧了吧？”

江恪之闻言扶了扶额，过了半晌，才开口说道：“它们没有火化的必要。”

钟熙差点儿要被江恪之的脑回路气笑了。

“救命啊，你想哪里去了，我只是觉得我们身上的衣服都有点儿湿，想要生火烤烤火好不好？而且还可以顺便烘一下那条毯子。在你心里，我就是会做这种奇奇怪怪的事的人吗？”她没什么力度地瞪了他一眼。

这几个夜晚，江恪之其实并不觉得冷，所以并没有想到这个。

他就这样垂眸注视着她那张生动的脸，不自知地勾起了嘴角。

“你做的奇奇怪怪的事还少吗？”他说。

钟熙不自觉就想和他再辩论几句，反正他们一直话不投机，但是他说话的语气，还有神情……

“你这个人真的好怪，”她面上有些困惑，声音也变得轻轻的，“骂我说得好像在夸我可爱一样。”

江恪之闻言抿着唇不再说话了，只是盯着她的眼睛。

钟熙为自己脱口而出的话感到尴尬。

她不是可爱的类型，而且江恪之觉得她可爱与否对她来说完全没有任何意义好吧？

钟熙还在胡思乱想，就见江恪之已经沉默地捡起木头。他大概以为这只是她又一次计划性的逗弄，并没有放在心上。

钟熙松了口气，又去抱了一堆落叶，这样方便点火。

江恪之没有回到山洞附近，而是又来到了海边。

“我们不回睡觉的地方生火吗？”钟熙问。

江恪之从口袋里找出她的打火机，她看着自己的东西，恍然大悟——难怪她找了两天都没找到。

“烤一夜火不现实，毯子在这里，烘干身上的衣服就回去。”他说。

钟熙其实也无所谓，这晚的风明显没有昨晚强，烤一夜烧到帐篷怎么办？于是她点了点头，没等江恪之动作又去搬来几个石头放进海水里洗了洗，随后将湿毯子放在上面。

江恪之试了几次终于将木堆点燃。

钟熙又踢过来两个大石头。

“坐这个。”

江恪之低低地说了一声：“谢谢。”

说完，两个人安安静静地坐着。

过了半晌，钟熙看向无波无澜的海平面，倏地开口：“你现在在想什么？”

江恪之愣了一下，重复道：“想什么？”

钟熙还是没忍住，问出声：“你看起来很平静的样子，好像已经适应了。”

江恪之神色如常：“为什么要不平静？”

钟熙感到一阵好奇，江恪之最近越来越让人难以理解了，难道从前对她的态度是装的吗？

“认识我们的人都看得出来，你很讨厌我。”说到这里，钟熙的语气不自觉地变差，毕竟她至今不知道他们交恶的理由是什么。

钟熙不喜欢自己情绪化的样子，继续用江恪之熟悉的轻佻的态度说话：“你和你一直那么讨厌的人待一起这么久，我以为你会想不开到投海。”

她扬了扬下巴，笑着指着面前的海。

钟熙以为江恪之会反驳，至少会假惺惺地说一句“我之前也并不讨厌你”。结果，他只是淡淡地说：“这没什么好想不开的，发生了就是发生了。”

他淡然的态度完全超出钟熙对他的认知，她有点儿笑不出来了。许久，钟熙挑了挑眉问道：“你享受吗？”

江恪之的坐姿变得僵硬。

过了半晌，他说：“不要明知故问。”他的声音变得发涩。

静了几秒后，钟熙露出一个无辜的笑容，轻声问道：“那你还想有下一次吗？”

江恪之没出声，只是下颌绷得很紧，钟熙能看出来他眼神里的挣扎。

钟熙等了一阵后，突然不高兴地说：“我真讨厌你这样。”

江恪之投在她身上的目光变得复杂，问：“我怎样？”

钟熙皱着眉，双手抱胸说道：“问你什么，都只给我一个眼神让我体会，平常你不讲话谁管你，但现在这里只有我们，你多说两句也不会崩你的人设好不好？”

如果稍微有点儿幽默细胞的人这时候大概都能说点儿俏皮话。

然而江恪之看了她一会儿后，收回了目光。最后，只是语调平淡地说：“我不知道要说什么。”

钟熙不理解：“为什么不知道？想就说想，不想就说不想，如果你不说话我就会当你是默认。”

她飞快地出声，然而他还是没有回应。

“所以，”钟熙盯着他的侧脸，“你还想。”

江恪之的喉结滚了滚，双手握得很紧。

钟熙的心情瞬间变得轻松。她盯着面前这个神色僵硬的人，反正，只要她想，随时可以抽身。在这个过程中，逗逗江恪之很有趣，那么为什么不呢？

“有什么关系？”钟熙弯了弯嘴角，“我也想呀。”

“你要知道，我们做的事只是为了互相帮助，没有其他的意义。”

钟熙一脸轻松地说。

江恪之闻言沉默了片刻，重复道："没有其他意义。"

"现在我们也不知道什么时候能出去，就像你说的，发生的已经发生了，无所谓再多几次了，不是吗？"

江恪之看着她一开一合的嘴唇，他想说"你说得不对"，然而，他只是等待着她的话。

他知道他的沉默就是默认，钟熙也知道。

正如江恪之确信自己在做错误的选择，他会后悔的。

事实上，他已经开始后悔了。

钟熙搬着屁股下的小石头坐到他身边："我们拟个协议吧。"

江恪之看着她神采奕奕的脸，想起自己在餐厅吃饭时，偶尔会撞见她。她对面的人通常是她的客户，那时候，她的眼神就像这一刻，像是一个猎手，正在和一个猎物玩一场不久就会结束的游戏，而她始终是那个胜利者。

"身心分离这种事对你来说，没难度吧？"她一脸坦然地问道。

江恪之看到她对自己扇动着眼睫，不知为什么，对上这双眼睛，他的内心感到一阵烦躁，不，是比烦躁还要深的情绪，但他只是很平淡地回了一句："当然。"

钟熙满意地点了点头："那最好，不然离岛以后再撞见多尴尬，说不定会把同行们吓死。"

她冲他笑笑，似乎觉得自己的话很有趣，但江恪之面上什么表情也没有。

他的嘴唇又抿起来了，钟熙本来还在说着话，注意力一下被转移了。她定定地盯着他的嘴唇："你的嘴唇好像很薄。"

她说着，甚至有点儿想伸手去摸，这似乎是人从婴幼儿时期面对好奇的事物的下意识反应。

只不过对上江恪之深沉的眼睛，钟熙瞬间收敛了神色。

"而且还有点儿干干的，你应该多喝水了。"她移开了视线。

江恪之依然只是盯着她，她能感觉到他的视线就停留在自己的脸上。

“你为什么这么看着我？我只是好心提醒你，毕竟我又不会和你接吻。”她眉头紧蹙着，语速飞快地说完，又看了一眼江恪之，“你知道吧？”

“当然。”江恪之看起来很平静。

钟熙点点头，声音听起来又变得轻快：“那我们时间上怎么分配呢，你有想法吗？”

“看你。”

“喂，有点儿参与感好不好！”钟熙不满地看向他。

江恪之随手捡起地上的一颗小石子，放在手里攥了几秒后用力地抛向大海。

“我不擅长这个。”他的嗓音喑哑。

他的目光落在泛起涟漪的幽深海面，那个旋涡就像是他即将踏入深渊的入口，又或者，他早已踏入了。

钟熙打了个哈欠，没记错的话这天应该是星期日。

她觑了他一眼说：“那一三五按你的想法来，二四六听我的，我比较喜欢双数，星期日休息，怎么样？”

说完，她等江恪之的反馈，他始终淡淡的，这时却说了一句：“明天就是星期日。”

钟熙没想到自己记错了日子，也不知道江恪之提醒这句是什么意思。她盯着他看了两眼后，最后耸了耸肩。

“那明天就休息好了。”

江恪之没再说什么。

钟熙对上他的视线，一瞬间只感觉到周身像是被点燃了，但他只是平静地注视着她。

什么东西？让她感觉到热的只会是面前的小型篝火，给江恪之加什么戏？

她倏地收回目光，决定给自己找点儿事做一做，于是从火堆旁捡了一根没点燃的木枝，她确实太无聊了。

于是转过身，在面前的空地开始画，嘴里一边念着——

“甲方：钟熙

乙方：江恪之

一、甲、乙双方只是互助的关系，不谈感情，不接吻。

二、一三五由乙方主导，二四六由甲方主导，一切事务均建立在甲乙双方共同意愿之上，星期日休息。

三、甲、乙双方对在荒岛上发生的事皆有保密义务。

附：该协议仅在甲、乙双方滞留荒岛期间生效。一旦离开，老死不相往来。”

钟熙合同拟多了，这还是第一次搞这种私人性质的协议。

她用木枝干净的那头戳了一下江恪之的胳膊。

“你觉得这个‘荒岛三项协议’怎么样，还有什么要补充的吗？”

江恪之回头盯着地上的字迹，最后淡淡地说：“没有。”

钟熙把树枝递给他：“那你签字吧。”

江恪之叹了口气，显得有些无奈：“这是在玩过家家吗？”

“你这个做新媒体的怎么一点儿活力和创作力都没有？”钟熙递过来木枝，执意要他签。

江恪之被动地接过来，许久，就在钟熙等不及要催的时候，他垂眸开始签字。

不巧的是，他刚刚签下“江”这个字，一个海浪毫无预兆地打过来，本就模糊的一团字再也难以分辨。

钟熙难以想象自己写了半天的成果就这么被糟蹋了。她睁大眼睛，最后打了个长长的哈欠。

“好困，不过没关系，我已经记在心里了，你也是吧？”她眯着眼睛和江恪之说道。

江恪之看到她整个人转过来面向木柴。

钟熙闭着眼睛，将脸埋进胳膊里，真暖和，她只打算闭目养神几分钟。

江恪之看着她的睡颜，在心里说了一句：我也是。

他收回目光，静静地等待木柴燃烧殆尽。

他望着黑红色的火堆，他想，或许没什么难度，他也可以做到。

第七章

江恪之为什么这样

指尖被一个尖尖的东西扎了一下，钟熙瞬间睁开了眼睛。

她第一时间抽回了手，这一次，她没有叫。

阳光有些刺眼，钟熙的视野一片模糊。几秒钟后，她稀里糊涂地和一对柄眼对上了视线。

一只螃蟹，它就在离她不到半米的地方，一动不动地盯着她，她很快发现它身后还有一只。

她刚睡醒，反应还有些迟钝，就这样和它们大眼瞪小眼。

过了半晌，钟熙抬起胳膊想去摸前面那只螃蟹的眼睛，结果另外一只螃蟹一起跟着缩回眼，两只螃蟹一秒也不耽误地横着往海里爬了回去。

钟熙被它们逃难一般的爬姿逗笑了，突然听到自身下传来低沉略带沙哑的声音。

“既然醒了，就起来吧。”

钟熙闻言，身体有一瞬间的僵硬，脑子也晕乎乎的。

她侧转过头，发现自己整个人四仰八叉地趴睡在江恪之的身上，一只胳膊也紧紧搂住他的腰。

她这是把江恪之当床了……

钟熙有点儿别扭地撑着他的小腹起身。

“你身上太硬了，我以为我在睡床，压根儿没感觉到。”她小声地说。

她完全记不得自己怎么就睡在这里了。

钟熙又望向江恪之，他的眼神一片清明，看来早就醒了。

“你醒了怎么都不喊我？”她问。

江恪之走到一旁去找昨晚没带回去的牙刷牙膏。他说：“我不喜欢喊有起床气的人起床。”

钟熙有点儿不高兴，在他身后说：“我根本没有起床气。”

她的嗓音因为刚醒还有些哑，江恪之侧头瞥她一眼，那个眼神好像在说她现在就在闹脾气。

海边还是有点儿冷，她在原地拉伸了一下后，吸了吸鼻子。

江恪之沉声道：“你感冒了。”

钟熙摇头，也开始找自己的牙刷。

“我每天醒过来都是这样的，一会儿就好了。”

她一边说，一边因为迎面而来的海风打了个哆嗦。

“你最好一会儿吃点儿药。”江恪之皱眉说道。

钟熙一脸不可思议：“你好夸张，我们鼻炎患者都这样。”

江恪之看着她不说话。

钟熙发现自己的这小管牙膏已经挤不出什么牙膏了。她走到他身边，把牙刷伸过去。

“借我一点儿，谢谢。”她摆出一张笑脸。

江恪之看她一眼，将牙膏丢她手上。

钟熙故意说：“你这样让我吃药让我觉得你好关心我哦。”

“想太多了，我只是不想被你传染。”

钟熙把牙刷塞进嘴里，她又不蠢，当然知道了。

钟熙低头刷着牙，看向地上的沙子，她都不记得昨晚是在哪块地“写”的协议了。

一夜过后，她和江恪之的协议竟然一丁点儿痕迹都看不出来。

想到昨晚那个约定，她漱了漱口，叹了一口气，她的口腔竟然已经习惯了海水的咸腥味。

她擦完脸，问江恪之：“你说这个岛叫什么名字？”

这次他回应得倒是很快：“你觉得我会知道？”

“我只是觉得有山有林还有海，海里还有吃的，叫它‘荒岛’不太像话，而且你想想我们昨天的那个协议，‘荒岛三项协议’，听起来一股会死人还得处理死尸的味道，你不觉得吗？”

江恪之对于她的胡言乱语已经习以为常。他将东西收好，随口问道：“所以？”

“我们还是给岛起个名字吧。”钟熙其实没那么在意江恪之的想法，她只是想说话，而这里只有一个听众。

她又看到不远处那两只螃蟹，眼睛亮了亮，自言自语地说：“叫‘螃蟹岛’你觉得怎么样？”

江恪之张了张口，看着钟熙神采奕奕的脸，又闭上了嘴巴。

他忍住没有说“螃蟹岛”这个名字已经被南美的一座小岛占了。

钟熙拍了一下他的胳膊，一脸笃定地说：“你看，那就是被你前几天一脚踢进海里的两只螃蟹。”

江恪之的表情看起来有些无奈：“你觉得有可能？”

“你以为我在跟你开玩笑？边上那个被你踢过一脚以后壳都瘪下去了，你仔细看看我有没有说错？”

江恪之没有想明白自己为什么会听完她那么荒谬的话，就盯着蟹壳看。

“所以，是我的错？”他低声问。

话一说出口的时候，江恪之就紧紧地闭上了嘴。

他大概真有哪里出了问题，不然怎么会做出和钟熙斗嘴这种幼稚至极的事？

“你生气了？我又没有怪你。”

江恪之不再说话，开始低头收拾自己的东西，准备回山洞。

钟熙觉得他这样真有趣，她踮脚从背后搂住他，他的身体瞬间变得僵硬。

“我的腿现在还在抽筋，你能抱我回去吗？”钟熙的脸靠在他宽阔的背上，看到他泛红的耳垂，感受到一阵晨起的愉快。

她笑着说：“我当然会感恩一点儿，回去就给你送一面锦旗，好不好？”

江恪之：“不必。”

钟熙本来就是想逗逗他，正准备松开手，就听到江恪之低沉的声音：“就这一次。”

这声音听起来有点儿挣扎。钟熙瞬间睁大了眼，他怎么就同意了？

钟熙承认自己心情不错的同时，还感到奇怪。

说实话，在荒岛这几天的相处中，江恪之对她真的不坏，甚至有很多瞬间，他对她太好了……

可是他从前对她的冷漠也不是装的。

她又开始纠结这个问题了……

钟熙靠在他的背上，不禁开始想：任何人对他提出这个要求，他都会答应吗？

“不要搂这么紧。”江恪之的声音打断了她的思绪。

他一边说，一边微微弯下腰。

钟熙没多想就爬了上去。

江恪之的双手握拳，并没有碰到她的肌肤。

“江恪之，假如和你流落荒岛的是杨董，他要你把他背回去，你也会同意吗？”钟熙问。

江恪之的脚步顿了一下，他听到自己自嘲的声音："这是什么问题？"

"假设性的问题啊。"

江恪之真想忽视她的声音，她像是害怕自己滑下来，将他搂得很紧。

"手松一点儿，"他将她往上面扶了扶，还是忍不住说道，"杨董晕船，根本没有和我流落荒岛的可能。"

没得到正面回答的钟熙又开始伸手去捏他的喉结："所以你会不会背啊？"

"别乱摸，如果他神经没出问题，你这个荒谬的假设根本不会成立。"

杨董疯了吗，还是他疯了？

"我觉得你会。"钟熙给出一个结论。

江恪之彻底停下脚步，语气变得严肃："你现在就给我下去。"

钟熙乐了。她伏在他背上，咯咯地笑着。

"好吧，就当你不会好了，快一点儿，都快到了。"她催促道。

江恪之冷着脸将她背到帐篷口，慢慢地站直。

钟熙松开他的脖子："你有时候真情绪化。"

江恪之懒得说话，将水瓶拿起来，钟熙在旁边做作地咳嗽了两声。

最后，江恪之倒了两杯水。

钟熙笑着接过来："你是个好人。"

江恪之只当没有听见。

全麦面包只剩下两片，两个人分食着又吃了一点儿牛肉，便结束了早餐。钟熙感觉还是有点儿头晕，于是回到帐篷里倒头就睡，过了很久才醒。

她出来的时候，江恪之正坐在海边，毯子和衣服已经晒在重新做好的衣架上。

钟熙走过去，看到游艇上的小锅被他拿了出来，正放在火上不知煮着什么。

“你在做什么？”

“鱼汤。”江恪之简短地回答。

“你竟然抓到了鱼。”她一脸赞赏。

“还要多久呢？”她蹲到他身边。

江恪之把身旁那个石头踢到她脚边，她欣然坐下。

他递过来手里的汤匙，然后揭开了盖子。

一时间，鲜美的鱼香味弥漫在钟熙的鼻间。

“已经好了？”

江恪之低低地嗯了一声，倒了半碗在一个小碗里。

“小心点儿。”

钟熙小心翼翼地接过来，喝了一小口后，瞬间觉得胃变得温暖。她看向江恪之，问：“你喝过了吗？”

江恪之没说话，只是点点头。

钟熙安静地喝完以后，把碗放到一边。她不小心看到他裤子口袋鼓起了一块，没给他反应的时间，直接将手伸进他的口袋里。

“肯定是我的打火机。”

结果却只掏出来一板维生素C片。

“你口袋里放了这么个玩意儿？”钟熙没有想到。

江恪之低着头开始收拾锅和碗，又看了她一眼，低声说道：“快过期了，你每天饭后半小时吃一片。”

钟熙一眼看到保质期到来年年底，刚想问点儿什么，一下子明白过来。她伸手戳了他一下：“我知道了，你还是怕我感冒对不对？”

江恪之拂开她的手，将碗放进海水里冲了冲。

“我只是不想照顾病人。”

“哦，这次不说怕被传染了？”她嬉皮笑脸地说。

等江恪之转头看向她时，对上他的视线，她收起了笑容。

她视线下移，看到江恪之的嘴唇依然很干。

“跟你说了你嘴唇很干，你怎么都不多喝点儿水？”

钟熙有一个毛病，她很喜欢撕嘴皮，以前她只是撕自己的，现在，她犹豫了几秒后，伸手在江恪之的嘴巴上摸了一下。

她盯着江恪之的嘴唇喃喃道：“你真的要多喝水了。”

见江恪之依然只是沉默地看着她，她鬼使神差地拉着他的手，覆上他的嘴唇。

“你看，是不是很干？”她问道。

江恪之的目光却始终停留在她的唇上。

“我让你看你自己的，不是看我。”她的声音莫名有些颤抖。

太奇怪了，她不明白自己抖什么。

江恪之倏地收回了手，但是眼睛依然停留在她的脸上，他深吸一口气，低声说道：“今天是星期日。”

气氛开始变得诡异。

钟熙闻言也挪开了手，小声地说：“我当然知道了。”

两个人就这样对视着，他的目光开始变得暗沉，空气中只能听到二人浅浅的呼吸声。

半晌，江恪之喝完水后，脸上依然什么情绪都没有。

钟熙很想要打破他这份虚假的平静。她抬起手，将食指探上江恪之的嘴唇摸了摸：“你看，不干了。”

江恪之只是无声地注视着她。

他的目光让钟熙感受到一阵滚烫的热意。她收回目光，手指依然在他的嘴唇上打转，低喃道：“你这个人一点儿也不识趣，你摸我嘴巴的时候，我都不只是这样。”

江恪之就已经伸手抓住她还要作乱的手，把它攥在自己的掌心里。

“好了。”他低声说道。

钟熙完全没想到江恪之会做出这样的行为，呆呆地看着他。

“别这样看着我。”他这样说着，握着钟熙的手却用了些力。

钟熙感觉自己的手心有点儿出汗了，又或者是江恪之的掌心本来就有汗，有些湿润。

他制止她就算了，手干吗牵到现在，还攥这么紧？

这种氛围不是钟熙擅长的，这让她有些无所适从。

四周静谧极了，江恪之过了半晌才说：“我们回去吧。”

钟熙点点头。

江恪之把锅碗收拾好，两个人像什么也没发生一般一起往山洞走。

钟熙闲着无聊，又开始琢磨回国以后公司的事。她贴着江恪之的胳膊，见他又开始装起哑巴，忍不住出声打扰他。

她说出一个名字，见江恪之望过来，她问道：“你一定打过交道吧？我听说他年纪轻轻，烟酒不沾，他这个人好相处吗？”

年后有几项合作的项目，还有一些细节没敲定，钟熙在这种地方也不知道能干什么，只好瞎琢磨。

她看向江恪之，发现他脚步顿住，面上的神情也变得有些奇怪。

“你干吗？这次没抢你们公司生意啊。”她说。

作为业内的佼佼者，后续的城市发展，她和江恪之的公司少不了要一起共事，但没什么竞争性质。

“这种事不要问我。”江恪之的声音冷冷的。

“你不至于这么小气吧？我也可以跟你信息置换的。”

钟熙想起江恪之此行的目的，大概率是为了杨董，于是随口说道：“我和杨董的老婆还有他的大儿子关系都不错，帮你们牵线不是难事。”反正也不损害她的利益，卖个人情也不是不行。

结果，江恪之只是淡淡地扫了她一眼：“我知道，你们关系很好。”

他嘴角微微牵起，但这个笑里一点儿温度都没有。

钟熙眉头皱起来了，他这阴阳怪气的冷笑是什么情况？

"你难道连这个都嫉妒？"她提出这个完全是一片好心。

江恪之的表情变得僵硬，一脸严肃："我不可能嫉妒你和——"

钟熙没耐心听下去了，她双手抱胸："人际关系本来就是能力的一种，你这么不平衡为什么不自己努力？"

江恪之的嘴唇抿得很平。过了半晌，他低头盯着自己手上的东西："懒得跟你说。"

钟熙想冷笑了："你什么时候愿意和我说了？"

说完，她头也不回地回帐篷了。她真是有病，没事竟然想起来和江恪之聊天？他们连朋友都算不上好吗？

莫名其妙，钟熙躺进帐篷以后越想越生气。他竟然敢给她脸色看？以为她会惯着他吗？

别做梦了。

傍晚，钟熙去海边转了一圈儿，顺便刷了牙。

回来的时候，她和拿着干净衣服的江恪之打了个照面。她冷着一张脸，看都没看他一眼，直接回了帐篷。

帐篷早在她下午回来的时候就被她挪远了一些，她白天睡得多，一直到晚上都不困。她躺在帐篷里翻来翻去，后知后觉地发现一件事，她竟然还在气愤，就因为江恪之对她的态度。

而且，她很快意识到，从前江恪之对她的态度更差，现在只能说是恢复了常态，她却完全接受不了。

她早该习惯了的，不是吗？

但是习惯不了！情绪不稳定的臭男人！她在心里咒骂道。

临睡前，她听到帐篷外出现了脚步声，那个声音离她越来越近。她想都没想，立刻起身将帐篷的拉链一下拉了起来。

动静戛然而止，在这个黑夜里突兀极了。钟熙躺下，盯着帐篷尖尖的顶，里面太黑了，其实根本看不清。

许久，耳边才重新传来脚步声，越来越轻，直到停止。她内心愤怒的同时，感到一阵难以言喻的快慰。

她想不明白自己什么时候变得这么小家子气了？带着这种自己都解释不清的心情，她竟然睡着了。

一觉醒来，钟熙感到十分饥饿。

她撑着手臂起身，在里面愣怔了半天，才钻出帐篷。

她刚站直身体，一眼就看到不远处，站在山洞口的江恪之。

他正在整理身上T恤的褶皱。见她出来，他回头看向她。

钟熙一觉醒来，头还有些昏沉，差点儿就要忘记昨天的不快和他打招呼了，还好还好，她及时闭紧了嘴巴。

她也是有脾气的，她才不要主动跟他说话。

钟熙心想，她不只是要在工作上压他一头，就算是冷战，她也会赢。

这样想着，她收回目光，面无表情地拿起牙刷还有新的小管牙膏出了帐篷。

冷脸的体验感确实不错，可惜这个倒霉的螃蟹岛道具有限，但凡这里还有什么别的活人，钟熙都要让江恪之知道，少了他，她超开心的。

沉稳的脚步声在身后响起，一直到走到海边，两个人都保持着沉默，没有人说一句话。

钟熙烦躁地蹲在海边，不知道江恪之也跟过来是要做什么。

她正准备把东西拿出来，眼前突然出现一管牙膏。

钟熙愣住了，转过头，看到江恪之站在她身侧，微微俯下身子，就这样注视着她。

他的眼下一片青色，眼球也有一些红血丝。

“你的牙膏不是用完了？”江恪之的声音低沉，神色平静。

钟熙盯着那支牙膏，其实她已经做好两个人就这样当哑巴直到救援队出现的准备了。

她根本没想过江恪之会主动跟她开口，还这么快。

钟熙承认自己有点儿雀跃，但她忍住没有表露出情绪，只是把自己的小管牙膏拿出来。

“我有的，”她神情自然地说，同时不忘记礼貌用语，“谢谢。”

很好，姿态十分优雅得体。钟熙对自己很满意。

接下来，没有人再说话了，江恪之沉默着收回那管牙膏。

钟熙不知道自己在想什么，静静地刷完牙，她看着无垠的大海，感觉心情都变好了。

起身后，江恪之站在她面前，低垂着视线，问道：“今天有什么想吃的？”

钟熙有点儿不理解。她抬头看着江恪之，甚至开始怀疑他是不是迟钝到压根儿不知道她因为昨天那件事生气了？不然怎么可以像什么也没发生过一样。

她张了张嘴，最后也只是说：“想吃有什么用，这里又不会有。”

江恪之就这样看着她，向她伸出手。

钟熙看到，他摊开的掌心里躺着一块巧克力，是上次他们在游艇吃剩下的那块。

她直直地盯着他的手掌心，内心感到一阵复杂。

江恪之这是在干吗？总不可能是在哄她吧？

她忍了半天，终于还是憋不住地抬头看他：“江恪之，你到底为什么这样啊？”

钟熙问完这句话，大概过了很久，空气中才传来江恪之极低的声音。

“我怎样？”他的眼睛一眨不眨地看着她，这三个字说得很慢。

钟熙对上他的视线，又是那张看不出丝毫情绪的脸。

“你……总是这个样子。”钟熙搞不明白。

之前的事她都懒得提了，毕竟提了也得不到答案，她说：“昨天下午，你为什么无缘无故地对我冷脸？”

结果现在又来装没事人一样。

江恪之抿着唇，声音艰涩："我没有。"

"你千万别说没有。"

两个声音同时出现，闻言，江恪之的表情再次变得僵硬。

钟熙以为他还打算说些什么，但他什么也没有说。

"很勉强的话，你根本不需要理我。"钟熙赌气地说。

不说就不说，搞得她多在意一样。

"你不和我说话，我也不会怎样。"她说。

江恪之的神情几度变化，最后，硬是从薄唇里挤出了几个字："我说过，我只是习惯这个表情。"

钟熙问："不好的习惯难道不应该改？而且，我们说的根本不是一码事好不好？"

江恪之一言不发地注视着她。过了很久，他语气温和地说道："中午吃烤鱼。"

说完，他低头拉过钟熙的手，不管她的反应，将那块巧克力塞进她的手里，下一秒，他的手已经松开。

钟熙攥着巧克力，生平第一次体会到心里有气但发不出的郁闷。

"算了，"她有点儿泄气，小声地说，"你这个人有毛病，我才不跟你计较。"

钟熙的余光看到他的嘴角像是微微勾起，但等她抬头看过去，依然还是那张难辨喜怒的脸。

"那早饭不吃了吗？"钟熙打算揭过这一茬儿，习惯性地把巧克力塞进领口。

江恪之别开目光，低声说："煮了粥。"

钟熙转过身，看到身后不远处的木柴堆上放着一口锅。

她看着那口锅，越发感到迷茫和纠结。

等到钟熙坐在江恪之身边，接过他盛好的米粥，小口小口地喝着的时候，她依然在想：江恪之到底为什么这样？

这一天，钟熙抓了鱼，两个人沉默着做了午餐。

没滋没味地吃掉烤鱼以后，他们就这样坐在沙滩上看海，不言不语。

感谢螃蟹岛，让钟熙提前适应了老年人的生活。

钟熙看了一眼身旁坐定的男人，突然觉得，如果她要一辈子待在这里，没有听觉、不会说话大概也是丝毫不影响她的生活。

这个想法让她觉得有点儿好笑。

到了傍晚，两个人把早上剩下的粥热了热解决掉后，钟熙感觉到一丝疲倦。

她刷完牙，江恪之还在一边整理东西。她想了想，说了一句：“那我回去了。”

路过江恪之身边的时候，她的手腕却被握住。

她抬起头，有些不解：“你是要我帮你一起收垃圾？”

江恪之眼底掠过一丝无奈。他注视着钟熙的眼睛，半晌才低声说道：“等我。”

这个语调再寻常不过，但这两个字眼落入她的耳朵，再对上他灼热的视线，她只感觉这目光深邃得像背后的海，下一秒就要将她吸进去。

手腕上的温度变得有些热，钟熙拖长声音地哦了一声，江恪之立刻松开了她。

他回过头继续收拾着烤鱼的残骸，钟熙借着月光看向江恪之的脸。他面上没什么表情，但耳朵已经暴露了他。

这真是值得载入二人史册的一天。

第八章

吻

钟熙的背抵在山洞的外岩壁上。

现在这种安静的气氛，再配合这个昏暗的环境，简直像在兰若寺拍《倩女幽魂》。

江恪之无言地看着她，像是对她轻佻的态度很无语。

“你不会是为了这个，今天才主动跟我说话的吧？”钟熙开玩笑地说道。

江恪之没有回答，只是目光深沉地看着她。

他知道自己现在看起来依然冷静，但这只是表象，他的呼吸越来越艰难，疯狂是他的底色。

钟熙望着眼前这张英俊淡漠的脸，有伸手抚平他眉心的欲望，但只有一瞬，这个微不足道的冲动就被冲得烟消云散。

月色朦胧，钟熙看着江恪之，月色让他的眼神看起来格外深邃。她对上这张严肃的面庞，不知怎么再一次想起昨天下午的事，这时候似乎是最好的时机，她忍不住问道：“江恪之，你是不是，和那个主任有过……什么龃龉啊？”

江恪之闻言沉默地注视着她的脸。

他看到她的眼睛里满是好奇，嘴唇翘起，像是还要说些什么。

“嘘。”江恪之抬手，将拇指指腹按在她柔软的唇瓣上，低沉着声音说道，“别说话。”

他的声音充满磁性，钟熙看着他的眼睛，嘴唇上的触感是那样明显。

两个人视线交缠，江恪之眉头紧锁，目不转睛地盯着眼前娇艳欲滴的唇瓣，就在钟熙轻启双唇的时候，他毫不犹豫地倾身吻上去。

钟熙对于接吻没有任何兴趣，但不知道为什么，这一次，她没有躲。

钟熙想，这是因为太突然了。

大约只有两秒钟，江恪之在她的唇瓣上只轻轻地触了一下，一触即分。钟熙睁开了眼睛，江恪之沉默地注视着她。

“你在做什么？”她问。

她说话时的气息就这样打在江恪之的脸上。他静默了几秒，灵魂像是游离出身体。

“为什么？”他答非所问地看着她的嘴唇，“你这里总是有那么多话要说。”

他的声音低沉得与这个黑夜如出一辙，钟熙瞬间被他的话转移了思绪。

两个人久久地注视着对方的眼睛，周遭的空气变得黏稠、湿热。

“你还想我吻你。”他低声说道。

对上他灼热的视线，钟熙感觉呼吸都变得困难。她移开了目光，否认：“我才没有。”

江恪之幽深的眸子就这样盯着她，下一秒，他捧住她的脸，再一次低头覆上了她的嘴唇。

和刚刚那个转瞬即逝的轻吻不同，这一次，他吻得很深，而在他吻上来的瞬间，钟熙下意识地就搂住了他的脖子。

两个人的心跳声是如此乱，但他们依然不知道自己想要的是什么。

不够，完全不够，到底少了什么呢？

钟熙感觉得到江恪之的吻技不算好，但她的全身依然如窜过一阵电流。

和他的性格不同，江恪之的吻热情而强势，声音在静谧的空间显得如此清晰。不知过了多久，久到钟熙感觉自己就要窒息而死，江恪之才放开她。

“你的呼吸系统是不太好。”他低喘着下了一个结论。

钟熙连翻白眼的力气都没有了。

深夜，江恪之坐在海边的一块石头上。钟熙在他怀里换了一个舒适的姿势，抬眼直直地盯着他。他的嘴唇又抿了起来，看起来有些薄情。

不过，他刚刚吻上来的时候，那里很软，有点儿好亲。

她就这样盯着他的嘴巴看了半天，意识到有些怪异后，随口说道：“你的吻技很差。”

说完，她眼睛一眨不眨地等着江恪之的反应。这是事实，不过她也不知道自己说这个是在挑衅还是在干吗。

江恪之对她的这个评价似乎不太在意，神色未变，低垂着眼帘看着她：“你也没有好到哪里去。”

一阵海风拂过，几缕长发被吹到钟熙的脸颊上。她正要反驳，江恪之的目光有些温柔地凝视着她。他伸出手，将挡在她眼前的头发拨弄到她的耳后，然后，目光又再次投向她的眼睛。

钟熙一时之间忘记了原本要说的话，顿了一下，又理了理有些凌乱的头发。

“这里连梳子都没有。”她嘟哝了一句。

江恪之依然还是那样看着她。半晌，她扫了他一眼反问道：“我的吻技真的不好吗？”

江恪之点头。

钟熙也懒得反驳了，不以为意地说：“这也很正常，我不喜欢亲别人。”

钟熙说的是事实，毕竟常规的体检报告可以证明一个人的健康，却不能保证对方有没有幽门螺杆菌，她不想被任何人传染……

不过，江恪之的口腔很清新，而且这两次都是他主动亲过来的，她作为被动承受方当然可以心安理得地接受一切。

说完，她看向江恪之。他的脸上依然没有任何表情，但她总感觉有些细微的变化。

不知道是不是钟熙敏感，她觉得江恪之的这个眼神充满对她的质疑。

“你这个眼神是什么意思？”她戳了一下他的胸口。

江恪之抓住她的手，过了几秒才放开。他看着她，平静地说：“你看起来没有一点儿不喜欢接吻的意思。”

钟熙难得听到他说这么长一句话，关于这件事她没有什么不好意思的。

“你想表达什么？”她凑近他，“你觉得我喜欢你的吻，所以你对我很特别？”她又恢复了那副轻佻的态度。

闻言，江恪之笑了笑，尽管这个笑容没什么温度。

“我不会这么想。”他自嘲地说。

“为什么？”她仰起头，靠近他的脸，感受着他的气息，“你身上真好闻。”

只是刚说完这句话，江恪之却出乎她意料地伸出手，将掌心覆在她的嘴唇上。

钟熙感到困惑，时间一分一秒地过去，江恪之凝视着她的嘴唇，最后低声说：“说谎。”

“什么？”钟熙因为他的这两个字回过神，不高兴地拉下他的手，“你讲清楚，我哪句话说谎了？”

她真是摸不着头脑，江恪之却没有说下去的打算，他心不在焉地抽回了手，轻抚了一下她的胳膊，说：“不重要，风大了，我们回去吧。”

“怎么就不重要了？冤枉我是你的爱好吗？小江总。”

钟熙确实感觉到冷，她起身起来，还没站稳，江恪之一言不发地把他干净的西服外套搭在她身上。

就在他理好衣服的瞬间，钟熙从他背后搂住他的肩膀直接爬上他的背。

“背我回去，作为你刚刚冤枉我的赔罪。”她无视江恪之上一次说的“仅此一次”的话。

就在江恪之打算开口的时候，她伸出一只手捂住他的嘴，说：“我没有穿鞋，你就不要说些有的没的耽误时间了，还有，我好困。”

她就这样挂在江恪之的身上，一边说着一边打了个哈欠。

江恪之在原地站了几秒后，沉默地拉下她的手，认命地把她往上面颠了一下。

这一次，他走得比上次缓慢。钟熙趴在他的颈窝，感受到睡意袭来。

“江恪之，刚刚是你的初吻吗？”她随口问道。

其实，钟熙并没有窥探别人隐私的爱好，但她大概太无聊了，只能从唯一的同伴身上找点儿乐趣。

江恪之因为她的这个问题身体瞬间变得僵硬，答案是显而易见的。她没想过他的反应这么大，于是露出一点儿笑。

“是也没什么——”

江恪之却果断地打断了她的话：“不是。”说完以后，他又低声重复了一遍，“不是。”

钟熙睁大了眼睛，开始分辨他话里的真伪。

江恪之继续背着她往前走。

钟熙啊了一声："你不会是为了面子在骗人吧？"

她根本想象不出江恪之和女人接吻的样子，这个想法出现在她大脑的时候，她真是忍不住就要笑出声了。耳边传来江恪之平和的声音。

"为什么要说谎？"江恪之总有将问句说成陈述句的能力，他脚步未停，"我从不说谎。"

"那你吻技那么差，真不应该。"钟熙试图用一种调笑的态度说出这句话，她希望自己的声音听起来不要太过刻薄。

这一次，江恪之没有任何回应。

钟熙不知道自己心底冒出的不愉快是个什么情况，这些事和她根本没有关系。

两个人陷入了微妙的安静中，接下来的一小段路，没有人再说话了。

还没到帐篷口的时候，钟熙就从江恪之身上跳了下来。脚下有些小石子，江恪之皱眉盯着她的脚。

大概意识到自己动作的突兀，钟熙转过头对他笑了一下。

"晚安。"她说。

江恪之站在她身后欲言又止地看着她，对上她面上的笑意，他感到胸腔一阵涩然。但最后，他也只是说："晚安。"

第二天早上，钟熙因为肚子饿早早就醒了。

她觉得口干舌燥，于是打算先喝点儿水，就直接进了山洞。

余光看到江恪之依然背靠在洞岩上，她以为他还没有醒，脚步很轻，不经意往那里扫了一眼，直接对上了他的视线。

"啊，你醒了。"钟熙拿起水桶，对他弯了弯嘴角。

江恪之的神色略显倦怠。

"嗯。"他起身站在离钟熙一米之遥的地方注视着她。

钟熙倒好水后伸了个懒腰，道：“你昨晚睡得还好吗？我睡得很好，就是肚子好饿。”

江恪之看着她，她整个人看起来心情很好。

不知为什么，她面上的笑意让他觉得有些刺眼。

钟熙不是没有感知到他的目光，她握着水杯看向他：“对了，昨晚问你的那个问题，纯属我太无聊了，没想打探你的私事，你不会放在心上吧？”

她神色自然，看起来就像是随口找了一个话题。

江恪之面无表情地点了点头：“不会。”

钟熙整个人看起来轻松极了，完全翻过那一篇：“那就好，本来就是单纯的聊天。”

江恪之没有再接话。

钟熙示意他喝点儿水，说道：“我们早上吃什么？饮用水又要喝完了，我们还得再去净化一点儿。”

江恪之说：“游艇上还有一些燕麦片，要吃吗？”

“可以，等我拿个包和你一起去。”钟熙打算直接在游艇上洗漱。

燕麦片有些硬，不过他们还是用净化过的水泡了一会儿就吃了。钟熙一边吃一边望向舱外：“游艇离岸边好像越来越近了，你觉不觉得？”

这一次他们划过来的时候，感觉只花了第一天一半的时间。

江恪之点头。

钟熙思索着问道：“如果我们晚上住在游艇上，就算半夜海上出事，逃走应该也不会太难，对吧？”

江恪之嚼完嘴里的东西：“大概。”

“那我们今晚就睡在这里吧，闷一点儿也没关系。”钟熙说。

她在帐篷睡了几天，已经腰酸背痛，想象不出江恪之每天在山洞睡是什么感觉了。

江恪之看着她：“油剩得不多，没办法开灯。”

“我没那么娇气。”被锻炼了几天，她已经没那么怕黑了，再说她又不是一个人。

“可以。”江恪之同意了。

一想到晚上可以睡床她就开心，她吃完以后，走到卧室跟前说道：“这里有床，虽然不算宽裕，但你之前晚上不睡这里，跑去睡山洞，真是难以理解。”

江恪之看着她的背影，低头敛目：“是吗？”

他突然也觉得不能理解自己。

“江恪之，这里有钓鱼用具！”

得到了游艇主人的允许后，钟熙正在四处参观着。虽然这艘游艇算不上豪华，但她还是找到了一些用得上的东西。

江恪之闻言看过去。他从柜子里找到一盒没过期的橄榄，还有意面，虽然这些他都不喜欢。

钟熙还在那边问：“那我可以用这个钓鱼吗？”

江恪之没有抬头：“可以。”

钟熙本想在甲板上钓，愣是被江恪之严肃地拒绝了。他说有一定的风险，反正在他嘴里，干什么都有风险。

回到海边，钓鱼竿还不如树枝好用。不过为了消磨时间，钟熙最后还是选择钓鱼。

她以为这次还是在海边生火烤鱼，江恪之却拦住了她，两个人重回游艇。他指了指电磁炉：“意面很难煮熟，用这个。”

“会不会耗很多电啊？”

“一次还好。”

于是，钟熙安心地搞鲜鱼意面。

吃完东西以后，钟熙躺在甲板上消食。风一阵一阵的，她几乎就要睡着了。

没过两分钟，她感觉到眼前有了阴影。她睁开眼睛，看到了江恪之。

“这里风大，要睡去床上睡。”他看着她，语调平静地说。

钟熙眯着眼睛冲他笑：“那你帮我挡住就好啦。”

和江恪之开玩笑俨然成为她的一项爱好，她想着他又不傻，肯定转头就走了。正打算闭上眼继续享受惬意的时光，就看到他仍旧这样站在她面前。

“你怎么不走？”钟熙轻声问。

大约过了半分钟，她听到江恪之的声音。

“你不是让我替你挡风？”他的声音很低沉。

逆着光，她其实看不太清晰他脸上的神情。

——我让你替我做什么你就做什么吗？

钟熙就这样怔怔地盯着他看，嘴里突然冒出一句：“江恪之，你这样，好像我爸爸哦。”她的声音有些闷闷的，只是刚说完，自己就笑了，“不对，我说错了，他才不会因为怕我冷给我挡风呢。”

江恪之看着她脸上的笑，莫名感到身体某个地方被什么攥住了，他真想让她的这个笑容从这张总是奚落他的脸上消失。

“为什么他不会？”

“没有什么为什么，我又不是小孩子。”钟熙满不在乎地说。

江恪之看着她：“别这么笑。”

钟熙闻言有一瞬间的失神，只是很快，她面上的笑容变得更灿烂：“你好霸道，现在连我笑都要管了，再说我笑得不好看吗？”

她又恢复了她平常的样子，江恪之盯着她，没有说话。

“盯着我看做什么？”钟熙问，她将自己的腿竖直，脚趾在他的脚踝掠过，“又不说话了，我好看吗？”

江恪之努力忽视肌肤上的触感，沉声说：“不要明知故问。”

钟熙终于露出一个发自真心的笑。

“我听出来了，你在夸我漂亮。”

江恪之看着她，意识到她又恢复了生气，于是想要离开。

钟熙轻飘飘地瞪他一眼："你这个人一点儿也不耐逗，每次撩拨完我就要跑。"

"我没有撩拨你。"江恪之一字一板地说，他想着这样挪开脚应该不会很大力，却听到钟熙的声音。

"你不能走，"她依然躺着，那双眼睛上挑着望向江恪之，提醒道，"忘了吗？今天是星期二，你要听我的话。"

江恪之的手放在衬衫的纽扣上，盯着钟熙，对上她的眼神，他感到头皮发麻。

"大人，你的脸色看起来不大好，"钟熙面露担忧地摸了摸他的脸，惊呼了一声，"面色潮红，一看就是中了我们女儿国最烈性的毒药。大人，你命不久矣。"

江恪之深深地吸了一口气，神色难以形容。

"你确定你要这样？"

钟熙抽空瞪他："我就想在游艇上玩，而且今天是星期二，我们说好了的！"

江恪之确信，那个被水泼了的协议上绝没有要配合她演戏这一条。他半晌才说："死就死了。"

"万万不可，"钟熙一脸痛心地投入他的怀抱，"我怎么舍得大人这样的美男子就这样离我而去？大人，你不要担心，只要有人在你发作时给你渡气七七四十九个时辰，你就不会有事了。"

钟熙说着冲他暧昧地眨起眼睛。

七七四十九个时辰……

江恪之垂眸看着钟熙入戏的样子，最后硬着头皮开口。

"是吗，所以现在开始？"

钟熙不满意地掐了他一下。

"你怎么能答应得这么爽快？你当然要挣扎着拒绝我，说你宁愿死也不会答应我，这样我就可以自己发挥了！”

江恪之最后闭着眼睛说：“我宁可死，也不会与你行此事。”

钟熙笑了，她一把将他推倒在地：“这可由不得你选择，你乖点儿，这样还能就少受点儿罪。”

眼看他不再挣扎，钟熙摸了摸他的脸。

不知过了多久，江恪之睁开眼。听着不远处的海浪声，几乎以为游艇翻了。他的双手无知觉地紧搂住钟熙的身体。

钟熙在他怀里嘟哝道：“你想把我闷死吗？”她推搡着说。

江恪之这时才松开手。

钟熙问道：“我沉吗？”

“还好，”江恪之思考着说，“应该不会把胸骨坐断。”

钟熙愣了一下：“你是开玩笑还是认真的？”她真的看不出来这句话他要表达什么。

江恪之只是这样看着她，低声问道：“要什么？”

钟熙看他一眼，伸出手摸了摸他的嘴唇，许久才轻声说：“这里。”

江恪之嗓音低哑，注视着她：“再过来一点儿。”

第九章

救援队来了

一周后。深夜，游艇的卧室内，钟熙和江恪之安静地躺着。

这一周，他们大半的时间几乎在这里度过，从甲板到驾驶座，从卧室到沙发。

钟熙躺在江恪之的怀里，江恪之抓住她的手，无奈地说："你是不是不会累？"

"你身上怎么能连一点儿赘肉都没有？"钟熙喃喃道。

"好了，这不是什么值得吃惊的事。"他将她的手按在自己怀里，闭上了眼睛。

钟熙睡不着。就在一周前，她第一次在游艇过夜的那个夜晚，她和江恪之在这里一直闹到凌晨。

钟熙筋疲力尽，几乎闭眼就睡了。她以为江恪之大概会去沙发上睡，没想到第二天睁开眼的时候，他依然躺在她身边，搂着自己。醒来以后，谁都没针对这件事发表意见。之后，他们就这样稀里糊涂地共枕起来。

钟熙感觉腿好麻，于是把两条腿都搭到江恪之身上，动作有点儿大，她听到了江恪之的一声闷哼。

“对不起。”她有点儿抱歉地说。

钟熙看着卧室的舱顶，半天冒出一句：“圣诞节是不是快到了？”

江恪之对她这个问题毫无准备，想了想才说：“下周。”

钟熙在他怀里点点头。她已经好几天没打开过手机了，手机估计早就没电了。

在这之前，她从没想过自己能脱离网络这么久还没有疯，甚至每天心情都算得上不错？

江恪之见怀里的人突然沉默，以为她在这里过得厌倦了。

“想家了？”他问。

这并不是他真正想问出口的问题，他不禁抿紧了嘴唇。

钟熙想了想后，摇摇头：“还好，就是这里只有我们，以前过圣诞都是一群人，很热闹的。”

她随口说道，实际上心里并没有什么遗憾。

江恪之盯着某一个点，不知道在想什么，许久才说：“圣诞节可以烤海鲜，你不是很喜欢吃？”

他搂住她的双手不自觉地摩挲着她的手臂，她感觉很惬意，又往他怀里缩了缩。

“鱼我都吃腻了。”她笑着说。

江恪之想说螃蟹，但他意识到钟熙已经很久不吃螃蟹了。前天他看到她又蹲在海边看那两只螃蟹，以为她是馋了，说起中午可以蒸螃蟹，她立刻怒目相对，眼睛瞪得大大的。

于是他闭上了嘴，换了个话题。

“你这次，是为什么来柬城？”他的声音懒懒的，充满磁性。

问出口的瞬间，江恪之倏地睁开了眼睛，身体也绷得很紧。

这段时间以来，他从没有打探过钟熙的私事，他一直严格地恪守着他们之间的那条线。

就在他思索着为这个过界的问题解释的时候，钟熙不高兴地抬头看向他。

“喂，我记得刚到这里的时候我就问过你，你都不回答我。”

江恪之一眨不眨地看着她。钟熙的表情和往常没有任何变化，他感觉到被揪紧的那颗心慢慢地被抚平。

“商务合作，”江恪之的神情变得轻松，闭上了眼睛，道，“很无聊。”

钟熙难得听他用“无聊”来形容什么事，笑了一下，说道：“我是顺路找我的朋友，叙旧。”

说到“叙旧”的时候，她像是想到了什么，有一瞬间的卡壳，掩饰性地清了清嗓子。

江恪之自然听出她声音里细小的变化，目光沉沉地看向她。

江恪之深邃的目光落在她的身上，像是能够窥探一切，让她无端地产生一种心虚的感觉。

钟熙别开了目光，略显生硬地转移了话题：“对了，其实我一直想问你，你是不是不管去多远的地方都绝不坐飞机？”

江恪之收回视线，冷淡地嗯了一声。

“那你之前在国外上学，去那里也是坐船？这得坐多久啊。”钟熙好奇地问。

江恪之回忆了一下：“三周不到。”

钟熙认识的人里抗拒坐飞机的有几个，几乎都是恐高，但他们在必要情况下还是能克服的，可像江恪之这样宁愿坐三周的船都不肯坐飞机的，她是第一次遇到。

“真难以想象……”

她打了个哈欠，两个人有一搭没一搭地聊着天，相拥着睡着了。

第二天早上，钟熙还在睡梦里，感觉到有什么摸自己的脸。

她将头埋进枕头里，紧闭着眼睛嘟哝道："你在干吗？"

江恪之温柔地注视着她，食指将她脸颊上的几根头发撩到后面。

"你昨晚不是要我早上跑步的时候叫你？"

钟熙的眉毛蹙了起来，闷声说："睡觉前的话怎么能当真呢？我才不去！"

江恪之收回手，看向她的脸上露出一点儿笑意，许久才轻声说："骗子。"

钟熙听都没有听到，自然没有反应。

他起身，将被她踢到角落的毯子理了理，盖在她的身上。

"那我走了。"他说。

钟熙哼了一声，没有再搭理他。

事实上，等身边的热源离开后没多久，钟熙就醒了。

睡得好好的被吵醒让她有点儿烦躁，她在床上呆坐了十分钟，却怎么也睡不着了，最后还是爬起来了。

天越来越冷了，她穿上了自己的连衣裙后，把江恪之的西服也套在外面。

钟熙洗漱以后，穿着拖鞋下了游艇。

游艇现在离岸只有十多米，走过去都没什么，救生筏就在旁边，江恪之连它都没用。

钟熙走在海边四处张望着，一眼就看到了江恪之，他现在正在离自己几百米远的地方往回跑着。

钟熙先是远远地看着，后来不知道在想什么，抬起脚走了过去，两个人很快就在晨光中撞上。

"你醒了。"江恪之的额头有些湿，声音听起来很低沉。

"都怪你把我吵醒，害我都没有睡好。"

江恪之克制住想要摸她的头的冲动，他最后只是放缓了脚步，沉声说："别倒着跑，会被石头绊倒。"

钟熙却伸出双手拉住他的手，身体往后面的丛林退。

“我们去吸吸氧吧。”钟熙笑着说。

江恪之纵容着她，被她拽着往后跑。

“你上次去里面，那里真没有什么能吃的野果子？”她问。

江恪之的目光投向地面：“没有，小心路。”

“来这里半个月，我还没有进去看过呢。”

踩到遍布落叶的地面后，江恪之握紧她的手，两个人的脚步变慢。

江恪之将她按在最近的一棵树上，双眼盯着她：“进这里做什么？”

钟熙感觉鼻腔被树木的味道还有江恪之的气息填满了，她深深地吸了一口气，将头靠到他的颈窝。

“我们到现在都还没来这里玩过呢，好遗憾哦。”钟熙说。

其实她单纯是在游艇闷久了，想到外面转一转，而且有江恪之在，哪怕遇到什么，她也不用害怕。

海边传来巨大的浪潮声，钟熙被吓一跳。

“今天的浪好大，明明没什么风啊。”她说。

声音没有停，江恪之像是什么也没听见一般。他看到有片枯黄的叶子落到钟熙的肩膀上，探出手拂掉，久久地看着她。

“我去拿个东西。”他说。

“快去，我在这里等你。”

江恪之放开了她的身体，注视着她说道：“你在这里等我。”

钟熙忍不住瞪他了：“你好磨蹭哦。”

江恪之闻言笑了，抬手摸了摸她的脸，转身往游艇的方向走去。

钟熙看着他的背影，感觉到他脚步的迫切，将手覆在刚刚被触摸的地方，好像还有余热。

她就这样靠在树上等着，只是五分钟过去了，江恪之没有回来。十分钟后，她依然没有看到他的影子。

她站的这个位置，游艇被边上的山洞给挡住，什么都看不见。海边传来的声音让她有些心神不宁，她还是准备去看一看。

好在，她刚往前踏了几步，就看到了江恪之。

“我还以为你找个东西能找上一年呢。”她噘着嘴说道。

但江恪之停在那里，并没有再往前走一步。

钟熙这时才注意到他双拳紧握、指节发白，手里什么也没有。

“怎么了？”她慢慢地走过去，一脸茫然。

她注意到江恪之的眼里流露出她难以读懂的情绪，还想追问时，就看到他对她勾起嘴角，露出一个淡到可以忽视的笑。

“救援队来了。”江恪之说。

一架小型的救援直升机此时被机长降落在游艇的甲板上。

钟熙站在机舱门前，直升机的发动机没有关，轰隆隆的声音将她的思绪全部打乱。

原来刚刚在林子里听到的动静根本不是什么海浪的声音。

她看向不远处正在和救援队队长沟通的江恪之，从刚刚他告诉她救援队来了之后，两个人就再也没有说过一句话。

突然听到期待已久的救援队出现，钟熙都不知道自己该有什么反应了。

他们应该是在用英语交流，直升机的声音有些吵，钟熙完全听不清。

另外一个救援人员在她身边问他们的身体有没有什么不舒服，需不需要医护人员。她摇了摇头，说了声“谢谢”。他还在用简单的英语解释为什么这么久才找到他们，她只是听着，眼睛一直没有离开对面。

终于要回去了，钟熙该感到高兴的。即将到来的圣诞节她会过得很热闹，老天还是很眷顾她的，但……她确实有些笑不出来，这大概就是乐极生悲？

没过几分钟，她看到队长将传呼机一样的东西递到江恪之手中。江恪之接过来，和对讲机对面的人对话。

见身旁的救援人员往江恪之的方向走，钟熙不由自主地跟了上去。

“这次救援的费用找我刚刚说的那个人就好，麻烦你们这边出人带他过来。”江恪之沉着冷静地说。

他说了“谢谢”后，将传呼机还给对方。

“基地那里有信号，会帮你联系你要找的人，游艇位置还有你的情况他们都会说清楚，但你确定要在这里等？”队长说。

钟熙刚站定，还没反应过来，身边的男人率先出声。

“你不跟着我们回去？要在这里等你的人来？”男人吃惊地看向江恪之。

一直不在状况的钟熙这时也怔怔地望着江恪之。

但很快，她就觉得自己傻了。江恪之是不会坐飞机的，她怎么给忘了？而且，游艇还在这里，少了她这个累赘，这样的情况对他来说根本不算什么。

江恪之这时才看向她，但没有说话。

两个人之间再一次陷入沉默，气氛变得有些凝重。钟熙垂着眼帘，脑子里却突然冒出来不久前他们定下的那个协议。

这时，传呼机响了，队长接过去说了几句后，再次递到江恪之手里。江恪之依然注视着钟熙。他静静地听着，最后嗯了一声。

基地的人已经联系上了他的船长，他们预计下午两点之前就能到这里。

“我会在这里等我的朋友。”他看着钟熙，平静地说。

他的声音一如既往地低沉，但他知道这全部是假象。

队长在这时转向钟熙，大概对他们的关系也感到迷惑：“那你，是坐直升机还是……”

钟熙有一瞬间的迟疑，她甚至不知道自己在等什么。时间像是被拨慢的表。她只知道，此时此刻，江恪之落在她脸上的目光让她感到一丝疲倦，她面上挤出一抹笑。

“我坐直升机。”她对队长说。

得到回答的江恪之终于松开了一直紧握的双拳。

“你有行李要收拾吗？”队长问钟熙。

“有，但不多。”钟熙说着，没有再看江恪之，转身去找东西。她的东西不多，几分钟就收好了。

她走出来以后，救援队正拿着传呼机说话。她犹豫了一下，走到离江恪之几步的地方。

她还有衣服要还给他。

两个人对视着，钟熙发现他浅色的瞳孔在与自己对视时瞬间放大。她深吸了一口气，开始低头解西服的扣子。

一共只有三颗扣子，但不知道是不是因为手上提着包，钟熙解得十分费力。她皱着眉解到第三颗的时候，眼前一片阴影笼罩住她，江恪之沉默着站到她面前。

他拨开了她的手，一言不发地将西服上的扣子又全部扣了回去。钟熙忍住没有去看江恪之的脸，将目光锁定在那只宽大的手掌上。

“衣服应该还给你。”她知道自己的声音有多干涩。

但江恪之只是低声说：“会冷。”

他扣好她的衣服后，就松开了手。

队长收起了传呼机，望了过来：“好了吗？”

钟熙闻言，提着包向后退了一步。

“那……我走了。”她轻声说。

江恪之的喉结动了动，就这样看着她：“再见。”

钟熙笑着朝他挥了挥手，转身离开。

江恪之一动不动地站在原地，直升机发出的长久的噪音让他感到一阵恍惚。只是很快，这个声音像是离他越来越远。他转身看过去，看到机身越来越小，逐渐消失在他的视野里。

江恪之漠然地收回目光，回到舱内静静地坐在卧室的床上。

这样的关系早就该结束了，这是早就说好的，他们难得在一件事上达成共识。

江恪之努力抑制住内心的落寞，这种感觉极度无聊。

他想，他会感到如释重负的。

只是时间问题。

第十章

平安夜

这是钟熙回到国内的第二天傍晚。

她穿着睡衣坐在沙发上，漫无目的地刷起自己工作用的微信号。她休假期间这个号是她的助理卢倩在用，做简单的回复和记录。

钟熙回国当晚就和卢倩联系上，她看了聊天记录后，终于明白杨董他们为什么没意识到她和江恪之出事了。

杨董：“小钟，还顺利吗？”

钟熙：“谢谢杨董，一切顺利。”

后面还跟了一个“微笑”的表情。

完全不是钟熙的风格。

公司的信息在这两天回得差不多了，大家都知道钟熙在放年假，一次没得到回应，也没好意思找第二次。

维克多还在没完没了地从她的下颌舔到她的脸颊，她一动不动，任它舔着。直到它的舌头就快要碰到她的嘴时，她才把它从自己的肩膀上抱下来。

“有肉香吗？都舔了十分钟了。”她将它按在自己怀里质问道。

维克多是一只博美，是钟熙回国后送给自己的礼物。

外婆喜欢小动物，所以钟熙每次出远门都会把它送到外婆家。

两天前，在刚有信号的瞬间，钟熙先给私人手机充了电。她并不担心她的朋友联系不上她会报警，因为她向来一出门旅游就会在互联网上消失。并且，好巧不巧，在上游艇的前一个晚上，她在闺密群里说自己马上要去找帅哥了，失联勿扰。

不过，半个月积攒的未接来电和信息竟然让手机卡了几秒。

她将未接来电一路往下滑，惊觉自己真的很了解自己的朋友们。

她们这两周在群里疯狂地提到她，问她过得如何。

钟熙笑了笑，回了个表情图。

而她的父母，只在第一周的时候给她打了电话，没有接通，便没有再打第二次。

不过秦悦好点儿，给她发来微信：“和朋友来法国购物了，宝贝有什么想要的，记得告诉妈妈。”

钟熙看了一眼信息的时间，没有回复，很快退出了页面。

柬城的朋友找了她几次，他见她没有回复，大概以为她还在忙，只是让她看到信息联系他。

钟熙在登上回国的飞机前回了信息，说行程有些变化，没办法见了，并表示抱歉。

对方很快回复：“没关系，下次回国再约。”

钟熙想了想，最后没有回应。

国内冷得不像话，她一下飞机就买了一件厚外套套上，直接去了外婆家。

阿姨开门的时候，见了她的样子一脸惊讶：“天哪，熙熙，你这是从哪里回来的？”

钟熙低头看了一下自己，问：“很奇怪吗？”

外婆抱着狗也从客厅走了过来，维克多见了她比看到骨头还兴奋，大老远就要挣脱外婆的怀抱，但外婆没有放开。

她上下扫了钟熙一眼，有点儿嫌弃：“你这身是什么打扮？”

钟熙正想说什么，外婆又凑近闻了一下：“哎哟，真是要了我的老命，你怎么臭臭的？别熏着我们小维克多。”

说着，她将狗又抱远了一点儿。

钟熙一直知道自己的外婆有点儿表演型人格，年轻的时候她没能进文艺团，为此遗憾了半辈子，但钟熙还是下意识地反驳：“怎么可能？我香得很，不然……”

“不然什么？”

钟熙怔住，没有多说什么，神情自然地去洗了个澡，之后在外婆家吃完晚饭以后才带着维克多离开。

第二天就是星期一，钟熙打算休息一天再去上班。

她还在沙发上发呆的时候，桌面上的手机响了。她看了一眼，是钟父。

“喂，爸爸。”她低头梳着狗毛。

“给你打电话，你怎么不回？”严肃的声音从听筒里传来。

钟熙很平静地说：“在东南亚遇到了一点儿事。”

她不知道自己作为子女是不是很奇怪，自她长大，她和父母就完全没有什么分享欲。她在国外遇到过很多麻烦，但每次他们一问最近怎么样，她总是习惯性地回答“挺好的”。

耳边传来钟父不赞成的声音：“你不知道出门在外，父母联系不上你会担心吗？”

钟熙听着，心里没什么感觉，或者说，有点儿想笑。放在以往，她大概就会糊弄过去了，但这一天，她隐隐有点儿想发火。

她哈哈一笑："爸，你真有意思，这么担心我，怎么就打了一通电话？你当然应该报警呀。"

钟父像是完全没料到她会如此反应，他沉声说："你这么大的人，还能照顾不好自己？这就是你和爸爸说话的态度？"

钟熙冷笑了一声。伪善的男人。

"好的，我其实只是想说，没必要装得很关心我似的，这样我想我们都会少点儿尴尬。"

说完，她果断地挂断电话。

老实说，挺爽的。但她的内心依然感到一阵烦躁。

到底在烦躁什么呢？

第二天十点，钟熙开车去"老 × 爷"，提上她留着送人的包就直接去了公司。

进入公司以后，从前台到公关部都是很平淡的反应，这和她预想中的不同。

"钟总好。"

钟熙一直以为，至少对公司来说，她是不可或缺的存在，但原来，就和地球少了任何人都会正常运转一般，公司离开她并没有任何变化。

这个认知让她感到很不安。

她神情自若地点头，手上那几盒刚买的甜品还没来得及放下，砰的一声，这个世界上最老土的礼炮喷花筒就这样喷了她一身。她惊魂未定，一堆人从各个角落蹿出来将她挤到角落里抱住。

"钟总，你总算回来了！没有你，我们都快被甲方爸爸们给折腾死了……"

钟熙被挤得整个人往后仰，太久没有接触到这么多人，她有短暂的不适应，但很快，她的呼吸变得平稳，一种熟悉的安全感充斥着她的全身。

她看着他们，摸了摸前面几个女孩儿的头。

她们需要她。

这时，她的脑海里再次不合时宜地闪过某个人的脸。

钟熙知道，这些偶尔冒出来的小情愫不过是吊桥效应在作祟，这两天她想得很清楚了。

这和她打麻将时会短暂地对给她放牌的人动心没有任何差别，那只是一时的情绪波动，只要她想，下一个让她心动的人很快就会出现。她该回到现实了。

钟熙看着眼前的一切，这才是她的生活。

两天以后，卢倩和她说起次日早上九点策划部要去开会，主营销问她去不去。

钟熙刚想说“好”，却顿住了。过了半晌，她才问：“江……江氏那边也去吗？”

卢倩说：“那是肯定的，上面很重视。”

钟熙点点头，说“去”，却在卢倩转身的瞬间拉住了她。

卢倩难得看到她露出这样的神情，好像在苦恼什么。

钟熙说：“算了，你和营销部说，现在项目刚启动，主要还是策划的事，我就先不去了，有问题再找我。”

这是卢倩没有想到的，从前和市政府的合作项目，钟熙几乎都会全程跟下来，但是她转念一想就理解了，谁刚旅游完愿意直接开工呢？

之后的几天，营销部的人并没有找上钟熙，大概一切进展得很顺利。

平安夜当天，公司的人力资源部在A市最大的娱乐场所开了一个大包间，钟熙请来一个她很喜欢的DJ。

钟熙到得早，老板跟她很熟，两个人坐在沙发上聊天。

“去哪里了？怎么好像晒黑了一点儿。”他凑到她耳边说。

钟熙喝了一口酒，无所谓地说："我本来就不白好不好？"

她有阵子没喝过酒了，刚喝了几杯就感到头晕。

包间的门敞着，钟熙看到公司的人成群结队地走进来，和她打招呼。

她冲他们笑着指了指身后的桌子："后面有礼物，还有红包。"

这是她私人准备的，公司的奖金和礼品在白天就已经发了。

见他们热闹地凑过去，钟熙才发现自己真的有些喝多了，因为有几个人她都认不出来了。

人力资源部的赵平这时也走到她对面坐着，笑着说："策划部和那边的人刚从市里开完会回来，说把他们也邀请过来了。"

钟熙被他没头没尾的"那边"还有"他们"绕晕了。

她正想出声，就听到身边叽叽喳喳的人群安静了。

钟熙顺着他们的目光看向去，幽暗的灯光下，她看到了一个人刚刚走进包间，心跳莫名加速。她看到了那张熟悉而久违的脸。

江恪之正站在包间门口盯着她。

偌大的包间里光线昏暗，五彩的光影无序地晃动着，但江恪之还是一进来就看到了钟熙。

聚光灯从她的身上一闪而过，音乐声倏地变大，江恪之站在原地，看到她有些迟缓地转过头。

随后，他对上了她的视线，脚步停在了原地。

他整整七天没有看到她了。

江恪之极力克制着想要走到她面前的冲动。

只不过，和挪不开视线的他不同，钟熙只是看了他一眼，很快就侧过头，和坐在她身边的人们畅谈着。

江恪之这时才看到她身旁坐着一个男人，那个男人的脸就快要凑到她的头发上了。他心底蓦地升起一阵无名火。

恶心。

他的手还搭在钟熙后面的沙发上，嘴角的笑就像苍蝇一样碍眼。

她该推开这个谄媚的男人。

江恪之抿着嘴唇，沉默地注视着她的侧影。她浓密的卷发看起来像是找不到一丝瑕疵的艺术品，和那个穿着衬衣在螃蟹岛叉鱼的女人不同，眼前的这个人看起来光鲜亮丽。

江恪之想，如果他是个足够理智且体面的人，那就绝不该任由自己的目光肆意地在她身上停留。可悲的是，他管不住自己的眼睛，但凡他管得住自己，这晚他就不该出现在这个地方。

他自己都不知道自己为什么会来。

这样想着，他脑海里传来自嘲的声音，他明明知道自己为什么会出现在这里。

这一周，他参加了许多会议。换成往常，这种会议他从不会出席。

浪费时间。

但那个早晨，他在盥洗池前光是梳头就梳了半小时，他自己都无法理解自己的行为动机。

但钟熙没有出现，她明明那么爱出风头，从前向来不会错过。

一直到会议结束，江恪之才听到她团队的人说她有别的项目要跟，不会来了。

后来，江恪之没有再去。

他不该想见她的，这是毫无意义的事。他决定按自己原有的轨迹前行，就像她一样当那半个月什么也没有发生过。

但这一晚，听说两个公司要一起团建过平安夜，大家只是象征性地邀请他，他们知道他是不会来的，因为他从来把工作和生活分得很清楚，可是，他说了“好”。

就好像这一刻，包厢里的人都静了下来，只有音乐声还在继续。

站在他身旁的主营销适时地递给他一杯酒，他也终于将自己的目光从钟熙身上移开。他是开车来的，正想要拒绝这杯酒，主营销已经抢先说道：“没有酒精度数，果汁而已。”

“谢谢。”江恪之接了过来。

卢倩把“平安果”塞进包里，走出来也看到了江恪之。

她以为自己眼花了，毕竟江氏的小江总是从不参加团建的，更别说还是和他们公司了。

她正在偷看着江恪之，设计部的刘雪突然坐到她身边，凑到她耳边问道：“那什么，你知道钟总前阵子去东南亚一待就是大半个月的事吗？”

卢倩是钟熙的助理，怎么可能不知道？她点点头：“知道，怎么了？”

刘雪用手挡住嘴，往边上指了一下：“我听人说，她回程是坐那位的船，中间还因为台风耽误了很久，不然早就回来了。”

这个完全超出卢倩的认知，她刚进入这个行业的时候，也被江恪之的脸给蛊惑过，但后来几次目睹他对钟总不绅士的态度，她早就对他“免疫”了。如果钟总真的和小江总在一起待那么久，那她得受多少委屈啊？

“你是听谁说的？我没听熙姐提过。”卢倩皱着眉，有些难以置信。

刘雪继续说：“别管谁说的，你不觉得奇怪吗？你什么时候见小江总参加过这些活动？而且，你注意到小江总刚刚看熙姐的眼神没？我严重怀疑……”

两个人视线一对上，立刻达成共识。

卢倩收回目光：“熙姐八成在回程又把人得罪了，我说他前几天怎么会去开会，摆明想要出现在她面前恶心她。”

刘雪完全认同：“我也觉得是这个理由，我本来还不相信，刚刚一看小江总那个可怕的眼神，我就信了，你别跟别人说。真是得罪什么人也别得罪男人，一个赛过一个的小心眼儿。”刘雪剥了一个开心果塞进嘴里。

卢倩叹了一口气：“怪不得熙姐这次回来以后看起来心情也不

太好，指不定工作上被他使绊子呢。”

两个人正说着，江恪之的助理胡诚端着两个果盘在她们对面坐下：“聊什么呢？”

两家公司虽然有竞争关系，但职员不过只是打工的，公司离得近，再加上业务往来，彼此之间关系不错，甚至有个拼单群。

卢倩接过水果：“还能聊什么，在说你们老板的坏话。”

胡诚兴奋了：“还有这种好事，给我也听听。”

包厢很快恢复了热闹，江恪之不想过多交际，径自找了一个角落的沙发安静地坐着。

他的沙发离钟熙坐的地方很远，包厢里越来越吵闹，但他依然能从嘈杂的声音里分辨出她的声音。

她和别人有说有笑。

江恪之低下头，嘴角扯出一个轻嘲的笑。

钟熙这晚是没打算喝这么多酒的，几杯酒下去，她的脸已经可以说得上是滚烫了。

微醺的感觉让她的心跳有些不稳，加速了她心底不知名的紧张。

不知道是不是错觉，她总觉得身后有一道目光时不时地落在自己的身上，让人难以忽视……

她双手捧着自己的脸，试图给脸进行物理降温。江恪之到底为什么会出现在这里？她其实都没有想起过他……

纷杂的思绪让钟熙有些坐立不安。

这都要怪他。钟熙想不通他出现在这里到底是要干吗。她将背靠在沙发上，努力让自己不要回头。

不知道过了多久，久到钟熙就快睡着了，有人动作轻柔地揽住她的肩。

钟熙坐直身体，警觉地睁开眼睛，视线渐渐聚焦，是赵平。

看清楚人后，她有些被惊醒后的愣怔。赵平以为她被自己吓到了，有些抱歉地笑了笑："是不是吓到你了？那边要玩游戏，我们也过去看看？"

钟熙点点头，下意识地回头看了一眼，并没有她预想中的人。

公司的"气氛组"刘雪手里正拿着纸牌请大家聚到中间玩游戏，钟熙收回目光，跟着走了过去。

江恪之对玩游戏毫无兴趣，他正准备起身，胳膊上突然多了一双男人的手，接着，他被自己那位看起来喝多了的助理拉了起来。

"来，来，来，我们走，去玩游戏。"胡诚拽着他的胳膊把他往前拉，口齿不清地说。

"你知道自己在做什么吗？"江恪之低下头看到自己的衣袖已经被扯皱。这晚来这儿真是一个彻头彻尾的错误，他沉着一张脸，但此时此刻，这张冷脸对酒鬼毫无恫吓之力。

"听我的，你得合群点儿。"胡诚仍然不放弃地扯他。

江恪之不想在人前和他拉拉扯扯。他深吸一口气，最后提醒道："你清醒以后会后悔的。"

胡诚差点儿就被他吓到："哈哈，别说，你恐吓我的样子，还真有点儿像我老板。"他一边笑，两只手愣是把江恪之往人群里拖过去。

"够了，松开，我自己会走。"江恪之咬牙低声说。

刘雪见人都围了过来，开始简单地介绍游戏规则，改良版的国王游戏，大家都玩过。

抽到鬼牌的人成为国王，可以随意挑选某两张牌，要求牌主人做任何事，被抽到的人只能接受任务，不可以消极地选择喝酒。

由于钟氏这个子公司的上层中女性占多数，一直以来的各种活动中，游戏的尺度都很有限，惩罚也无伤大雅。

钟熙接过纸牌，感觉自己的眼皮在打架，打算陪大家玩几局就走。

之前，钟熙玩这类游戏时运气一直很好，少有抽到她的时候，于是只是待在原地闭目养神。

不过这晚，她很快就被身边的人推了一下。她回过神，才看到拿着国王牌的人正冲自己挤眉弄眼地笑：“纸牌抽到‘2’和‘6’的人拥吻……嗯，五秒钟？”

钟熙低头看着自己手上的牌，竟然是“2”。

常在河边走，哪有不湿鞋。

“行，”她已经接受了现实，甩了甩头，努力让自己清醒点儿，“拥吻是吧？6号在哪里？脸伸过来。”

听到众人起哄着叫着赵平的名字，他就站在她左边。

钟熙将牌放下，她不介意给大家带来点儿乐趣，反正每次都是借位假亲，没有人会当真。

众人的嬉笑声充斥在钟熙耳间，她感觉自己的醉意越来越重，连动作都变得迟缓。她笑了笑，头刚刚往赵平的方向转过去一点儿，下一秒，下巴却被一只大掌捏住扳向右边。

钟熙条件反射地就想拍掉那只手，只是很快，她抬起眼，对上了一双幽深的又带着一丝怒意的眼睛。

头顶的灯光依然在闪烁，钟熙看不清眼前这张冷峻的脸，但是那目光中激烈的情绪让她僵硬地站在原地。

她的话还没有问出口，江恪之空着的那只手扣住了她的脖颈，将她拉进怀里。他注视着她的眼睛低下头，将唇覆上了她的嘴唇。

一时间，周围的人倒吸一口气，面面相觑。

唇上的触感冰冰的，但钟熙的体内像是被瞬间点燃了一把火，身体里那种完全招架不住的失重感再一次出现。周遭的那些声音像是被人按下了静音键，她什么都听不见了，只听得到自己的心跳声。

江恪之闭着眼睛，深深地吻着她。他的吻力度不重，但即使她头脑昏沉着，仍然能感觉到这个吻很强硬。

赵平面无表情地站在钟熙身后，看着这个闹剧的全过程，手拿国王牌的人也蒙了。

漫长的五秒钟过去后，江恪之神情自若地将钟熙松开。钟熙这才发现自己的双手紧紧地攥着他的大衣领子。

她有些迟钝地松开了手，双眼依然定在江恪之身上，两个人开始陷入沉默。

钟熙想，不是江恪之疯了，大概就是她真喝多了。

周围的人也只敢用眼神交流，这画面的荒谬程度让人不知道从哪个角度开始八卦。

“国王”终于轻咳了一声，尴尬地出声：“哈哈哈，我拿的牌是不是有问题，怎么有两张‘6’？”

江恪之这时终于将目光从钟熙泛着水光的唇上挪开。

他低垂着视线，看向桌上被自己倒置的一张牌：“抱歉，我看错了牌。”他的声音依旧沉着平静。

一帮人都将头伸过去，乍一看是“6”，再仔细看一下会发现那张牌是“9”。

“怪不得，也不是不能理解，是吧？”“国王”说。

江恪之依然站在原地，对其他人的反应视若无睹，只看着目光有些呆滞的钟熙。

他的呼吸并不像他表现出来的这般平静，他该走了。再待下去的话，他不知道自己还会做出什么蠢事。

“我还有事，先走了。”他看了一眼手表。

江氏的人开始招呼起来，几个主管站起来要送他。

江恪之拿出一张卡，塞进胡诚的口袋：“你们继续玩，今晚我埋单。”

只是他这样说着，却没有离开。

大家神色各异地在提前祝他圣诞快乐，让他路上小心。钟熙依然只是抬着头瞪着他，目光里满是迷茫，还有……慌乱。站在不远处的卢倩还是第一次看到钟熙这样的表情。

江恪之仍旧注视着钟熙，直到众人已经憋不住开始窃窃私语，他终于向后退了一步。

江恪之望着钟熙的眼睛，用极低的声音说："圣诞快乐。"

说完，他没有再看她的反应，向众人示意，独自离开。

江恪之走出夜店的时候，天上正落着片片雪花。

下雪了，天气预报没有说这天有雪。

不远处的便利店整晚都在播放与圣诞有关的曲，老旧的音响里正传来低沉的男声。

由唇上来验证我幸福过，

头上那飘雪……

明晨遇到，亦记不到和谁在醉酒中偷偷拥抱……

江恪之静静地站在原地将这首歌听完。最后，他将肩头的落雪拂掉后，走下了台阶。

第十一章

恋爱关系

平安夜过后，钟熙可以说是活在水深火热里。

圣诞节当天，她做了诸多心理建设后去了公司。刚进门，本来就在低头说话的前台在看清她时瞬间安静了……她不用想也知道她们在聊什么，昨晚看了全程戏的同事会把这件事传成什么她想想都知道，毕竟这些人可是搞新媒体的。

昨晚江恪之离开后，大家欲言又止的样子在钟熙的脑海里越发清晰，她只好装醉睡了过去。

钟熙多希望她们能勇敢一点儿地问出来，就在来公司的路上，她已经想好了几套应对的说法。

各种说法万变不离其宗：江恪之有病，她什么都不知道。

她只要装作酒醉失忆，表现出才听说自己被江恪之亲了，对江恪之轻浮举止的深恶痛绝以及强烈谴责就行。

钟熙在众人很有“内涵”的余光里回到办公室。

她确实应该愤怒，江恪之亲了她，他为什么要吻她？而且还在那么多人面前……

归根结底，他到底为什么要来她公司的团建？当初明明是说好的……一个又一个的疑问盘旋在钟熙的脑海里挥之不去。

钟熙忍不住想要打电话质问江恪之。事实上，发生这样的事，他难道不应该打个电话给她解释清楚顺便道歉？这里已经不是螃蟹岛了。

钟熙紧紧地握着手机，就在她决定给江恪之打电话的瞬间，目光不经意地落在面前的电脑屏幕上。

她看到，屏幕里映着一张表情非常……生动的脸。

不论是谁都能看出她眼底的兴奋以及隐隐有些上扬的嘴角。

钟熙怔怔地看着这张脸，突然意识到一件事——她想联系他。

她此时此刻迫切的理由是，终于找到光明正大联系江恪之的理由？

钟熙心底五味杂陈，她将手机放下的瞬间，又想起另外一件事：其实她根本没有江恪之的任何联系方式。

她微信号里的好友最少有一千多个人，但这一千多个人里，没有一个是他。

想到这儿，钟熙倒是有点儿冷静下来了。

这里不是螃蟹岛。在螃蟹岛，手机是最多余的东西，她只要转身就可以和江恪之说话，但回到A市，他们就没有联系的必要了。江恪之也是这么想的，所以，他不会给她打电话。

不管江恪之吻她的理由是什么，她都不应该在意，更不应该主动去找他。

或许是习惯在螃蟹岛每分每秒都有人陪伴的感觉，突然戒掉，钟熙感到不适应。

钟熙想，她大概是时候找个人，转移一下注意力了。

这样一想，她整个人轻松了不少。

没过一会儿，有人敲门。

“进。”钟熙抬头，看到卢倩端了一杯热牛奶进来。

“你能不能不要露出这种没见过世面的表情？”

“好吧。”卢倩闻言咳了一声，忍不住还是开口问道，“熙姐，你是不是有什么把柄落在他手上？”

钟熙接过牛奶：“什么？”

“我在想是不是熙姐你把他踢下船，所以他存心报复，趁你喝多了亲你一下，恶心你啊？”

钟熙一口牛奶差点儿喷出来：“谁恶心我？”

卢倩低下头，小声地说：“你不知道其他人都把你和小江总传成什么样了，有人说小江总在追你，还造谣你们一起回国的路上互生好感，昨晚也是你邀请他来的。简直放屁，谁不知道他之前对你什么样？”

卢倩说着说着声音越来越小，想起昨晚灯光下小江总看向自己上司的脸，不知道是不是被那群编辑洗脑了，她竟然也觉得那个眼神好像真的有那么一点儿深情……

钟熙看着卢倩那张略显纠结的脸，心里升起一阵感动，虽然脸有些疼。

“那……你不去市里开会不是因为想躲着小江总吗？”卢倩偷觑着她的神情，问道。

钟熙开始看法务放在她桌上的合同：“当然不是。”说完，她又补了一句，“另一个合作项目不是已经开始审核了吗？下午的会我会去。”

钟熙不打算主动去找谁，但她也没必要躲着任何人。

中午，钟熙把车送去保养，回来后，赵平说公司楼下才开了一家日料店，想和她一起去尝尝。这不是他第一次提起了，钟熙知道他是什么意思。

一直以来，钟熙都没有吃窝边草的习惯，所以前几次含蓄地表达了拒绝，但这天他再提起的时候，她不知想到了什么，半晌说了一句“好”。

要去开会的时候，钟熙才发现围巾落在办公室里，懒得回去拿，出办公楼的时候，她冷得直接将头缩进了衣领里。

会议室里男人多，他们寒暄就花了大概半个小时。有人在抽烟，钟熙不好说什么，一直忍到会议快收尾，才忍不住找借口出去透透气。

她刚走到会议室外的窗口前，正准备打开窗户，隐约看到这条走道的尽头站着两个男人——一个一米七出头，还有点儿啤酒肚，站在他对面的那个男人身形颀长清瘦。

钟熙原本不相信自己的眼睛，但很快，那个人像是感知到她的目光，也遥遥地望过来。

钟熙定在原地。

不过她很快意识到，江恪之大概根本没有注意到自己，因为他很快就低下头，看起来似乎很认真地倾听对面的人说话。这么冷的天，他竟然还穿着大衣。

钟熙推开窗深深地吸了一口气，冷气进了鼻腔，让她清醒了一点儿。

他看起来倒是没有受任何影响，还在这里招摇过市。钟熙不想被熟人撞上误会她在偷看他，只在外面站了半分钟，很快转过身又回了会议室。

大家已经在收拾东西，主营销王正说这晚他请客，已经订好了位子。钟熙将材料收好放进包里，站在一群人的后面跟着走出去。

一直走到楼梯口，钟熙还在思考要不要再回趟公司，还是让赵平来接她。正想着，站在她旁边的人轻轻地撞了她一下，又轻咳了一声。

她转头看过去，看到王正指了指后面，眼里闪烁着看好戏的目光。

钟熙顺着他手指的方向看过去，看到了正从楼上下来的江恪之。

这一次不是她多想，他确实看了她一眼。

钟熙没去想他几分钟前还在楼道最边上，怎么又从楼上下来了，就听到刚刚和她开会的李处的声音：“小江还没走？”

她低着头看脚下的台阶，往下走。

“嗯，来拿围巾。”

江恪之的声音就从她身后高一点儿的地方传来，她甚至能听见熟悉的平稳的脚步声。

“你父亲前阵子还和我在一起吃过饭，以往很少在这里见到你啊，没想到最近倒是见到了几回，谈了女朋友没有？”

一行人就这样走到了一楼大厅，钟熙正凝神倾听着，不知道江恪之对着别人是不是也是那副半死不活的态度。

一声“钟熙”打断了她的思绪。

几个人往声源看过去，看到了从座椅上站起来的赵平。

赵平和大家打完招呼以后，就自然而然地站到钟熙的旁边。

不知道是谁问：“这是接钟总去吃晚饭？”

赵平看了一眼钟熙的身后，很快又收回了目光，笑着点头：“她没开车，我来接她。”

语气暧昧。

“哦？有情况——”一行人开始打趣起赵平和钟熙，只有王正的目光落在站在钟熙身后两步之遥的江恪之身上。

不是他说，小江总的眼神简直比室外的雪还要冷，江恪之和钟熙不和，王正怎么会不知道，但江恪之的眼神哪儿是什么不和的眼神，任谁看都是雄性动物妒火中烧的眼神……

他开始要相信传言了，小江总和钟熙似乎真的有问题。

不过钟熙还没有说话，大约过了十秒，她大大方方地和大家微笑着道别：“那我们就先走了，下次我请客。”

就在李处说“下次怎么也该是赵总请客才对”的时候，江恪之面无表情地从钟熙身边擦肩而过，随后，目不斜视地离开大厅。

因为预订得有些迟，赵平并没有订到包厢。钟熙对这个倒不是很介意。

他们平常聊天也是公事居多，大概习惯了相处模式，一时也很难改，这就是钟熙不愿意和同行谈恋爱的理由之一。

不过赵平全程在努力地找话题，不像有的人，分分钟就会冷场。钟熙不知道自己又想到哪里去了，赶忙回过神。

“我听说，你前阵子在东南亚待了很久，那里的海鲜怎么样？”

钟熙猜想他大概也听说了自己和江恪之被困在海边的事。

“鱼吃得比较多，那里的螃蟹长得很可爱，所以我后来都没有再吃了。”

赵平以为她在开玩笑，也跟着笑了。

赵平很有分寸地没有过多打探钟熙的私事。她和江恪之的传言，他最近有所耳闻，但并没有放在心上，她和江恪之根本不是一类人。并且，他能敏锐地察觉她对自己的态度似乎有所松动。

“尝一尝这道菜，蟹肉很紧实。”他刚说完，桌上的手机屏幕亮了，他本想挂掉，发现是家里的电话，于是向钟熙示意，“我出去接个电话，很快回来。”

钟熙点点头：“我正好想去一下洗手间。”

洗手间是不分男女的几个单间，钟熙推开了一间，好在里面装修得很有格调，因为有香薰，空气也很清新。她洗了手，又站在镜子前补了一下唇妆。

在答应这顿饭局的时候，她确实是抱着和赵平发生点儿什么的打算。但是对着他，她毫不心动。

钟熙看着镜子里的自己，的确，她操之过急了。她这样想着，推开了门，眼前落下一片阴影，这个单间的门口正站着一个人。

钟熙看向面前这个人，那种心跳不受控制的感觉又出现了。

江恪之默不作声地看着钟熙。

钟熙仿佛产生一种错觉，江恪之是因为她才出现在这里的。她决定先离开这里。

她准备从他身边绕开，但江恪之依然像一堵墙一样堵在她的面前。

其实钟熙没有想过，两个人离岛以后的第一次独处会是在这里，像这样。

“你什么意思？”她将颊边的头发撩向耳后，掩饰着自己心底的慌乱。

江恪之仍旧一言不发地看着她，但身体还是一动不动。

钟熙不知道他是不是喝多了，才会干出这种事，于是低声说：“你知道自己在做什么吗？喝酒也不要对着我发酒疯，我要出去。”

不远处，有人不时地出现在走道上，钟熙感觉随时有人会走过来。还有赵平，说不定他电话早就打完了，她迟迟不回去，他说不定以为她便秘呢……

想到这里，她不满地抬眼瞪向面前这个人。

“盯着我看干什么？”她发现江恪之比以前更容易让自己火大了。

她正准备抬手推开他，却陡然听到他低沉的声音。

她难以置信地瞪大了眼睛：“你刚刚说什么？”

江恪之盯着她，一字一板地问出来：“你要和他……”

钟熙看着他，第一反应是愤怒，但是随之而来还有一些暗暗的得意——江恪之看起来对她很在意的样子。

她双手环抱在胸前：“我和别人要做什么，应该不关你的事儿吧？还有，我本来是不想问的，你最近到底在想些什么？你昨天对我做的事情，我没有找上门，你现在竟然还过来对我指手画脚？”

江恪之闻言，神情有一瞬间的怔愣。他从前的风度不过是虚伪的假象，他现在的行径有多荒谬可笑，不用任何人告诉他。

做了太多不该做的事，江恪之不知道应该从哪里开始算。

下午在公司电梯里听到员工说起看到隔壁的赵总监在订隔壁人均三千的日料店的位子，不知道请谁吃饭那么大手笔……

江恪之知道他该离她和她有关的一切远远的，显而易见，她已经有了新的猎物，他于她而言，充其量不过算是一段无聊时期的玩具，玩腻了，过去了，就不会再给予任何关注了。

理智告诉他，翻过这一页吧，但等他有所反应的时候，他的双腿已经带着他来到了这里，来见证她对别的男人露出温柔的微笑，这样的笑容，她对着他一次也没有过。

“你知不知道？我已经躲你躲得很远了。”他看着她说道，“但你总是出现。”

钟熙差点儿被他这颠倒是非黑白的话气笑了。

“你不要乱讲，回来以后，有你的地方我根本没去，是你，先是来我们公司的团建，还借游戏来强吻我。我本来是不想问的，但你现在最好解释一下，你到底为什么这么做？”她质问道。

江恪之面上一点儿被人指责的羞愧都没有。

“我不想他吻你。”他注视着她的眼睛，就这样说了出来。

钟熙因为他的回答半晌没有说出话来，江恪之这是什么意思？是她想的那个意思吗？而他望向她的目光变得深邃，渐渐向下，落在她的唇上。

这是钟熙很熟悉的眼神。他们在岛上待到第二周的时候，江恪之那一贯沉静的目光偶尔就会变得异常浓烈，就像是想要将她吞噬一般。

她向后退了一步，故作镇静地说：“你不想就可以这样了？还有，别盯着我的嘴巴看，昨天还没亲够吗？”

这句话问出口，钟熙就闭上了嘴。

江恪之依然在靠近她。她蹙起了眉："你……你是不是以为我没有脾气？你再这样的话，我真的会打你。"

她一边说一边抬起了手，但江恪之对她的话置若罔闻，又靠近了一些。

钟熙有些恼羞成怒。她察觉到了危险，更感受到了自己对危险的渴望，这是不良的信号，于是，一个清脆的巴掌落在他的脸上。

她打完就后悔了，江恪之连表情都没有变。

"不想再被打，就离我远一点儿。"她收回手，恹恹地说。

但江恪之什么也没说，只是将脖子上系着的灰色羊驼绒围巾摘下，然后一圈一圈地围到钟熙的脖子上。

替她系好围巾后，他就退开了。

"外面冷。"他望着她平静地说。

他系得并不紧，但带着他的体温，很温暖。

钟熙垂眼，有些迷茫地看着脖子上多出的围巾。听到他的话，她不知怎么就想起了从螃蟹岛离开的那天，他好像也是这样。

钟熙感到一阵心烦意乱，仰起头似乎想说些什么，最后也只是说："你这是在做什么啊？"

江恪之安静地注视着她，伸手摸了摸她的脸。

脸颊上突如其来的触感让她有些不知所措，紧接着听到江恪之极尽温柔的声音："下午，你的脸都冻红了。"

他说话的时候，手仍然轻抚在她的脸上。

脖颈上的围巾，面上的这只宽大而温暖的手掌，这些通通让钟熙的心情再一次变得复杂。

"你这几天，到底为什么这样？"她望向江恪之，眼神里满是迷惘，"我们不是说好了，回来以后就结束了，你还亲我……你怎么能亲我呢？"

两个人四目相对，江恪之的目光里也是溢满了挣扎。

他的拇指跟随本能覆在她的唇瓣上，将她唇上的红色一点点地擦拭掉，再开口时嗓音沙哑极了。

“我也不懂为什么，我不想他吻你。”他这晚第二次这样答道。

钟熙依旧沉浸在自己的思绪里，根本不知道他在说什么。她喃喃道：“你知不知道？你把我搞糊涂了……”

静默了两秒钟，江恪之目光灼灼地盯着她，猛地一下将她背后的那扇门推开，将她带了进去，没有给她丝毫的准备就吻上了她的嘴唇……

江恪之的唇瓣刚刚触碰到她，她就感觉自己陷入了热烈的旋涡里。

钟熙都不知道这个吻是怎么发生的，明明上一秒她还在和他争吵，下一秒江恪之已经把她拽进洗手间亲了起来。

她早已无力去思考这个吻的意义是什么。

意识变得混沌，两个人就这样迫切地交换着彼此的呼吸，而江恪之没有一点儿要停下来的意思。

江恪之睁着双眼，但一切都失去了控制。他只是顺从自己的心意。

不知过了多久，江恪之的吻变得轻柔缠绵，两个人的呼吸急促得没有一点儿规律，这比他们在岛上第一次接吻还要糟糕。

钟熙终于喘息着睁开眼睛。

她不知道他们什么时候这样有默契了。

钟熙对上他的视线，那双浅色的瞳孔里是她的身影。

“为什么？”她问。

她不知道自己到底为什么这么多“为什么”，她其实一点儿也不傻。

江恪之将她唇上的透明水渍抹去。

“因为我想。”他盯着她的眼睛说。

原来，说出这四个字一点儿也不难。

钟熙感觉到心上被什么东西轻轻地挠了一下。

“我们结束得太快了，对不对？”

问完，她望向江恪之，他的眼睛里有和她一样的东西，他对这个问题的答案同样不确定。

他们当时已经准备在岛上过圣诞了，人就是这样的，已经做好准备的事，如果被硬生生地打断，就会一直念念不忘，是这样吗？

钟熙这样想着，看到江恪之瞳孔里的自己眼神迷离。

她双手撑在他的胸膛处，含糊地说：“好了，一会儿没办法见人了。”

她不知道自己这句话究竟是对江恪之说的，还是在提醒自己。

而这句话落在江恪之的耳朵里，他只以为她还要和那个男人继续共进晚餐。

如果他还有点儿理智，就应该放开钟熙，可是，他不想……

江恪之低垂着视线，不愿她发现自己的情绪。

他不再执着于那张嘴唇，从脸颊开始一路亲吻到钟熙的耳垂。

“喂，你这是在……”钟熙没想到他会来这一出，一句话问得断断续续。

“你还没有回答我的问题。”他说话时的气息就这样喷洒在钟熙的耳垂上，热热的，痒痒的。

事实上，钟熙早就把这晚和她共进晚餐的男士姓甚名谁忘得一干二净了，但她还是立刻就听懂江恪之在问什么。

大约是刚刚接受了一个让她很舒心的吻，又或者是因为她确认了一件事——回国以来的几天里，她第一次发自内心地笑了。

“你这让我怎么回答你？这不是很正常吗？”钟熙眨了眨眼，感觉到嘴唇有些干。

半晌，江恪之才回：“正常？”他的声音低得没有一丝起伏。

“对呀，不过，”她狡黠地翘起嘴角，“你这么关心，不如好心帮我去问问他要——”

她的耳垂被人轻轻地咬了一下。

“喂，干吗咬我？你是狗吗？”钟熙努力收敛起面上的笑意。

下一秒，她整个人已经被江恪之拦腰抱着坐上了一旁的洗手台上……

她被他的动作吓了一跳，两只手紧紧地搂着他的脖子。

“江恪之，你是不是真喝酒了？吓死我了！”

江恪之等她坐好后，那道灼灼的目光就这样盯在她的眼睛上。

“我开车，”他一板一眼地答道，“不喝酒。”

就在钟熙以为他要发火的时候，他低下头吻上了她……

太混乱了，时间、地点都不对，仅存的理智让钟熙呈现出纠结的心情，他们刚刚还没有说清楚。

一阵振动声从腰间的裙子口袋传来。

手机响了，不用想也知道是谁。

“有人找我，”她小声地说，“我离开太久，他会觉得奇怪的。”

而江恪之就像没有听见一样，他抬眸看向她：“你这样，没办法出去。”

钟熙背靠在镜子上，全程都是蒙的，手机依然在口袋里振动，那振动声就像是她的心跳。她伸手去摸，却不知道该不该将它拿出来，就像她不知道该不该推开眼前这个人。

钟熙终于摸到了手机，振动却停下了。

门外一阵又一阵的脚步声，让钟熙的神经变得紧绷。

就在又一阵脚步声逼近时，她还没有出声，江恪之已经安抚地吻了吻她，轻声说：“锁门了。”

钟熙感叹道：“江恪之，你变坏了。”

不过江恪之也没有什么反应，只是抬起头，站直身体。

“是我把你带坏的吗？”她随口问道，伸手戳了一下他的脸颊。

江恪之捉住她作乱的手，将她从洗手台上抱下来。

“除了你，没有别人。”江恪之说。

他还是惯常的表情，钟熙却因为他的这个回答有一瞬间的失神。她移开视线：“喂，你说这个干吗，是想说你身边只有我一个坏人吗？”

江恪之依旧认真地看着她，这道目光几乎让她感到灼热。

“你知道我不是这个意思。”他说完，不再执着钟熙的回应，帮她理好衣服。

钟熙拿出刚刚一直响个不停的手机一看，果然是赵平打来的。

他还给她留下一条信息。

赵平向她道歉，说他的母亲一个人在家里摔倒了，他必须立刻回去，这两天一定再请她吃一顿饭赔罪。

钟熙看完信息，整个人都放松了。她下意识地准备回个“好”字。

江恪之透过镜子，对上了她的视线。

“要和他走吗？”江恪之的声音很低沉，是他平常说话的语气。

但对视的一瞬间，钟熙就是从那双看似平静的眼睛里读出了其他情绪。

钟熙盯着他看了几秒，最后故作遗憾地说：“走什么？人家不等我了。”

江恪之闻言，没有说话，只是点了点头，移开了目光。

钟熙什么也没有回，将手机收回了口袋，再一次看向江恪之：“所以，我们——”

“出去说，”江恪之打断她的话，“不在这里。”

钟熙哦了一声。她也没有在洗手间谈心的爱好，只是她还在犹豫，到底谁先出去。

他们要是一起从这个洗手间出去，然后再撞上什么人，那她就无地自容了。

“我先出去。”江恪之看着她说。

“我没有喝酒，”江恪之站到她面前，神情自然地将她脖子上松散的围巾理好，低头看着她。

“我知道啊，你之前就说过了。”钟熙不解地望着他。

“我开车送你回家。”他说。

钟熙迟疑着说：“又不一定顺路。”

“我送你回家。”他神情温柔地望向她，又说了一遍。

钟熙被他看得脸有些发烫，把他往门的方向推了一步。

“听到了，我耳朵又没有聋，你赶紧出去。”

江恪之又回过头看了她一眼，才推门离开。

钟熙又过了两分钟才出去，好在并没有正面碰上什么人。

回到自己的位子上，账单自然已经被赵平结了。她穿上自己的外套，把包拿上后，远远地看见江恪之正在给小费。

过了半分钟，江恪之往这边看过来，见钟熙收拾好了，便往门外走。钟熙跟了上去，两个人隔着三米左右的距离，出了餐厅以后，刺骨的冷空气让她的身体骤然降温。她垂下头，试图用围巾挡住自己的脸。

这里是公司附近，特别是圣诞节当天，钟熙都不知道周围有没有认识的人。

雪下得不算大，一片片雪花被风吹着打着旋儿地落下。钟熙能感觉到有几片落在自己的耳朵上，冻得她一个哆嗦，但是她又懒得将手从口袋里伸出来将它们拂掉。

街道上的商铺灯火通明，装饰得比昨天的平安夜还要浪漫梦幻。钟熙看着走在前面的江恪之。他的背影看起来有些萧条孤寂。

她不知道他的车停在哪里，只好跟着他在雪地上隐约的影子。

一直到影子不动了，钟熙才停下。

是隔壁商厦的负二层。

“这里。”停车场空旷，只有远处有几个人。钟熙听到江恪之的声音，侧过头看他打开了副驾驶座的门。

她不想撞上熟人，快步走到他身边，俯身坐进车里。

江恪之坐上驾驶座以后，立刻打开车上的暖气。

“等两分钟，就暖和了。”他看了她一眼，“安全带。”

钟熙坐直身体，指了指腰上：“我上车就扣上了。”

江恪之收回目光，让她在导航上输入住址后，将车发动。

车厢昏暗，江恪之只开了一盏灯。

钟熙透过风挡玻璃看向外面一晃而过的夜景。

“外面的雪有点儿大。”她随口说道。

江恪之一直看向正前方，半晌才说：“没有昨晚下得大。”

提到昨晚，钟熙又不说话了，车上再度变得安静。

“你刚刚要说什么？”耳边传来江恪之低沉的声音，在这个黑夜里显得格外磁性。

“什么刚刚？”钟熙转头看他。

“在洗手间的时候。”

“哦。”钟熙看着他坚毅的下颌线，有些出神。

江恪之双手紧紧地扣在方向盘上，因为她的视线感到一阵焦灼。

“别这么看着我，”他低语，“我在开车。”

钟熙收回目光：“你的要求真多。”

她安稳地坐了几秒后，将下巴支在胳膊上，似乎也在思考什么。

“你说，我们会这样，是不是因为结束得太突然了？明明你之前看到我就烦……”也不可能在那么短的时间就喜欢上她吧？江恪之又不是精神分裂。

江恪之抿着嘴唇，还没来得及回答，就听到她困惑的声音还在继续。

“我在想，如果我们不是这样不明不白地突然结束，而是顺其自然地……”

她说到这里停了下来，再一次看向他。

江恪之的心因为她的话好像被一双手揪紧。

“顺其自然地？”他跟着低声重复。

该死，这晚怎么这么多红灯，他第一次转头望向钟熙。

钟熙对上了他的视线，世界似乎静止了，她都不知道自己在紧张什么。她舔了舔嘴唇，纠结着措辞：“我想问你，你这两天做的事，是想和我……还是说，”她顿了一下，艰难地开口，“你想和我谈恋爱——”

江恪之感觉心跳漏了一拍，眼睛一眨不眨地盯着她：“二。”

“什么？”钟熙有些没反应过来。

红灯快结束了，江恪之绷紧的身体终于放松下来。

前面的车开始动了，江恪之收回了目光，低声说道：“我选第二种。”

钟熙点点头，也坐回座位里。

“所以，你想和我谈恋爱？”钟熙说，没想到他回答得这么快。

“对。”江恪之头也没回地说，“我想。你呢？”

黑夜将他的不安尽数掩去。

钟熙将手放在围巾上，夜晚是不适宜做决定的。第二天早上醒来，她或许会后悔，但她还是平复着情绪说道：“我，也可以。”

江恪之将这三个字放在心底品了品——也可以。他嘴角露出一个轻嘲的笑，足够了。

他当机立断地说：“那我们现在就是恋爱的关系了。”

钟熙还在发蒙，事实上，这件事真的超出她的预料了。

她一边糊涂地点头，一边问：“等等，这么快？可是我们还有很多事没有说清楚。”

江恪之看她一眼：“嗯，这种事没什么好准备的，你想就够了。”

他想，他的人生里总该有一件不在规划内的顺从自己心意的事儿，不然该多无趣啊。

接下来，两个人都不再说话了。

一直到小区门口，江恪之和门卫沟通了一下，将车开进小区里，开到钟熙住的那幢楼才停下。

“到了。”江恪之转过头望向她。

钟熙也看向他点了点头，手伸向了车门：“好，那我下——”

江恪之却倾身过来，一把握住她准备开车门的手：“钟熙。”他叫她。

钟熙回过头看他，他的掌心有些滚烫，她听到他说：“你对我有任何要求，我都会去做。”

钟熙没想到他进入角色这么快，心头还是因为他的这句话颤动了一下。

其实各种语系的情话她真的听多了，但这一刻，对上他那极为认真的眼神，她竟然很愿意去相信。

她看到江恪之的眉头微微地蹙了一下，很快又放松开，但握着她手的力骤然紧了些。

“我对你只有一个请求。”他说。

钟熙因为他的这个表情感到好奇，问道：“是什么？总不会是让我给你摘月亮吧？”

江恪之望着她脸上出现的笑意，也不由得露出一点儿笑容。

许久，他才说：“只有我一个。”

说完，他收回目光，看起来有那么一点儿不好意思。

“好了，你回家吧，很晚了。”

钟熙却被他这个要求搞蒙了：“你是想说一对一？”

“对，一对一。”他的手在车钥匙上摸了摸，最后什么也没做。

钟熙忍不住想笑，谁会在谈恋爱的第一天和对方提这种要求？江恪之真是……

不过她面上还是很自然地说：“嗯，我答应你。”钟熙见他也不说话了，用没被他握住的手戳了一下他手背上的青筋，“那……我走了。”

江恪之却还是不松开她的手，也不说话。

“怎么了？”钟熙问。她感觉自己这一晚的心跳真的快到不寻常。

江恪之终于望向她，那一贯深邃的目光在街灯的映照下看起来很亮。

“不和我说圣诞快乐吗？”他问。

她还是那样一本正经的语气和表情。

钟熙望着他倏地笑了：“这个算第二个要求吗？”

她努力抑制住心底那阵心动，凑到他耳边，小声地说：“圣诞快乐。”

第十二章

我愿意

晚上九点钟，走廊的灯光半明半暗，一对男女紧贴着从电梯里出来。

十分钟前，就在她和江恪之说完“圣诞快乐”，她原本想要离开的。

但对上江恪之的眼睛，她不知道自己那句“我走了”一开口怎么就变成“要上去拿你的那件西装外套吗”。

接着，她就被江恪之压在座椅上亲了差不多五分钟。天知道她这一天接吻的时间比她过去二十多年加起来的还要久。

两个人退到钟熙家的大门前，钟熙背靠在门上，手往后摸，完全没摸到地方，于是想回头去找指纹锁的地方。

只是她刚想要扭头，脸就被江恪之扳了回来。

她含糊地说道：“先让我开门。”

钟熙感觉到江恪之的身体僵硬了一瞬，不过他还是没有放开她，只不过手握住她的手向后按到了解锁的地方。

大门被打开，两个人手忙脚乱地进了门，差点儿被入口的鞋子绊倒。

没有人想起开灯这件事，也没有人提起拿衣服这件事。

两个人在静谧的黑夜里，四目相对。比起言语，他们似乎更习惯用身体传达一些情绪。

上衣掉到地上，在昏暗的光线下，她感觉到江恪之的视线落在自己的身上。

“你看什么？”钟熙问。明明之前她不会感到不好意思。

江恪之终于收回目光，解开自己的领带。

等到钟熙将自己换下的衣服全部塞进洗衣机里后，她借着淡淡的月光观察着江恪之。

他的胸膛宽阔紧实，精瘦的腹部看不到一丝赘肉。

“别看了。”他走过来，“衣服放在哪里？”

他看起来很自然，如果不是耳朵红得像是烧了起来，钟熙差点就要相信了。

钟熙接过他的衣服，随后几道抛物线丢回后面的沙发：“丢那里就好。”说完，她也不管他的表情，伸手去拉他的胳膊，“你怎么那么喜欢在我面前装？浴室在这边，先洗澡。”

江恪之一边被她拽着进了浴室，一边皱着眉说：“我没有装。”

“就有。”钟熙笑着逗他。

她都不知道原来和江恪之斗嘴可以让她这么开心。

进了浴室以后，她站在镜子前将头发束起来，她没有洗头发的打算。

江恪之从她背后环抱住她，微低下头，将下巴靠在她的颈窝处。

江恪之的呼吸有些热，那双手就这样轻轻地搭在她的小腹前，她条件反射地将肚子吸紧。

吸完以后，她自己都愣了。江恪之的手瞬间察觉到了，很快地轻笑了一声，将她抱得更紧，下颌贴上了她的脸。

钟熙还没有被人用这样的姿势抱过，身体有些僵硬。她掩饰般地用胳膊肘向后撞了一下，力度不大：“你在笑什么？我是因为今晚吃得多好不好。”

她不知道自己为什么还要在他面前在意形象，透过镜子望着他，其实这一晚发生的这一切她到现在还有点儿蒙。

她和江恪之变成了男女朋友，江恪之可以光明正大地出现在她的家里……

他低头问：“今天的晚餐好吃吗？”

如果是别人，她一定以为他这句话是在跟她开玩笑，但江恪之一定不是。她回道：“哦，那还是你比较好吃。”

她在说什么啊？

浴室内的灯光散发出暖黄色的光线，江恪之闻言也没有什么反应，将她转过来背靠在盥洗台上……

第二天还要开会，再这样胡闹下去她这晚不要睡了。

钟熙捧住他的脸，说：“好冷，洗好就出去。”

“嗯。”江恪之也起身。

钟熙从盥洗台的柜子里找出一条浴巾给江恪之。

江恪之接过来后，将她的上半身包裹起来擦了擦。

“你平常几点睡觉？”钟熙问。

“什么？”江恪之擦掉她背上的水。

“我就是，好奇你的作息。”

江恪之停下手上的动作，思索着回答：“正常是十点睡，六点起。”

钟熙闻言眨了眨眼睛，又想起他之前在螃蟹岛，作息好像确实很规律。

她还没来得及说什么，就听到江恪之问：“你呢？”

钟熙随口说：“分情况，有人玩的话就会睡得晚，一个人就会早点儿。”

她刚想说之前在国外因为总是聚会养成晚睡的习惯，江恪之就低下头，给了她一个吻。

“我知道了，”他将浴巾留给钟熙，转身指向她刚刚拿浴巾的地方，“我可以用吗？”

钟熙点头，担心他看不见，又补了一句：“你用，是干净的。”

江恪之真有礼貌。可是，感觉气氛又变尴尬了。

钟熙在一旁擦乳液，中途打了个哈欠。

江恪之注意到，问道：“困了？”

“有点儿。”

“那……”他长久地注视着她，她感觉自己都变得紧张了，“早点儿休息。”

江恪之说完，钟熙明白了他的意思。他准备回家了。

其实，钟熙是该感觉放松的。她不确定自己是否做好了和人一起住的打算，她睡觉喜欢有一点儿光，听不了太大的呼吸声，还有各种原因……想到要和什么人长久地共处一室，她会觉得可怕。

但是江恪之，或许因为他们在岛上几乎二十四小时待在一起。在那样的环境下，他们没得选，而她竟然已经习惯了。

算了，反正她也不会主动留下他。

钟熙穿上浴袍，两个人无言地往客厅的方向走。一打开灯，就看见江恪之站在沙发旁开始一言不发地穿上自己原来的衣物。

“你快去睡，会着凉。”他说。

钟熙盯着他：“我怎么也得送你。”

“不用。”江恪之说。

钟熙不理他，不知道自己怎么就突然不耐烦了。

江恪之不想她裹着浴巾在客厅里站太久，大衣没有穿拿在手里，先走到门口，她也跟了过去。

两个人半晌没有说话，江恪之也只是摸了摸她的脸颊。

“进去吧。”他说。

钟熙抬起头，努力挤出一张笑脸：“路上小心。”

门被打开，又被关上，密码锁发出很官方的女声。

钟熙背靠在墙壁上，感觉到一阵莫名其妙的低落。

很快，她想起另外一件奇怪的事情，这晚家里太过安静了。

哦，维克多到现在都没有叫过。钟熙四处张望了一下，才记起两三天前外婆说这两天会带它去洗澡，这晚可能不送回来了。

她简单地吹了吹湿掉的头发，随后出来关客厅的灯，这才感觉到外面真冷。

就在她准备关灯的时候，才发现鞋柜上江恪之给她的围巾没有被他拿走。

钟熙心情复杂地将围巾拿在手里，现在给他送过去碰上他的可能性几乎为零。算了，冻死活该。

不过她这样想着，手却鬼使神差地搭在门把手上，不知道到底是什么驱使着她将门打开。

钟熙想，她好像变得有毛病了，距离江恪之离开至少有一刻钟了，她在想什么？

这样想着，她将头探向屋外，准备把门关上，视线却不期然地落在某处。

钟熙愣在了原地。

江恪之背靠在墙壁上，头微微地低着，大衣还挂在臂弯上，听到了声响，他过了几秒才侧过头。

钟熙看到他转过头的时候，面上没什么表情。两个人视线相撞时，他无波无澜的眼睛里像是被人骤然点上了灯。

她的脉搏也随着他的注视再度跳动起来。

胳膊上的汗毛因为寒气立了起来，钟熙握紧手上的围巾，想问江恪之是不是为了回来取围巾，但她始终闭着嘴没有说话。

大约过了半分钟，江恪之终于出声：“钟熙。”不知道是他这一晚第几次叫她的名字了。

“嗯。”

“外面的雪下得很大，”他的声音依旧低沉，带着一点儿鼻音，“很冷。”

钟熙终于没忍住笑了：“这个我们回来的时候不就知道了？”

江恪之似乎被她的笑感染，那颗悬着的心渐渐往下落。

那句话还没有说出口，就听到钟熙问：“所以，你想留下来吗？”

他听到自己的心在雪夜安全降落的声音。

“可以吗？”他问。

钟熙懒得和他废话，拉着他的手把他拽进来，感觉好像在拉一块冰。

“你好烦，事儿最多了，刚刚穿衣服穿好久，一会儿又还得脱，我要是感冒了，你必须请假照顾我。”

她抱怨着，听到江恪之说：“好。”

这一次，两个人直接回了卧室。

“先说好，我家里没有男人睡衣，所以你只能不穿衣服睡了。”

江恪之没说什么。

钟熙懒得抱另一床被子，好在枕头有两个。折腾了好久，二人终于安静地躺下。

卧室里暖气足，不过钟熙最后还是睡在了江恪之的怀里，在他怀里找了一个舒服的姿势。还在螃蟹岛的时候，最后几天的清晨，她都是从他怀里醒来的。

钟熙闭上眼，像是想到了什么，翻身从床头柜抓了一个新口罩递给他。

“我睡觉习惯留一盏床头灯，你要是受不了，可以先戴这个。明天我给你买副眼罩。”

她下意识地说完，见江恪之那双眼睛始终落在自己的脸上，她又顿了半晌，又说：“如果你往后还要在这里睡，就买。”

江恪之将她手上的口罩拿开，把她抱得更紧，闭上了眼睛。

“给我买吧。”他说。

钟熙笑了，推了他一下：“你怎么软饭吃得那么自然啊？小江总。”

江恪之握住她还想作乱的手，将下巴抵在她的脑袋上，说：“睡觉。”

时间好像变慢了，钟熙在他的怀里点了点头，只不过闭上眼睛，依然还是睡不着。她听着耳边平稳有力的心跳声，明明和在岛上没有差别，但感觉就是不一样。

钟熙有些困，眨了眨眼睛，在江恪之的怀里喃喃道：“我们突然这样，你会觉得奇怪吗？”

她不知道江恪之现在在想什么，刚刚他一直在外面是在等什么？如果她没有开门，他是会敲门，还是会离开呢？

问题实在太多了，她最后只是问出这么一句。她感觉到江恪之的身体有一瞬间的僵硬，抚在她背上的手顿住了。

不知过了多久，就在她以为江恪之会问她为什么奇怪的时候，她听到他极低的声音。

“怪，”他的声音带着一点儿倦意，但依旧掷地有声地落入钟熙的耳朵里，“但是我喜欢。”

像是终将恢复平静的海平面，钟熙那颗不安的心也在一瞬间被抚平了。

钟熙闭上了眼睛，将头紧贴在江恪之的胸膛上。没关系，说不定一早醒来会后悔的，但未来的事情谁说得准呢。

她想，至少，这晚她不后悔。

枕头底下传来振动声的时候，钟熙还在深度睡眠中。

闹钟一般响到第二次，她才会有所反应。

但是这天一早，一切都变得有些不一样。

一个温暖而有点儿干燥的手掌覆盖在她的脸颊上，和维克多爪子的触感很不一样。

有人在她耳边低声叫她："钟熙。"

钟熙是在这时候睁开眼睛的，头顶的灯被关掉了，但她竟然毫无知觉。

窗帘露出一角，只有隐约的光线透进来，雪好像还在下。

钟熙抬眼，江恪之睡眼惺忪地望着她，即使是刚睡醒，那双眼睛看起来依旧幽深迷人。

这一切让钟熙的起床气莫名其妙地消失了。

她挣扎着起身，江恪之也跟着坐起来。他背靠在床头，将床头柜上的手机拿过来看了一眼。

"怎么会定这么早的闹钟？"他说话的时候看起来还有些蒙，眼神还有些涣散。

不到六点，比他生物钟的起床时间还要早。

钟熙仍然盯着他看，刚睡醒的他声音低哑，听起来好性感。

不过她不能再关注这些了，她睡了不到六个小时，虽然这天是星期六，但她和两个投资商约好八点见面。对方是中午的飞机，所以她的时间有限。

她摸了一下江恪之的脸，面上带着一点儿把他吵醒的歉意："我得去城西开会，你继续睡。"

说完，她掀开被子，走到衣柜边，开始找自己的衣服。在旁边抽屉里倒是发现一堆各家品牌公关送她的内裤，其中还有几条男款，她都忘了处理，这下派上用场了。

钟熙从中间抽了一条递到身后："才想起来还有这个，你一会儿可以穿这条。"

为免误会，她补了一句："忘了是哪家公司送的了。"

江恪之一直维持着坐在床上的姿势，似乎还没完全清醒，这时终于有了点儿反应："好。"

钟熙去隔壁衣帽间换衣服，换好回来的时候，发现江恪之已经起来了。

他已经穿好裤子，正在扣上衣的扣子。

钟熙将背朝向他，示意他帮自己扣一下连衣裙的扣子。

"这么早，你不再睡一会儿？"

江恪之将她散在后面的头发放到前面，扣上扣子："不用。"

钟熙回过头，江恪之再度低头扣自己上衣的扣子，已经扣到了最上面一颗。

她走到梳妆台边，将椅子上他昨天的那条领带拿过来，递给他。

钟熙见江恪之望过来，不知道她有没有读错他的意思。她说："我还没学会帮人系这个。"

江恪之看着她，这个眼神很有温度，她听到他低低地回："没关系。"

钟熙就这样看着他系领带，看入了神，然后不知怎么就脱口而出："我的车被送去保养了，八点要到城西，你方便的话可以送我去吗？"

这句话问完以后，钟熙就后悔了。

城西距离她家开车去就要一个多小时，市区还有堵车的风险。江恪之送她，来回可能要花上三个小时。

钟熙觉得自己好像在强人所难，甚至都没问他一会儿有没有什么事情，她明明是可以自己打车的。

她正想改口，就听到江恪之一脸淡然地回："好。"

说完，他开始低头戴腕表。

钟熙透过他的表情看不出什么，又往他跟前走了一步："来回可能要三个小时，你真的愿——"

江恪之这时候终于看向她，说话的语调带着一点儿不耐烦，但投在她身上的目光无端让人觉得温柔："我说了，我愿意。"

钟熙都不知道自己怎么会觉得眼前这张冷峻的脸看起来很温柔。

她正胡思乱想着，就看到江恪之看了一眼手表，而后又看向她，眼神认真："八点是吗？再给我五分钟，我送你。"

和钟熙预估的时间差不多，到了约定地点的时候，距离八点还差一刻钟。

在路上的时候，钟熙全程戴着蓝牙耳机打电话，两个人几乎没有时间交流。

挂掉电话后，江恪之侧头望向她："早餐准备怎么办？"

钟熙环顾四周，跟他说："这附近有几家早点还不错，你一会儿可以尝尝对面那家'王记'。"

江恪之捏回她四处张望的脸，再说话时，轻轻地叹了口气："我是说你。"

钟熙对上他关切的眼神，还有一点儿不习惯，于是眼神开始乱飘："我到时候点杯东西就好，我又不是小孩子，不会饿着自己，你……你吃过以后再开车走吧。现在累不累？"

"不。"江恪之另一只手还拉着她的手腕，低声说，"看着我。"

"看什么啊？我要走了。"钟熙闻言看向江恪之，觉得这种感觉有点儿肉麻。

江恪之不说话，那双浅瞳落在她的唇上，两个人的呼吸纠缠着。

一大早，钟熙心跳的频率都变快了。

两个人好不容易分开，钟熙摇了摇头："不行，再这样下去，我要迟到了。"

说完，她瞪了江恪之一眼，小声地说："你是不是想故意搞砸我的工作？我告诉你，没门儿的。"

江恪之眼带笑意地望着她。半晌，他擦了擦她的嘴唇，将自己的手机递过去。

“你的手机号码。”他对她说。

钟熙这时才想起，他们到现在都没有对方的手机号码，她输完手机号码以后，向他挥了挥手：“我真的走了啊，你开车小心点儿。”

江恪之盯着屏幕上的那串数字：“好。”

钟熙走上电梯的时候，手机振动了一下。

她看向屏幕，上面出现一条来自陌生人的信息。

“结束提前联系我，我来接你。”

钟熙还没点进对话框，很快又跳出一条。

“随时都可以。江恪之。”

钟熙久久地盯着末尾这个署名，一直到屏幕暗下去，才看到屏幕上映出自己泛着笑意的脸。

电梯已经停下了，她摸了摸自己的脸颊，点开了信息框。

她在上面打了一串字后，又删减，将“哦”删掉，最后还是回了一个字：“哦。”

钟熙想，她会问出那句话，好像只是想确定昨晚在车上，江恪之对自己说的那句话。

他说，她对他有任何要求，他都会去做。

第十三章

两只螃蟹

钟熙结束的时候，江恪之在车上也刚开完和总部的视频会议。

这个点了，又是星期六，堂食大概都要等位。钟熙想直接叫外卖到家，下午没什么事，她打算回家补一觉，醒来正好可以和江恪之一起。

她还没来得及和江恪之说出自己的想法，就听到他说：“我想回去换套衣服，正好在家里简单吃点儿。”

“你家吗？也可以啊。”她说。

路过咖啡店，江恪之说下去买杯咖啡，毕竟车程有点儿久。钟熙有些困，背靠在座椅上，准备闭上眼休息一会儿。

结果江恪之下去没多久，座椅上的手机响了。

钟熙眯着眼睛一看，来电显示是“助理”。

她精神太过疲倦，忘记思考自己什么时候把卢倩备注成“助理”了。她坐直身体，滑了一下屏幕，接通电话。

五分钟以后，取完热饮回来的江恪之见到钟熙握着他的工作手机，一副如临大敌的模样。

“怎么了？”他将其中一杯塞进她手里，问道。

“有一个好消息，还有一个坏消息，你要先听哪个？”钟熙有些抱歉地看着他。

江恪之的神色有些变化，见钟熙不像是在玩什么游戏，脸色也变得严峻。

“坏消息。”他直说接道。

钟熙看了他一眼，第一反应是，看样子江恪之比较悲观？

“好吧，我刚刚不小心接了你助理打来的电话，并且我还出声了。”她小声地说。

江恪之闻言，皱起的眉头松开，看起来像是不太在意：“这没什么，好消息是？”

钟熙认为地下情是他们的共识，毕竟身份有点儿尴尬。她喝了一口牛奶，跟江恪之解释道：“好消息是我只是喂了一声，就听到他叫了一声‘江总’，然后我便及时刹了车。所以，他大概还不知道我是谁。”钟熙凑近他，“我刚刚一下子就被吓醒了，然后刻意把声音变得很尖，我觉得他听不出来。”

她紧张得甚至都没听清助理最后说了什么。江恪之闻言点点头，神情自若。

“放心，是他的话，听不出来的。”

“你要不要回个电话过去？说不定有什么重要的事。”

“到家以后回。”

此时此刻，十几公里以外的胡诚瞪大眼睛，半天都没有消化掉这个信息。

过了很久，他偷偷摸摸地点开微信的互点互助小群，几乎是颤抖着打出一行字：“家人们，别再传江总和钟总有故事了，纯属造谣，我们江总有女人了，千真万确。”

胡诚只恨自己的手机通话时不能录音，不然他就可以把声音录下来了。

到江恪之家的时候，钟熙已经把误接电话这个小插曲忘得差不多了。

江恪之输密码锁的时候，她下意识地偏开头。

江恪之注意到了，将她拉过来："你知道没关系。"

钟熙本来想开玩笑说"那等分手的时候你不是还得再改"，开口前又及时咽了回去。

"哦，那密码是什么？虽然你说了我也不一定能记得。"她大大方方地问。

"0830。"

"只有四位数？我家的是六位数。"

"嗯。"江恪之看着她。

"这是你的生日吗？"钟熙问，原来江恪之是处女座啊。

"不是。"江恪之摇了摇头。见她没有要继续问下去的意思，他便没再说什么，转身推开门。

钟熙觉得江恪之家的内部装修有点儿像酒店，没什么温度。

"困的话可以去床上睡一会儿，我换件衣服。"江恪之对她说。

"不用，我现在没那么困了。"那个电话完全把她搞精神了。

钟熙在沙发上坐着，百无聊赖中，她眼睛一转，突然看到茶几上放着一个透明的类似鱼缸的容器。

江恪之养鱼？

再仔细一看，里面哪儿有什么鱼，只有不断想往上爬又被迫滑下去的两只螃蟹。

她凑近看，螃蟹下面铺满了细沙砾石，看起来养得很好。她像是想到了什么，心头一跳。不会吧？

“江恪之，这是什么？”她冲卧室的方向扬声问道。

江恪之这时才换好衣物，走出来的时候神情有些不自然。

“是朋友托我养的。我去煮点儿鸡蛋，它们吃蛋黄。”说完，他转身就想走。

“慢着。”钟熙不信，什么朋友这么猎奇托他养螃蟹？他养的煮起来格外好吃吗？

她盯着他直接问：“这两只螃蟹不会是螃蟹岛上的那两只吧？”

江恪之矢口否认：“不是。”

钟熙挑眉望向他，慢悠悠地说：“江恪之，你不诚实，我怎么越看越像呢？”

“螃蟹长得都一样。”

钟熙就快把头伸进去了：“乱讲，这一只爪子明显肥美很多，你不觉得吗？”

江恪之走过去，把她拉回沙发上坐好：“不觉得。”

钟熙从没想过江恪之会把螃蟹岛上的螃蟹带回来了，看着容器里的两只小东西，本来只是觉得好笑，现在却觉得心里暖暖的，也不再执着让江恪之承认了。

她挠了一下他凸起的喉结，问道：“江恪之，你给它们起名字了吗？”

脖颈上的痒意让江恪之向后退：“没有。”

钟熙搂住他的胳膊，想了一下说：“那这只想越狱的叫‘熙熙’，旁边看它的那只叫‘之之’吧。”

江恪之低头看向她，说：“好。”

钟熙仰起脸，故意逗他：“我们这样给你朋友的宠物起名字，你朋友会不会生气啊？”

江恪之又不说话了，只是这样注视着她。

钟熙被他盯得有些不好意思，说：“你最近……就好像变了一个人。”

“有吗？”他沉声问道。

“嗯，就好像不管我对你做什么你都可以，但明明以前，我的存在就会让你生气。”

江恪之皱眉反驳：“我没有。”

“少来，你要我一桩桩地跟你算吗？”钟熙说着又想起以前他对自己的态度了，气得直接去掐他的胳膊。可惜只能掐到他的肌肉，反倒让她自己手疼了。

江恪之连忙将绷紧的身体放松，有些无奈地说：“好了，别玩了。”

钟熙轻飘飘地瞪他一眼，接着又倚回他身上，有点儿好笑地回忆着：“想起之前在岛上，就觉得恍如隔日。你当时是怎么和我说的？‘我必须重申，你找错人了，我不会跟你玩’……我到现在连你当时说话的表情都记得。”

说完，钟熙笑了。

江恪之却默不作声。钟熙感觉他的身体再一次变得有些僵硬，她刚想起身问他怎么了，就听到他轻声低语地问：“那你现在，是在玩吗？”

钟熙顿时收敛起笑容，她不知道江恪之为什么这么问。她想说，她没有，但话到嘴边，只是问道：“你呢？”

江恪之看着在狭小容器里被迫彼此陪伴的两只螃蟹，半晌，空气中才传来他略带自嘲的声音：“我，向来很认真啊。”

躲开她的时候很认真，现在，也一样。

钟熙听到他的声音，看着他的侧脸，不知道为什么觉得他现在看起来有些低落。她的心头也忍不住传来一阵涩意，明明上一秒还是很快乐的。

事实上，她不知道自己为什么在面对认真的境况就变得无比谨慎。

她在谨慎什么呢？谨慎这段开局就不稳定的恋情对自己的影响

吗？还是低廉的口头承诺？她自己也不知道。

她将头贴在他的胸口，思考着怎么解释自己的心情。

江恪之却恢复了之前的神情，看起来很轻松。

“没关系。”他说。

有关系。钟熙心想。虽然她还是无法理解江恪之对待她的前后变化之大，她也确实没有信心自己会和江恪之走到哪里，但她不希望有一天，对方回望这段感情的时候，认为认真的那个人只有他一个。

钟熙靠在他怀里眨了眨眼睛，半晌后又问道：“江恪之，你大门的密码锁是谁的生日？我其实有点儿想知道。”

江恪之像是没反应过来，但闻言眼睛还是亮了亮。他嘴角牵起很浅的弧度，望向她，一字一板地说：“沃伦·巴菲特。”

钟熙从他怀里坐起来，无语道：“你把股神的生日设成大门密码？”

江恪之点头，问：“你以为是谁？”

钟熙掩饰自己的尴尬：“和我想的差不多，就是白月光或者崇拜的女神之类的，只不过性别错了。”

江恪之皱眉回道：“我没有那种东西。”

说完，江恪之拉起她的手起身。她问：“干吗，你不会要把密码换成我的生日吧？好肉麻，我不要。”

江恪之愣了一下，似乎在考虑可行性，门铃正好响了。钟熙条件反射就要躲起来，江恪之安抚道：“躲什么？是我买的生鲜到了。”

他没松开她的手，走过去开门。

他的手已经伸向外面，“谢谢”已经说出了口，但顿时愣在原地。

门被风吹开，屋外拿着一堆报表的胡诚和室内的钟熙也在楼道传来的冷风中对上了视线。

胡诚深吸一口气，看着眼前的一切。钟总的手被江总箍住，放在过去，他大概会想偷偷地问钟熙："需要我帮忙报警吗？"

但几天前的那个吻、中午的电话，还有最近顶头上司奇怪的行为都将一切串联起来。

胡诚怀揣着这个秘密，将报表递进来："我什么都不知道。江总再见，钟总再见。"

钟熙知道和江恪之间的关系总会有暴露的一天，但她没有想到这一天来得这么快，就在确定关系的第二天……这像话吗？

她正思索着怎么解决眼前这个状况，就听到江恪之低沉的声音："胡诚，不是你想的那样。"

钟熙几乎双眼一黑，天底下还有比他更不会说谎的人吗？她瞪了他一眼，示意他一边去，再看向胡诚的时候，目光几乎可以说得上是温柔如水："没错，小胡，事情就是你想的那样。"

见胡诚呆若木鸡，她一脸恳切地继续说："我和你们江总现在正处于误会解清互生好感的阶段，还不想被更多的人知道这件事。毕竟，你知道我们身份尴尬，希望你能为我们保守这个秘密。"

胡诚除了点头，什么也不会了："应该的，应该的。"说完他又问，"卢倩也不能说？"

钟熙想了想说："我亲自告诉她比较好。"

"好的，好的。"

将胡诚送走以后，钟熙质问江恪之："你真是要气死我，你觉得我们都这样了，你说不是的，人家会相信吗？"

江恪之看她一眼："我以为你不想被人知道。"

钟熙几乎要叹气了："亲爱的江总……瞒助理能瞒几天？不过你们公司怎么回事啊？周末还让员工加班，都没人去投诉你们吗？"

江恪之沉默半天，忍不住说道："三倍工资。"

不过这事在钟熙吃完江恪之做的饭以后也就这么过去了，乐观点想，这只是把要发生的事情提前一下。

当晚雪下得有些大，江恪之将碗筷放进洗碗机后对她说："今晚别走了，明早送你回去。"

说完，他把换下的大衣拿进了洗手间。

钟熙正在喂螃蟹，想了一下说："可是我没带换洗的衣服。"

而后听到江恪之说："有的。"

钟熙放下勺子，也跟着走进洗手间。看到江恪之在盥洗台不知道在洗什么，凑近一看，是他刚刚从超市买来的女士内裤。

钟熙说："我来洗吧。"

"没关系，快洗好了。"江恪之头也不抬地说道。

等到江恪之去烘干新内裤的时候，钟熙跟在他身后："你不会要我也为你做到这个程度吧？"

江恪之晾好衣服回头看她，对她笑了笑，不甚在意地说："这是什么问题？"

隔天早上，江恪之简单地收拾了几套换洗的衣物还有日用品后，和钟熙一起回了她家。

从车库出来，钟熙说要去不远处的4S店取回保养的车，江恪之自然而然地陪着她。

钟熙见小区里没什么人，江恪之静静地走在自己身侧，就有点儿想去逗他。

路过小区健身器材旁的时候，钟熙伸出手，想将手塞到江恪之的大衣口袋里。结果手还没沾上他的衣角，一声"小熙"伴随着嘹亮的狗叫声，吓得她的手立刻缩了回来，身体一转，离他一米远。

"姥姥。"钟熙平复心情，亲热到做作地走了过去，手不忘背在身后冲江恪之挥了挥，示意他走远一点儿。

天啊，年底到底都是些什么日子啊？

维克多本来在雪地里兴奋地打滚，见到她来也甩掉身上的雪，飞奔过来直冲她摇尾巴。

钟熙从外婆手里接过牵引绳，见外婆似乎并没有注意到自己刚刚和江恪之的亲密，才放下心。她怎么想都觉得第二天就“见家长”不是什么正确的做法。

余光里江恪之背对着她们站到路边，像是接起电话，还好，应该不会被发现。

“你怎么来了？要不要到上面去坐坐？”

“我看你没来接狗，就顺路散步把它带给你，马上就走了。”

被钟熙牵着的维克多狗眼尖着呢，一看到生人就开始叫。钟熙不知道自己怎么把它养成这么张狂的狗德行……

外婆顺着狗叫的方向看了过去，看了几秒，她走到钟熙身侧，不忘打量着江恪之的背影，半天才小声地说：“几天没来你们小区，除了歪瓜裂枣，好像多了点儿优质的帅小伙了，后面这个你认识吗？”

钟熙十分想笑，说话也有点儿心虚：“看背影就知道帅了？我不认识。姥姥，你想什么呢？”

钟熙说着话，结果狗硬是往江恪之那边凑，她拉都拉不动。要是别人，她已经开始道歉了，但是对着江恪之演戏，她害怕自己笑场。

外婆还在她耳边说：“你说狗都对着他叫成这样他一点儿反应都没有，是不是耳朵不好使啊？”她说着，想把狗抱回来，免得人家觉得维克多没有家教。结果下一秒，外婆看到维克多张牙舞爪地凑近人家以后，反而安稳了，安安静静地坐在江恪之脚边，憨憨地吐着舌头。

“稀奇，它怎么突然安静了，在那儿闻什么呢？”

钟熙本来也在好奇，这时突然反应过来，维克多这个狗鼻子，肯定是在那儿闻江恪之身上她的味道呢。

她生怕再多待一秒就要被维克多暴露了，赶忙把狗牵到一边，问外婆要不要坐她的车回家。

“不用，我正好还想顺路去买点儿菜。你打算什么时候回家看看你爸妈啊？”

钟熙说：“元旦肯定回去，外婆到家给我打个电话啊。”

外婆点点头，路走到一半，又回过头，冲钟熙说：“对了，你妈有没有跟你说，你爸给你找了个相亲对象，是个律师，各方面都还不错，你什么时候见见？”

钟熙一听到这个，想到江恪之就站在不远处，整个人都不好了，连忙说：“外婆，和律师结婚，以后我要是想离婚打官司，他说不定就占尽我的便宜，这可是人家的本行，岂不是很麻烦？”

外婆瞪她：“你们年轻人现在都怎么回事？还没见面就开始想着离婚这种事了？”

“好了，到时再议吧。”钟熙牵着狗，硬是把外婆送到门口，才回来找江恪之。

她走到江恪之身边，将手塞进他的口袋，他的手有些冷。

钟熙皱眉：“你怎么不知道先去楼道里等我，不冷吗？”

江恪之这时候才侧头看向她，视线对上的瞬间，钟熙觉得他眼底有什么危险的意味一闪而过，再看，他的目光却依旧温和。

似乎是她看错了。

江恪之将她口袋里的手握紧，垂眸看她：“冷吗？还好。”

最后，两人一狗上了电梯。不过不管江恪之有没有听见刚刚外婆的话，钟熙还是第一时间凑到他耳边对他说：“放心，我记得我答应你的话，就是天神下凡，我也不会去相亲的。”

她一边说一边用手指挠了挠他的手掌心。

“好。”他说。

元旦要放三天假，但新媒体没办法暂停。放假前几天，钟熙都在忙各种事情，和江恪之只短暂地见了两面。

等到她稍微轻松点儿的时候，江恪之又去隔壁H市的总部开会了，两个人只能靠打电话联系。

钟熙刚刚开完会，在办公室吃着江恪之帮自己点的轻食，听筒里他的声音要比平常更加磁性低沉。

“我其实一直想问你，你是不是故意压低声音装深沉？”

江恪之在对面沉默了几秒：“我没有。”

钟熙笑了，将牛肉咽下去：“那你把声音提高一个八度讲话给我听听。”

江恪之问：“讲什么？”

“就叫我的名字？”

就在钟熙以为江恪之挂断了电话的时候，她听到他依旧低沉的声音：“钟熙，我不会。”

钟熙被他的语气逗笑了：“好吧，不为难你了。”

听见门外有人在敲门，钟熙飞快地说了一句“有人来了，晚点儿打给你”，便挂掉了电话。

卢倩进来后，本来想把材料直接递给钟熙就下班的，看到她面上的表情，一时站在原地没动。

“熙姐，最近是有什么好事吗？”

“怎么这么问？”

“因为，你看起来好像……很高兴？”卢倩不知道怎么描述。

钟熙摸了摸自己的脸，看到卢倩，突然想起有件事这几天一直想找机会告诉她，于是思忖着怎么开口。

“小卢，我——”

“哦，我知道了，熙姐，你是不是也知道了那个好消息？”

“什么好消息？”

卢倩对她笑，将从知情人跟前得到的消息说了出来：“就是隔壁江总有女朋友了这件事啊，再过阵子等大家都知道以后，就不会再有人传你和他有什么事了，和自己讨厌的人传绯闻，真是想想就有点儿硌硬，对吧？”

钟熙张着嘴，半天不知道说什么。

“是……是吧。”她支支吾吾地回。

看着这张始终站在自己身边的脸，钟熙感到一阵羞愧，好像背叛了组织。

这件事看来还是得循序渐进，嗯，不能操之过急。

第十四章

你说想我，所以我来了

钟熙的父亲提前就告知钟熙，三十一日下午要回 B 市老家参加很重要的饭局。钟父是 B 市人，金融危机后来到 A 市发展。

钟熙本来计划等江恪之从 H 市回来，两个人一起吃个饭再走，但江恪之的会议一直拖到三十一日中午，时间完全来不及了。

钟熙坐在车里给他打电话，遗憾地说："我本来是准备去高铁站接你的，看来只能明年见了。"

江恪之的语气淡淡的："嗯，那你什么时候回来？"

钟熙听他那里信号不太好，大概已经上了高铁："元旦要在家待一天，怎么也得隔一天。"说完，她又补了一句，"感觉会有点儿想你。"

江恪之不知道有没有听到这句，只是很平淡地回了一句："好。"

两个人又随便聊了两句，江恪之的声音听起来有些敷衍。钟熙猜他在忙，就说："你要是有事，就先挂了。"

江恪之说："好，信号不太好。我挂了，到时见。"

挂掉电话以后，钟熙有些闷闷不乐。这人连句“元旦快乐”都不说吗，还“到时见”？意思是这几天就不用联系了？

不过见到父母以后，她也没有时间去生闷气。

因为堵车，钟熙他们到B市的时候已经是晚上七点多。

在饭局上，钟熙见到钟父想要介绍给自己的律师。她已经有所预料，但是对于钟父这种连提前通知都不知道的行为依旧很反感。

好在钟熙是个成年人，她一直以来对相亲这种目的性极强的活动就没什么兴趣，但对于多认识一个人并不排斥。相亲对象对她来说就是人脉，未来指不定有用得上对方的时候，所以往往她对对方的态度都还算热络。

只不过想起江恪之，她这一次表现得很有分寸。

饭局结束时，对方约她元旦出来看电影，她婉拒了。

“只有我一个。”圣诞夜那天江恪之的话总是不时地回荡在她的耳边，还有他说话时的神情，都在无形地约束着她。

她想，不能让江恪之失望啊。

吃完饭以后，钟熙和秦悦被人送回在B市的家。钟父后面还有其他活动，按照以往的惯例是不会回来了。

秦悦这两天刚从国外回来，刚刚强撑精神去演了一遭模范夫妻，现在也累了，和她聊了没几句，就去客房继续倒时差了。

钟熙百无聊赖地坐在客厅里，回着手机里群发的祝福信息。

屋外不时地传来爆竹的声音，钟熙皱着眉。

手机突然响了。

钟熙一看，立刻走到阳台边，接通了电话，抢先说：“新年快乐！”

一顿饭过去，她早已忘记下午那通电话带给她的不愉快，取而代之的是想念。她承认，她真的有点儿想他了。

似乎是被她的快乐传染，钟熙听到听筒那端传来的轻笑声：“你也是。”

听到钟熙短促地笑了一声。他问：“在笑什么？”

钟熙在窗户上哈了一口气，又擦掉，隐约看到屋外的雪花。B市的雪好大，刚刚司机送她们回来的时候，差点儿打滑。

“我在笑，我们两个月过后还要再说一次‘新年快乐’。”

“嗯。”江恪之问，“现在在做什么？”

钟熙装可怜：“在客厅孤独地回信息。”

“只有你一个人？”

钟熙坐到阳台的躺椅上：“妈妈倒时差在楼上睡觉，爸爸还在外面应酬，我现在和一个人也没差别啦。你在做什么呢？”

“和你聊天。”江恪之低声说。

钟熙屏息，半天才说：“你真是……你家人不在旁边吗？”

她转移话题问道，不过她确实感觉江恪之那边很安静。

“嗯。”

钟熙估计他是吃完饭，在房间了。

她打了个哈欠，就听到江恪之低沉的声音传入耳朵：“困了？”

“有点儿。”

“那怎么还不睡？”他问。

她冲他抱怨：“你是不知道，我刚刚本来都要睡着了，但外面的烟花声超级大，明明都禁止燃放烟花爆竹了……现在是没有了，也不知道会安稳多久。”

钟熙刚说完，就听到好像雨刷器来回刮动的声音。她问：“你怎么现在在开车？晚上吃饭没有喝酒吗？”

江恪之顿了一下：“我不喝酒。”

钟熙换了个姿势惬意地躺着：“你真乖。”

江恪之又不说话了。钟熙正想继续逗她，就听到屋外又有小孩儿在尖叫了。小孩子——钟熙最恐惧的生物。

“你听到了吗？不用想，肯定又有人要开始放烟花了，没有公德心。”

“听到了。”

钟熙看了一眼手机，已经快十一点了，估计是最后一拨扰民活动了。她又打了一个哈欠。江恪之对她说：“困就睡吧，戴上耳塞就好。”

钟熙想坚持到十二点，便笑着说：“你给我唱摇篮曲我就睡。”

“别闹。”

“我还以为你会想做新年第一个亲口和我说‘新年快乐’的人，看来是我自作多情了。”

江恪之静了几秒，再开口，声音像屋外的雪花一样轻：“去睡吧。”

钟熙站起身，又看了一眼窗外。

屋外现下又变得安静了，漫天的雪花在风中无声地降落。

“我在等那些放烟花的人，看完这一拨，我就走。”

“好。”

两个人握着手机，静静地等待着。五分钟后，玻璃窗上显现出大片朦胧的彩色光芒。

钟熙打开窗户，往天空上方看。烟花飞速地奔向高处绽放，在最高点绚烂地散落，点亮了幽暗的天空。

她想到和江恪之分享着这一场烟花，心情变得微妙。

“其实，还挺好看的，说不定你看到也会喜欢。”她轻声说。

说完，她听到听筒那端的江恪之似乎正要说话，突然被爆竹的声音打断了。

钟熙翻了个白眼：“但是鞭炮真的很讨厌。”

只是她的话还没说完，就听到江恪之那边似乎也有类似的爆竹声。

钟熙问：“你那边也有人在放鞭炮？”

江恪之顿了几秒后，轻声回应：“嗯。”

钟熙正想说，A 市管那么严也有人敢顶风作案，就看到又一簇烟花和爆竹在眼前绽放，而听筒里几乎在同一时间出现了类似的声音。

有一个不切实际的想法浮现在心头。她一下子推开阳台的窗户，彻骨的寒风瞬间灌进脖子里，但是她完全不在意。

钟熙将头往外探，心跳声几乎盖过烟花的声音。终于，她看到了铁门外停着一辆黑色的车。

钟熙挂掉电话，想也没想，套上大衣就冲了出去。

她刚到室外，几乎被迎面刮来的风雪冻得低下了头。

只是很快，她就看到昏黄的路灯下，江恪之背靠在车门上低头站着。

车窗被雪花覆盖上浅浅的一层，而他的肩头落满了风铃木的花瓣。路灯给他的身影渲染出与这个雪夜不符的温暖，还有萧索。

钟熙摸了摸脸上的雪，感受着心底前所未有的悸动，一步一步地踩在厚厚的积雪上，走近他。

“江恪之。”她轻声唤他。

江恪之本来还在看手机，这时倏地抬起头，往声音的方向看过来。

钟熙看到，在发现她的一瞬间，他眼神里的困惑立刻就被无比炽热的情绪所代替。

钟熙拉开庭院的门，在纷纷扬扬的雪花里撞进了江恪之的怀中。

江恪之被她撞得向后仰。久到钟熙闻到了风铃木淡淡的香味，她终于仰起头，下巴靠在他的胸膛，用一种难以言喻的目光望着他。

“你怎么来了？”她吸了吸鼻子问道。

头顶是绚丽而短暂的烟花，江恪之一只手搂着她的腰，另一只手拂掉她面庞上的落雪。

“你说想我，”他在她耳边低喃，“所以我来了。”

钟熙将江恪之拉到监控的死角，站在铁门前的台阶上，目光与他的持平。

心跳声依旧如擂鼓般。

钟熙凝视着他：“如果我刚刚没有发现你，你就真的不告诉我了吗？”

“你说你困了。”

钟熙不知道说什么，再开口的时候嗓子有些酸涩：“你真傻。”说完，又像是嫌弃自己肉麻似的，移开了视线。

江恪之盯着她，随后一把将她拉进自己的怀里，遮挡住了飘落的雪花，低下头吻了下来。

钟熙几乎下意识地回应这个吻。

两个人唇齿相贴时，他品尝到了淡淡的酒精味。

过了好一会儿，两个人才分开。钟熙心神荡漾着伸手摸了摸江恪之的脸。

江恪之将手覆在她的手上，他的掌心好凉。

钟熙有些心疼，这样的情绪对她来说有些陌生，她决定做点儿别的事情。

钟熙将他的手拉下来，塞进自己的大衣口袋里。

他们好几天没有见面了。

“不担心被你爸妈发现我们的事儿吗？”江恪之问。

“不会的……如果有人，发现就发现。”

从在家门口发现江恪之开始，钟熙残留的理智早已崩盘，尽数化进这场雪里。

江恪之将她抱回车后座后，她靠在他怀里，用探寻的目光望着他。

“为什么这么看着我？”江恪之问。

钟熙却跳过这个问题。车内太闷了，她急需一些冷空气让自己头脑清醒一点儿。

打开车窗后，钟熙依旧靠在江恪之的肩膀上。

“别紧张，我妈在睡觉，我爸还在外面玩儿呢。”

“嗯。”江恪之搂着她。

“你都不好奇，为什么他在外面玩，我妈不管他吗？”钟熙问。

江恪之没有说话，将她大衣的帽子理正。

钟熙却在他耳边说：“他们结婚是各取所需。”

江恪之的目光落在她的眼睛上，闻言，神情没什么变化，只是关切地伸手摸了摸她的脸。

“你喝多了。”他说。

钟熙摇了摇头：“没有，我只喝了一点儿。不过跨年你不在家，你父母不会生气吗？你能在这里待多久？”

江恪之顿了几秒，看了一眼手机，十一点半了。他第二天一早还有事，还得开车回去。

“四个小时。”

不用想，跨年这天宾馆就不可能有空房间。钟熙琢磨着把江恪之带回去，不被秦悦发现的可能性有多大。

江恪之像是一眼看穿她的想法，握住她的手，制止道：“我不进去。”

钟熙无所谓地笑了：“其实想想，你就算撞上我妈也没关系，她才不在乎我把什么人带回家呢。”

她靠在江恪之的肩头，不知道这一晚为什么有这么强烈的诉说欲。

“我跟你说，上学的时候，老师担心我谈恋爱，于是找我妈谈话，我妈完全不在意，问都没有问我。”

江恪之问：“你希望她问你？”

钟熙纠结了一下措辞：“我有一点儿想让他们关心我，不过她对这些不是很关心，现在也是，她只希望我保护好自己就行。你说她是不是很酷？”

江恪之只是静静地握着她的手，没有说话。

“你这个表情是不是觉得她不爱我？”钟熙皱眉道。

“不，”江恪直注视着她，“我不会妄自揣测别人。”

钟熙笑了一下：“我逗你的，不过我小时候是那么觉得的。”

钟熙到现在还记得，初二的时候，学校举办了作文比赛，有个同学写的是她妈妈开车的时候差点儿撞到车，条件反射地扑到副驾驶座上保护她。钟熙读得热泪盈眶，但是老师没有给出高分，就连同学们都觉得这是所有母亲都会做的举动，写出来感动不了别人，太普通了。

钟熙当时没有说话。

她把玩着江恪之的手指，回忆着说：“回到家以后，我就去问她，她好像觉得我问了一个蠢问题，但因为我很认真，只好问我，如果她扑过来，她会不会死，我说应该不会吧。”

钟熙抬头望着江恪之：“那时候我好小，想到她有一天也会死、会离开我，我就能流出眼泪，然后她对我说她不死的话就会保护我。我当时有点儿难过，就问，为什么别的小朋友的妈妈不提前知道结果都会做呢。她想了很久告诉我说，大概她比较自私，她爱我，但是更爱她自己。”

那天的最后，秦悦难得地哄了哄她，告诉她：“以后如果不想伤心，千万不要问别人这样的问题，人性是经不起考验的。”

钟熙说的时候很平静：“我以前不懂，为什么我的爸爸妈妈看起来一点儿也不相爱，后来我看到她和别人一起逛街……她跟我说——钟熙，你一直是个聪明的孩子，所以我把你当大人对话，我和你爸爸不是因为爱情而结婚的，但是你应该有的一切我们都会给你。不要去想父母的事，过好你自己的人生，知道吗？”

江恪之低下头吻她的额头，紧接着是眼皮、脸颊。

钟熙被他亲得有些痒，笑着躲了一下，他依旧保持缄默。

她静了几秒，听到远处又有人声，大概又要放爆竹了。

“不过，我那时候还是有点儿伤心。”她靠在江恪之的胸口前轻声说。

不是伤心父母不相爱，可能她从小就是奇怪的人。她觉得，母亲只要爱她，那母亲做什么她都可以接受。小时候，母亲教她跳绳，跳了一会儿就上楼换衣服了，外婆用一种既寻常又隐秘的语气告诉她，那是漏尿，很多女人生完孩子都会这样。母亲因为自己受了很多罪，所以不论发生什么事，钟熙都会站在她这边。

“为什么伤心？”她听到江恪之问。

钟熙想了好久，才说：“她说我是个聪明的孩子，不知道为什么，我总希望在她的眼里，我一直都是傻傻的、小小的，还需要她保护。你说，我那时候是不是很蠢啊？”

江恪之将她拥进怀里，再出声时声音很温柔：“是有点儿傻。”

钟熙轻轻地撞了他一下：“喂，不过后来出了国，我才发现像我妈妈这样的才是常态。而且为什么女人做了母亲就要无条件地最爱孩子，为家庭牺牲，像我妈这样把自己放在第一位就很好啊，不会因为别人而失去自我，我很替她开心。如果现在，她把整个重心都放在我身上，我大概会疯掉。”

钟熙都不知道自己这一晚为什么会说那么多话，人在很冷的时候靠近一个人，真的会变得脆弱吗？

“所以，其实我现在已经没有那么想要别人爱我了。”她说，“因为我很爱我自己，而且，我发现我也不想承担别人对我的期待，我其实很像她。”

“嗯。”江恪之低低地应了一声，不知道在想什么，“我知道。”

不，你不知道。钟熙心想。

出国以后，钟熙很快就融入新的环境，她发现自己喜欢轻松不受约束的关系。

像这样坐了几个小时高铁后又驱车两百公里来找伴侣的事，钟熙永远不会做，因为她最爱的是自己。那么，是什么驱使江恪之这样做呢？

她矛盾地思索着。

就在钟熙想开口询问江恪之的瞬间，听到耳边又响起此起彼伏的声音。车厢内变亮，又一簇烟花在头顶绽放，很远的广场上传来人们跨年倒计时的声音。她的手掌被江恪之紧紧地握着，她下意识地反牵住他的手，放缓呼吸，在心里跟着倒数。

“十、九……二、一。”远处雷鸣一般的尖叫声隔着风雪传到这里。

钟熙闭上眼，许了一个愿。

再睁开眼的时候，江恪之依旧在注视着她，就好像他的眼神从来没有离开过。

烟花从高处往下落的时候，钟熙说：“下次，要从一开始到的时候就告诉我，知道吗？”

江恪之看着她：“知道了。”

“不，还是不要有下次了，下次新年我们一起过吧。”

江恪之望着她，说：“好。”

两个人静静地靠在座椅上，绚烂过后的烟花像散落的星辰，耳边只能听见彼此的呼吸。

有一瞬间，钟熙觉得自己会永远记得这个夜晚。

这一晚上，她第一次觉得自己和江恪之的心好像近了些。她依旧不懂他，但决定先让他了解自己一点儿。

第十五章

初见

元旦过后，要处理的事务更多了。钟熙本来和江恪之说好单周在她家，双周住江恪之那里，但她因为忙着即将到来的行业内的新媒体年会演说事宜，两个人即使住在一起，见面也只有睡觉的时间。

不过，钟熙没有再把维克多送到外婆家，而是把每天遛狗的任务交给了江恪之。

七日，会议当天的早晨。

江恪之的车被维克多尿脏送去清洗了，于是钟熙开车把江恪之送到公司门口，就像以往一样，车停在离公司还有一条街的地方。

“你今天做什么？”钟熙问。

她上午得去彩排走个过场。

江恪之一会儿有个会要开。他说：“没什么特别，和昨天一样。”

钟熙将他肩头的一根黑色长发拿开，跟他说：“这是我什么时候蹭上去的？我们说好了啊，你别来看我演讲，你之前都是不来的，突然来了，肯定会有人乱想。”

江恪之看着她的眼睛：“知道了。”

钟熙没忍住捧住他的脸，在他的嘴唇上轻啄了一下：“要乖哦。”

江恪之将脸侧过去：“你把我当维克多吗？”

钟熙瞪他：“喂，你什么时候见我对着维克多的嘴巴亲了？”

两个人说说笑笑了一阵，江恪之才下了车。

因为是行业内的大活动，主办方动员相关企业让全体员工参加，其实就是撑场面。

钟熙的公司，全员下午带薪参加会议。

下午四点半，胡诚坐在办公桌上看着空旷的公司，叹了口气。这是他今天不知第几次在江恪之的办公室里欲言又止。

最后一次，江恪之摘掉眼镜，揉了揉眉心，一脸严肃地看着他：“有事？讲完就不要再打扰我。”

胡诚早已习惯江恪之的风格，他连表情都没有变，道：“江总，公司都没几个人了，你就不觉得无聊吗？”

江恪之再度戴上眼镜。他怎么会认为胡诚能讲出什么有营养的话？

“你无聊？所以，你要我陪你玩？”

胡诚被他描述的这个画面搞得一阵恶寒，连忙摆手：“不是，就是难道你都不好奇吗？”

他说着做贼一样地看了后面空无一人的大厅，依旧低声说：“今天你的钟总在总监级别里压轴演讲，你难道就不想看看她？”

江恪之沉默地盯着他，镜片后是他锐利的视线。

“我发誓我到现在没和别人说过这个秘密。”

天知道胡诚快憋死了。

江恪之垂头思索着：“你很想去看？”

胡诚一脸真诚地说道：“我想去学习。”

公司连保洁部的都去充当人头去了，他为什么要在这里看报表？他也要去。

说完，他又看了看江恪之的脸色：“江总，你想吗？你想我就想。”

不过，胡诚没想到江恪之最后这么轻易地就带着他去了大会会场。

两个人到会场的时候，会议已经进行到下半部分。

胡诚停好车，上了二楼会场，远远就看到江恪之倚在会场的入口。

不过很快，胡诚的注意力被里面的人的发言所吸引。

扩音的设备中传来吐字清晰的女声，胡诚也走到江恪之身后，往会场看过去，拿着话筒的果然是钟熙。

胡诚盯着看了一会儿，由衷地说：“钟总真厉害啊。”

她是参与演讲中年纪最小的人，但丝毫不怯场，手上没拿稿子，节奏感却很好，说话幽默，场下时不时地爆发出笑声。

江恪之闻言，神情淡淡的，但眼底的温柔依稀可见。

“我第一次见到她的时候，她就是这样。”

举手投足之间都是自信和从容，身体里好像有股劲儿，没有什么可以影响到她。

胡诚之前一直以为江总很看不上钟总，他们的初见肯定很不愉快，但怎么江总的语气，感觉和他想的不太一样？

江恪之远远地望着镁光灯下的钟熙，陷入了回忆。

那时他刚刚过完二十一岁生日，离开英国，前往法国的高等商学院当交换生。

落地P城时是星期五，江恪之不坐飞机，所以没有跟着大部队，而是独自一人乘坐欧洲之星列车。到达以后，他将行李放到安排好的宿舍，简单地用完午餐就去了学校。

“我们本来只是在参观，但同伴突然在一间教室的窗口停下，他被那间教室的课堂气氛吸引。”

胡诚没忍住打断他：“我插句嘴，法语你们听得懂？”

江恪之瞥他一眼：“很不巧，那堂课是英文授课。”

胡诚了然，示意他继续讲。

“他们在讨论全球环境污染的问题，课堂气氛很好，一个金发男生说他听说过中国的空气质量很差。”

胡诚露出吃惊的表情：“然后钟总上去打他了？”

江恪之没有理他，神情因为回忆中的人变得更加柔和。

“我看到她向老师举了一下手，右手在电脑上敲击着键盘，一直等到老师允许后，她才说话。”

江恪之没有想到，直到这天，他还能记得她手上不疾不徐敲击键盘的动作，就像一只振翅的蝴蝶。

江恪之当时也以为，她会很情绪化地开口，事实上，她的声音还有些稚嫩，但整个人很平静，咬字清晰。

“她说她不会毫无根据地说某座城市的空气质量不佳，紧接着，她给出一堆国际认可的实时空气质量各项指数，首都的空气质量并不是大家以为的那样。她说，这只是冷冰冰的数据，于是向前座的女生借了一张化妆棉和卸妆水。”

江恪之还记得，钟熙当时有些不好意思地笑了：“因为昨晚聚会，我今早起晚了，来上课前只来得及刷牙和洗脸，连护肤品都没来得及擦。”

说完，她将化妆棉在脸上轻轻地擦拭了一下，接着将那一面展示给大家，大家看到了上面浅浅的棕色。胡诚一脸意外。

江恪之说：“最后，她笑着说‘我爱P城，心甘情愿为她承担粉尘’。”

胡诚听完有点儿想要鼓掌了。他几乎能想象出钟熙的那个笑，有小小的攻击性，又很得体。

“钟总那时候就这么勇猛吗？她这样，外国人不会排挤她？”

江恪之摇头，嘴角带着淡淡的笑意：“不会，她说完以后，教授为她鼓掌。”

所有人，包括那个金发男生对于她不卑不亢、有理有据的行为都很欣赏。

可能那些人里，也包括二十一岁的江恪之。

他望着台上那张神采飞扬的面孔，几乎和记忆中那个十八岁的钟熙重合。

“所以，你对她一见钟情？”胡诚消化着这个事实。

钟熙发完言下台，江恪之正注视着她下台阶，她没有发现他，他的神情因为这个问题有些愣怔。

“不，只是欣赏。”他皱眉说道。

胡诚不信，只是继续追问：“可是为什么回国以后你们又是那样？”

就好像他很讨厌她一样。

江恪之低垂着视线。过了一会儿，他对胡诚说：“那边还有座位，你去看吧，我走了。”

“好吧。”胡诚有些失望。

江恪之独自一人站在会场门口，其实他也想明白自己为什么会把这件尘封已久的旧事就这样告诉胡诚。

他望着钟熙的背影笑了笑。大概是因为一个人守着一个秘密，总是有点儿寂寞。

江恪之转身准备离开的时候，闻到了一股酒精味。

“这不是小江总吗，怎么站外面不进去？”

江恪之朝说话的人看过去，是房地产公司御临的二公子朱启发。

江恪之和他不太熟悉，看了一眼他手里的玻璃酒瓶，没打算和他过多寒暄，于是点头示意，准备离开。

朱启发显然读不懂客气，很有攀谈的欲望。

“没想到会在这看到你，我爸一直想和你们江氏多走动走动呢。”

他顺着江恪之的视线一眼就看到里面正在找位置的钟熙，早就听说这两个人不合了，于是他的头往江恪之这边靠了一点儿，口齿不清地说：“你看不上她正常，她实在……是吧？”

朱启发开口的瞬间，江恪之闻到了一股刺鼻的酒味。他抿唇问道：“什么？”

朱启发笑了，不太理解他在男人面前还装什么正人君子。

“就是那个钟熙啊，我一见你就知道你肯定看不上她那种货色，哈哈哈。”

见江恪之望过来，他露出只会出现在男人间展露的下流的笑容：“她真的很好得手。”

见江恪之不发一语地看着自己，朱启发更兴奋了，全然没注意到对方阴冷的视线和紧握成拳的双手。

“是吗？”江恪之说。

“那当然啊！”

朱启发摩挲着嘴巴，似乎在回味：“留过洋的女人就是不一样，不然靠什么抢你们公司这么多单子，你说是吧？”

朱启发左手拿着酒瓶，右手套近乎似的拍了拍江恪之的背。

江恪之低着头不知道在想什么，额前的刘海挡住了他的神情。

大约几秒后，他轻笑一声，松开了手，低声说道：“你刚刚说，想和江氏走动是吗？”

朱启发会意地笑了，他空着的那只手已经攀上江恪之的肩膀。

江恪之没有推开朱启发，他最后看了会场里的钟熙一眼。她似乎正在跟身后的女孩儿交换微信号，嘴角的笑意很真实，他收回目光。

“我想去下洗手间。”他说。

“走走走。”朱启发喝了大半瓶酒，也感到一阵尿意。

到了洗手间的时候，江恪之顺手带上了门，朱启发夸他讲究。

他正准备把快空掉的玻璃瓶扔到垃圾桶里，江恪之站到他身边，自然而然地接过他手上的瓶子。

朱启发将裤子脱下：“谢啦。”他正要对上便池。

突然，毫无预兆地，一股强烈的痛意从他的头顶传来，他一脸莫名其妙地捂着头靠在墙上。

体内的酒精让他的痛感和动作都变得迟钝，他还没骂出口，模糊的视线里，只有江恪之冰冷的视线……

活动结束的时候，钟熙一行人去吃了烤肉。

饭局结束得有点儿晚，钟熙顺路送卢倩还有两个设计师回家。

送完其他人后，卢倩坐在副驾驶座，本来还在回着微信消息，突然出声：“熙姐，你还记得那个姓朱的小开吗？就是给你送了一个月花还硬要请你吃饭的人。”

钟熙回忆了一下：“是那个走哪儿都端着一个威士忌酒瓶的酒鬼。怎么了？”

“他今天好像在酒店的卫生间被打了。”

钟熙露出一个狡黠的笑容：“还有这种好事？”

“我也挺讨厌他，我有个朋友和他参加了一个饭局，喝个酒还被他摸大腿了。”

钟熙忍不住骂了一句：“这种男人被打死最好。”

卢倩捣蒜似的点点头，继续说：“有人说是隔壁江总打的，难道江总也被他性骚扰了？”

钟熙闻言先是愣了一下，很快笑出声：“谁？你说……咯……嗯，他？”

“对啊，有人大老远听到朱启发一直在骂‘姓江的’，还有人说好像看到江总了，还能是别人吗？”

钟熙摇了摇头，斩钉截铁地说：“你想什么呢？他打人？这比那姓朱的饿了去洗手间吃屎被保洁当成神经病暴打的概率还要低，A市姓江的人你数得过来？我们公司门口的保安是不是就有一个姓江的？”

卢倩点头：“确实有。”

等红灯的间隙，钟熙随口说：“你太不了解他了，而且他今天又没来。”

卢倩想想也是。她确实不太了解他，熙姐分析得挺有道理，不过为什么总感觉哪里怪怪的。

钟熙回到家，室内一片黑暗，江恪之还没回来。

她刚刚在车库给他打了个电话，不过没有人接。他大概在忙，元旦到过年这段时间总是很忙的。钟熙摸黑带着维克多在楼下遛了两圈儿，回来它就在窝里睡下了。钟熙在卧室刚换上居家服，就听到大门打开的响声，于是边整理着衣服边跑了出去。

江恪之正低头换鞋。

“没想到你今天回来得比我还晚，很忙吗？给你打电话都没接。”钟熙站在他面前。

“很晚吗？”江恪之看了一眼手机，“抱歉，没电了。”

钟熙耸了耸肩，忙完了下午的活动，她整个人都轻松下来了。

“你是不知道，今天下午的活动流程安排得有多离谱……”她跟着江恪之走到卧室，他坐在床上解领带，她坐在他身侧，滔滔不绝地和他分享一天的趣事，没有注意到他这次没换居家服就坐上了床。

她见江恪之领带解得不太顺利，手上动作也变得不耐烦，伸出手正准备帮他，他却突然一把将她扯进怀里，随后倾身压了下来，用唇堵住了她的嘴巴。

钟熙很快就察觉到江恪之的动作有些急躁，甚至粗暴，就好像是在发泄什么。

钟熙的手已经摸上了他的腰带，他却在这时攥住她的手，一个动作将她压在身下，沉默地注视着她。

这个眼神和最近看向她的目光有些不同。

“怎么了？”钟熙有些不解。

江恪之看着她。她的眼睛因为刚刚那个彻底的吻充盈着水汽。

江恪之的目光落在那里，钟熙不知道他这是怎么了。

“发生什么事了？为什么一直盯着我？”钟熙收回手，关切地注视着他。

钟熙一直觉得可能是江恪之轮廓比较坚毅的关系，再加上瞳色有些淡，他不笑的时候看起来很不近人情，就像现在这样。

两张脸靠得很近，江恪之额前的碎发就落在钟熙的额头上，下意识地想要侧过脸，就被他以不容拒绝的力度捏住了下巴。

接着，他动作无限温柔地继续抚摸着她的嘴唇，眼睛一眨不眨地注视着她，说了一句话。

听到这句话的瞬间，钟熙几乎以为自己听错了，她很清楚地记得自己在螃蟹岛上就和江恪之说过，她不会。

她眉头紧蹙着没有说话，江恪之那双充满审视的眼睛依旧落在她的眼睛上，这让她很不适。

钟熙觉得自己有点儿失望，这失望来得莫名其妙。

“只是，我以为他会无条件地尊重我的意愿。”她看着眼前这张英俊的脸，想到了这句话。

就在这时，江恪之的手已经从她的嘴唇渐渐下移，转到了别处。

钟熙准备起来说点儿什么的时候，他却突然掩住她的嘴巴。

“别说话。”江恪之不再看她，声音低低的，“我不需要。”

一时间，钟熙被他搞糊涂了。

他这是在做什么？试探她愿意为他做到什么程度？说实在的，她不喜欢这种感觉。

她很想和他好好谈谈，他却将她扣在身下……

“你先……”

钟熙仍在有意识地用手去推开江恪之的头，但他不为所动。

“为什么不要？”他问，“你明明是喜欢的。”

一段时间过后，钟熙垂眸望向江恪之，这个角度只能看到他眉头微微地皱着，眼睛低垂，看起来冷酷又带着一点儿……脆弱。钟熙的心情瞬间变得复杂起来。

她伸出手轻抚过江恪之的头顶，还有耳朵，不知道该说什么。

江恪之这时也看向她，许久才出声：“今晚得睡隔壁了。”

他说话的时候看起来有一点儿自责，和刚刚似乎不是一个人。

过了很久，她望着天花板，问道：“你每次盯着我的嘴唇看，是不是……”

钟熙问的时候不带什么情绪，但江恪之的脸色瞬间变了。

他神色严峻，又带着一丝厌恶，不知道是对谁的。

“没有。”在钟熙望过来的时候，他对上她的视线，“这个话题以后不用再提。”

钟熙没有说话。

“看着我，”江恪之再一次双手捧住她的脸，皱着眉说道，“别胡思乱想。”

钟熙见他不像在开玩笑，但还是被他的反复给逗笑了。

江恪之仍然固执地捧着她的脸：“我不想。”

——你不喜欢的事，我从来没有想过。

钟熙看到他眼底的认真，松了一口气。

她将江恪之的手拿了下来，在床上躺好，随口问道：“江恪之，你是不是觉得这样比较无聊啊？”

过了半晌，她才听到江恪之低沉的声音：“我只是不想让你觉得我很无聊。”

钟熙不知道自己为什么还是可以轻易地被江恪之打动。

“你无聊？不会啊。”她轻声说。

江恪之不再说话了。

“还有一件事。”钟熙再次侧头看向他。

江恪之的神色变得紧绷。

“我希望以后做这种事是在你我都开心的情况下，知道吗？”

江恪之摸了摸她的脸，低声说：“没有下次。”

钟熙眨了眨眼睛，说道：“那……罚你明天把被子给洗掉。”

江恪之望着她说：“好。”

钟熙看着江恪之忙碌的背影，心里甜蜜与酸涩交织着。

她早就猜到江恪之不打算和她分享他的内心世界，她也并不想勉强他。他有他的原则，不愿改变，她能够理解，因为她也不准备为任何人改变自己的原则，她认为那是失去自我的开始。

之前也曾经有交往对象向她委婉地提出某种要求，但她当场就踢开了他，并潇洒地和他说拜拜。但此时此刻，她突然意识到一个问题，如果对方是江恪之，结局或许没有什么变化，但是她大概没办法做到那么潇洒。

第十六章

嫉妒

一月中旬，钟熙手头在跟的几个项目都在收尾中。她除了提前筹备一下公司的年会和给各家媒体的新年礼物，基本上没什么事了。

星期五临下班前，公司的财务部经理刘珊和张静约钟熙周末打麻将。她很久没打了，有点儿手痒，但还不知道江恪之周末有什么安排，只说第二天答复。

钟熙和朋友看了场电影后，回了江恪之家，他还没有回来。前天维克多被外婆接走后，她就去江恪之的家住了。他住的地方离他们工作的地方要近一点儿，他最近倒是挺忙的。

电影太难看了，钟熙在电影院就打了十来个哈欠，回来以后更困了，便发了一条短信问他："你今晚几点回？"

江恪之的短信回得很快："要到很晚，你先睡。"

钟熙放下手机，心安理得地躺上床。她将被子拉到鼻子前，深深地吸了一口气，江恪之的气息瞬间充盈她的鼻腔。

钟熙后知后觉地发现，江恪之的一切都很能给她一种舒适的感觉。

她将自己包裹在他的味道里，很快进入了梦乡。

大概是睡得太早，钟熙第一次睁开眼的时候，天还没有亮，屋内只有她睡前留的一盏夜灯的光亮。

她仰起头发现自己睡在江恪之的怀抱里，他的手搭在她的腰间。

他的眉心微微地皱着，钟熙不知道他为什么睡觉时还是一脸严峻，于是将食指覆在他的眉间，想将那道浅浅的褶皱按平，可哪怕她手上有动作，他依旧没有醒。

“你们公司要破产了吗？让你这么辛苦。”钟熙心疼地摸了摸他的脸。

不知道为什么，钟熙觉得江恪之变得更沉默了，但她很快就反驳自己——江恪之什么时候话多过呢？

她觉得自己变敏感了，这不是个好兆头。

她将脸贴在他的胸口，再一次抱着他睡去。

醒来的时候，床上只剩下钟熙一个人。她叫了一声“江恪之”，没有人应，如果不是小灯被关了，她都怀疑夜里的那段记忆是一场梦。

冬天的早晨，在别人家独自醒来，心里有点儿空落落的。

打开手机，有一条江恪之的信息。

竟然是早上七点半发的。他周六那么早就去忙了？

他说给她做了鲜虾粥，在炖锅里保温，他先去公司了。

钟熙一扫刚才的郁闷，给他回了这条消息后就去喝粥了。

十二点的时候，刘姐给她打电话：“哎，小钟，怎么说？下午要不要打会儿麻将？”

一觉睡醒，钟熙差点儿忘记这事了。她想反正江恪之这天上班，就答应了。

一看窗外，雪不见小，她怕地滑，就没有开车，在出行软件上叫了车。

正准备出门前，江恪之给她打来了电话："在做什么？"

钟熙没忍住在客厅望了一圈儿："你是在家里安了摄像头吗？怎么我刚准备出门，你电话就来了？"

她听到江恪之极低的笑声。

"没有，"顿了几秒，他问，"要出去？"

"嗯，人家约我打麻将。"

钟熙低着头拉上雪地靴的鞋跟，就听到江恪之问："和谁，我认识吗？"

钟熙本来想问：你是在查岗吗？

不过江恪之的语气太正常，反倒显得她想多了。

"我们公司财务部的刘珊你认识吗？她组的局。"钟熙本来还想说几句，但听到那边有人在叫他，于是说，"你先忙，我们晚上说。"

到了地方，钟熙才发现赵平也来了。

元旦前，他给她打了电话约吃饭，她以陪家人为由拒绝了。再之后，他因为在帮忙培训新人，她也在忙自己的事，两个人一直没有碰面。

钟熙以为他明白自己的意思，但是来都来了，她也没那么矫情。

不过很快，她开始怀疑这次约局的目的不纯，似乎就是为了撮合她和赵平。

她也是这时才想起谁说过，赵平好像是刘姐的远房表弟。

赵平一开始是她的下家，全程在给她喂牌。刘姐和张姐在旁边一唱一和，让她难得地尴尬了起来。

她没好意思让赵平尴尬，全程僵笑。怪不了别人，圣诞节那天，她要是没接下那根橄榄枝就什么事儿也没有。

一直打到傍晚，钟熙自始至终把精神放在牌上，也赢了一些。她不打算带着这钱回去，结束以后，说请大家吃饭。

她这句话刚说出口，刘姐和张姐都说："晚上家里还有点儿事，饭是没办法约了，让小赵跟你吃吧。"

钟熙心里了然，面上也没表现出什么。

等那两个人走之后，钟熙神情自然地问赵平有什么想吃的。

赵平说："还是我请吧，上次那顿饭，我中途走了，对你一直过意不去。"

钟熙没有和他争，赵平说附近正好有一家很出名的法餐。她听说过那家店，但还是问："不用预订吗？这个时间点。"

赵平看着她说："已经预订好了。"

钟熙没有接话。

坐在餐厅的时候，手机突然响了。她直觉是江恪之的短信，一看果然是。

江恪之："打完了吗？"

可能是考虑到她身边有同事，他没有打电话。

钟熙对他的体贴很满意："已经打完了。"

这一次，没过几秒，手机振动起来。

钟熙坐在赵平对面，只迟疑了一秒，就接通了电话。

"喂，你还没结束？"钟熙问。

江恪之说："就快了，吃晚饭了吗？"

钟熙说："嗯，已经在餐厅了。"

她听出江恪之声音里的疲惫，想关心他，但考虑到身边还有人，忍住没有开口。

"和她们一起？"

钟熙说："有两个人走了，我和另一个同事。"

这时，赵平将菜单递给她看，问她要点什么。

他的声音很小，钟熙被他打断，走了一下神，点了这家店的招牌套餐。

电话里，江恪之的语气寻常："你在吃法餐？那你吃饭吧，我继续忙了。"

"好。"钟熙挂掉电话。

这顿饭吃了一个多小时，晚饭结束后，外面的雪依旧很大。赵平把车钥匙递给门童帮忙取车，车开过来以后，他望向钟熙。

"太晚了，这里打车也不方便，我送你回去吧。"

就在这时，钟熙包里的手机振动起来。吃饭的时候，她就接了好几个公司的电话，她对赵平说了句"不好意思"就戴上了蓝牙耳机。

"喂。"钟熙说。

"吃完了吗？"江恪之的声音透过风和雪传进她的耳朵，让她感觉耳朵瞬间烫了起来。

"吃完了，准备回家了。"

"我去接你。"他说。

"我是三岁小孩儿吗？我已经准备回去了。"钟熙笑了笑，感觉到身边赵平的目光，不由得声音放小了点儿，感觉自己好像在秀恩爱。

"你又不知道我在哪儿，我很快的。"

她的话音刚落，一片雪花飘到了她的眼皮上。她闭上了眼睛，接着，正前方一道光线亮起。

钟熙睁开眼睛，看到正对面的车亮起了双闪灯。

她眯着眼睛看向车牌，看清楚后难以置信地对着听筒问："你来了？"

她还有些反应不过来，就听到江恪之说："话说完了的话，现在过来。"

钟熙一时之间难以形容心里什么感觉，脉搏声的节奏好似陡然变快。她和赵平挥了挥手，说了一句"那我走了"就抬手挡在头发上往江恪之的车那里跑。

只跑了一小段，她就感到一道影子在逼近自己。

钟熙抬起头，江恪之撑着一把伞，一言不发地站到她面前。

她刚想说点儿什么，就感觉一阵压迫感迎面而来。

江恪之空着的那只手一把扣在她的后脑勺上，低下头将唇覆上她的嘴唇，将她完全掩于别人的视线里。

钟熙被吓一跳，心神不宁地抬手就要推他。

但江恪之在她要动作之前，就松开了她。

钟熙喘着气瞪他一眼："你这是在干吗？"

想到身后还有人可能在看着全程，她感到一阵羞恼。

江恪之深邃的目光落在她冻得有些红的脸上。他伸手摸了摸她的脸："我今天还没有吻你。"

那种语气，好像他只是单纯想给她一个吻。

钟熙心里明明有火，但对上他的目光，不知道为什么会想到每次去外婆家接维克多，它都会不管不顾地冲进她的怀里，那种想要斥责他的心情瞬间化为乌有。

江恪之沉默着牵起她的手将她送进副驾驶座，等到两个人都在车里坐好后，她深吸一口气。

"你没看到前面有我的同事吗？我不想别人认为我在人体行为艺术。"钟熙很讨厌那种在人前亲热的情侣。

江恪之望向后视镜，半晌才淡淡地回答："抱歉，我以为是门童。"

钟熙一脸狐疑："不会吧，你没认出来吗？那是我们公司人力资源部的赵平，就是那晚……"

说到这里，江恪之再度望向她。她严重怀疑他是在演。

她眼睛一眨不眨地看着江恪之："你刚刚打电话的时候听到他的声音了，对吧？所以你才会来。"

他是怎么知道她在哪家吃饭的呢？她突然想到自己点的那道招

牌菜只有这家店有，江恪之是这么猜到的吗？她越来越觉得他深不可测了。

江恪之握住方向盘，一边将车开出去，一边说：“我没有。”

钟熙半天没有说话，一直等车遇到红灯时，她才耸了耸肩：“今天她们叫我出来确实是为了撮合我和他，吃饭时只有我和他两个人。”

江恪之沉默着握紧方向盘，目光始终直视前方。

“嗯，”他微不可察地点了点头，“所以呢？”

钟熙说：“我跟他说我有男朋友了。”

江恪之这时才望向她，目光里是她理解不了的情绪：“是吗？”

钟熙直视他的眼睛，一字一板地说：“嗯，我会和他吃这顿饭就是为了告诉他我在和你谈恋爱，以后不会因为工作以外的事跟他单独吃饭。”

江恪之目光灼灼地盯着她，直到红灯即将转绿，她忍不住提醒他：“快红灯了。”

江恪之若无其事地将头转过去。

“知道了。”他说。

钟熙望着他的侧脸，心里忍不住腹诽道：这个男人到底什么时候才能不装啊？！

星期一，晨会结束。

江恪之接了个电话后，让胡诚出去一趟。

很快，他的私人律师邱律师进来了。

邱律师会来是因为朱启发，朱启发那样的人，被江恪之那样对待怎么会甘心？

朱启发死咬不放，但因为江恪之早有准备，他的人查到了朱家行贿的证据，最后朱家只能放弃纠缠。

邱律师说：“拿了你几年的钱，难得为你做点儿事。”

江恪之的神情淡淡的："麻烦了。"

邱律师没有问江恪之好好的怎么会惹上朱启发那样的人，毕竟这不在他工作的范畴之内。

"我听对方律师说朱启发现在去国外'疗伤'去了。"

闻言，江恪之露出一个轻嘲的笑容。

邱律师很少见江恪之脸上出现这样的表情，二人简单地聊了两句后，江恪之正想将邱律师送出去，对方像是想起了什么，给他递过来一个东西。

"哦，对了，朱启发的代理律师说这是朱启发出国之前留给你的东西，因为是给你的私人物件，所以我还没有看过，你看完如果有什么问题可以找我。"

江恪之盯着他手上的那个U盘，皱眉接过来。

星期六下午，钟熙和朋友约了看画展。本来她们是要一起吃晚饭的，但对方痛经，吃的止痛药不起作用。她把朋友送上车以后，给江恪之打了电话。

他还在公司忙，也没有吃晚饭，于是她打包了三份拌饭去他的公司。

公司这个时候只有江恪之和胡诚，钟熙站在刷卡的地方等他。很快，她便看到江恪之从电梯里出来。

钟熙将饭递给他，开玩笑地说："你是在给你们公司做假账吗？不然怎么能这么忙？"

江恪之伸出一只手摸了摸她的头，空着的那只手揽住她的肩膀。

胡诚见到老板搂着钟熙，已经能快速消化这个既诡异又和谐的画面。上午钟熙就上来过一次，似乎是因为把自己的车钥匙落在了江恪之这里。当时江恪之送她进电梯难舍难分的样子，看得他浑身直哆嗦。

胡诚这人本来就自来熟，不过不敢开江恪之的玩笑，但对钟熙是早就没了拘谨。他看着饭说："钟总，你又来啦。"

钟熙被他的眼神逗笑，随口回："哈哈，对啊，想你了。"

她说这话时完全没过脑子，只是把胡诚当作是卢倩一样的人，但话刚说出口，她就觉得自己说错话了。

胡诚一心关注着晚餐，完全没注意到她说了什么，接过饭，说了"谢谢"就老老实实地去茶水间吃了。

办公室里只剩下江恪之和钟熙。她看向江恪之的脸，他从头到尾没有说话，只是第一时间收回放在她肩上的胳膊，低头拆着饭盒的盖子。

但等他把饭盒拆开递给她的时候，他看起来又和平常没什么两样。

钟熙还是为自己解释说："刚刚我是开玩笑的。"

江恪之的神色没什么变化。

"我知道啊，"他对她笑笑，"我说什么了吗？"

钟熙这才放心，江恪之很多时候很大度，但她还是决定改掉这个不分人就乱开玩笑的毛病。

吃饭期间，两个人都没有说话。

江恪之中间接了两个电话。

钟熙将菜拌进饭里，一边一勺一勺地挖着送进嘴里，一边听着江恪之讲电话。

他大多只是听对面的人说话，很少讲自己的想法。钟熙担心有什么公司的机密问题，本着避嫌的态度，打算抱着饭盒走到一边吃，不过江恪之在她准备起身的瞬间用空着的那只手按住了她。

他用眼神示意她继续吃，自己走到了窗边。

钟熙便心安理得地在原地继续吃。

江恪之的声音还是不时传进她的耳朵里，她发现他除了语气词的高频词汇。

他很喜欢说“是吗”。

明明是问句，却总是被他以陈述的口吻讲述出来，像是漫不经心，又像是带着不露痕迹的质疑。

之前几次她听到他这样说只以为他是在阴阳怪气，不过这天，她突然觉得，他大概是个具有怀疑精神的人。

她看向江恪之的背影，不知道为什么会将他联想成冰山，而她现在所窥见的可能只是冰山上的一角。

吃完饭以后，钟熙找了本书来读，想等江恪之一起下班。不过他说会忙到很晚，而后将她送到车库，让她开车小心一点儿，到家之后给他发条短信报平安。

钟熙本来想说这么点儿距离哪里需要，但对上江恪之认真的目光，她只好说“好”。

江恪之再次回到办公室后，让胡诚再收拾一下也就可以下班了，剩下的工作他一个人做就好。

“很晚了，你打车回去，记得要发票。”

“好的。”

等到胡诚走后，整层楼只剩下江恪之一个人。

找资料的时候，他不知道怎么又把那个U盘翻了出来。这几天以来，他几次想要将它扔进垃圾桶里。这东西没有任何意义，只是垃圾罢了。他很清醒地知道这一点，但他不知道自己为什么没有扔，正如他不知道自己现在为什么又再次将它打开。

里面有两个文件，一个MP3格式的音频，还有一组图片。

江恪之将那组音频点开。

其实，他几乎已经可以把这段话背上来了。

“哈哈哈，我是真没想到，江总真是有做情种的潜质啊。之前还以为你们是互相讨厌，查了才知道原来你们在一起了，把其他人当猴耍啊。真可怜，也就你这种蠢货才会把那种女人当成宝贝，看到那些照片了吗？你不过是她其中的一个罢了。她根本就是没心的，你以为你为她做的这些能感动她？你比他们强在哪里？天真！

“她是不会对你认真的，听说她公司里还有一个对象，我好心跟你说，她这样的女人，你就算昨天为了她倾家荡产，你猜你要是今天跟她说分手，她会挽回你吗？会为你流一滴眼泪吗？哈哈，她才不会呢，她会转头就走，然后第二天继续认识一个新男人，男人对她来说没区别。

“你为这种女人得罪我，真是蠢得不得了啊。

“放心，我朱启发等着看你在她身上栽跟头，哈哈。

“祝你好运，绿江。”

江恪之听完以后露出一个冷笑。他只觉得朱启发无聊下作。

朱启发会猜到自己和钟熙的关系，江恪之一点也不奇怪，毕竟那天他们的对话只涉及了一个人。最后的时刻，江恪之曾警告朱启发，离钟熙远一点儿。

U盘里的照片江恪之只看了一次，看的时候，他感到一阵不屑。朱启发这个人头猪脑看来也只能找到这些发在社交平台上的合照。

是他高估这个废物了。

江恪之将笔记本合上，戴上眼镜，开始看报表。几分钟后，他将U盘拔下来掰成两段，头也不抬地将它丢进垃圾桶里。

第十七章

她爱他

胡诚觉得江总最近看手机的频率越来越高了，和前阵子刚发现他和隔壁钟总谈恋爱时的状态不太一样。这么说吧，如果手机是一个人的脖子，那他看手机的样子像是要扭断这个人的脖子。

有一次，胡诚不小心瞟到了一眼他的手机屏幕，发现他原来是在看钟总的照片，而且好像是邮件信箱的界面？怎么，他们的日常都是用邮件聊天吗？

这是这一周以来江恪之收到的第四封满是钟熙照片的邮件，内容无非是在会场钟熙朝对面的人微笑，或是头朝向某人说话。

江恪之收到第一封的时候，只扫了一眼就想也没想地将发件人丢进了黑名单。但很快，他又收到了第二封。

这一次，他找来技术人员，但对方显然是做了准备，最后也只查到对方的虚假网络地址。

这些邮件来自谁，想都不用想，但可以拍到这些照片，意味着有不少人就在钟熙身边，他们在监视她，打扰她。想到这里，江恪之这么多天以来第一次后悔自己鲁莽的行为。

他这样想着，给邱律师发了一条短信。

邱律师这一年的一个月里见到江恪之的次数比他从前一整年见到的还要多。

“又见面了。怎么了？”邱律师本来想开个玩笑，但江恪之这一次的脸色更难看了，整个人看着有种说不出的阴郁。

江恪之无所谓地笑笑，很快正色说道：“朱启发行贿的事，我不打算这样过去。”

“为什么突然……”

“就我所知，朱启发在过去的两年里，行贿数额在两百万左右，根据《刑法》构成‘行贿罪’，而且情节严重……这些你比我专业，”他无动于衷地说，“我只是想尽到我作为公民的义务和责任。”

邱律师见他神情坚定，也不打算劝他。还好，当初的协议里他和江恪之留了个心眼，没有直接提到行贿证据，只是用代号“货物A”代替，不然知情不报的包庇罪也让人头疼。

“可以是可以，但他现在出国了。”

江恪之的表情不变：“这个不难，过段时间，让我的朋友假借洽谈合作事宜把他引回来就好，剩下的到时再联系你。”

邱律师点点头，神情并不轻松：“还有一个麻烦，当时达成协议的时候，我们把他行贿的证据都给了对方。”

江恪之没说什么，打开抽屉，拿出一沓纸质文件还有一个U盘，对上邱律师略显震惊的眼神，解释道：“习惯性地备份了。”

邱律师点头：“这是个好习惯，保持下去挺好的。”

江恪之微笑着，眼底却没什么笑意。他看向协议书上朱启发龙飞凤舞的签名，低语道：“他今年好像二十三岁。”

邱律师听的时候还没明白什么意思，江恪之把他送到办公室门口的时候看向他。对上江恪之视线的瞬间，他瞬间感觉到一阵无形的压力。

“我希望他能在里面待过三十岁生日。”江恪之的目光没有任何温度。

送走邱律师以后，江恪之坐着闭目养神。过了一会儿，桌上的手机响起，江恪之一看是钟熙的电话，过了几秒才接通。

“喂，还在忙？”他听到她身边有杂乱的人声。

钟熙已经走到了一边：“刚和企划部开完会，准备去吃午饭。你吃过了吗？”

她的声音一切正常。

“吃过了。”江恪之顿了一下后，用寻常的口吻问道，“最近还好吗？”

他的话刚问完，就听到钟熙笑了。

“你为什么问得好像我们几天没见一样？还是说，你是故意来刺探敌情的？”她语气轻快地说。

“没什么，想你了。”他说。

钟熙半天没有说话。过了一会儿，她才说：“喂，你好突然……而且你说想我的语气可以再冷淡一点儿吗？”

江恪之没有回答，半晌才问：“最近还顺利吗？”

“拜托，我做事向来很顺利，最近好像运气很好。哦，对了，今晚我要去机场去接我大学室友，可能还要请吃饭。如果太晚了，可能就回自己家了。”钟熙说的“自己家”就是父母家，离机场很近。

江恪之嗯了一声：“你跟我说过了。需要我开车送你去吗？”

“不用啦，你忙你的就好，明天星期六，我们就可以在一起待一整天了！开不开心？”钟熙问，她总觉得江恪之最近因为工作好像兴致不太高，所以想逗他开心。

江恪之握着手机没有说话。

钟熙还在催促道：“快点儿回答我啊。”

“开心。”

“哈哈哈，你那么喜欢我吗？”钟熙的声音听起来很愉悦。

江恪之不知道钟熙为什么可以这么轻易地说出这些字眼。他将手覆在照片上的那张笑脸上，眼底是不为人知的痴迷。

“有吗？”他很轻地笑了一下，再开口时面上的神情复杂到矛盾，“我讨厌你。”他低声说。

钟熙笑得更开心了，江恪之还是很幽默的。

在机场接到Carson的时候，他热烈地对钟熙来了三次贴面礼。她不知道他喷的什么香水，呛得她好晕，直往后仰。

Carson问她：“亲爱的，你一点儿也不想念我吗？你从前可是对我很热情的。”

钟熙听着他那蹩脚的中文，这还是他当年一小时八十欧找华人学来的。她推开他搂在自己腰间的手，笑了笑，换回法语对话。

“我带你去吃饭好不好？”

Carson钟爱烤鸭，两个人去吃了A市做得最正宗的烤鸭。

“你会在这里待多久？”钟熙问，Carson联系她的时候说来这里找工作，她根本没当真。

Carson不改从前的甜言蜜语：“你想我陪你多久，我就陪你多久。”

钟熙翻了个白眼：“少来，我现在有男朋友的好吗？”

被钟熙瞪了一眼后，他才收敛了一点儿。

“我几个月前看球赛的时候被一个你们国家的人看中，让我来做模特，我想你应该很懂，再加上我有很长的假期，而我们很久没见了。”话说到后面，他冲她暧昧地一笑。

那双绿眼睛在晚上有些发蓝，钟熙对他这双电眼早已免疫：“哪家公司？”

Carson 将名片递过去，钟熙一看差点儿笑了，怎么会这么巧？

“哦，那个人可能不是骗子，这家经纪公司就在我们公司楼下。”

钟熙说这天太晚了，第二天再带他去公司帮忙沟通一下。

“不会吧，星期六还上班？”Carson 漂亮的眼睛瞪得很大，满是难以置信。

钟熙见他还是从前那副样子，重见友人的感觉还不赖。

钟熙很少回头看，但刚到法国的时候，Carson 照顾她很多，帮了她很多忙，她不介意帮他一点儿忙。

结账的时候，Carson 的表情有些不愉快，忍不住问钟熙：“为什么感觉后面那桌人一直在盯着我们看？”

钟熙没当回事，她觉得大概因为 Carson 是个外国人。她随口说：“因为我长得漂亮。”

Carson 很捧场，频频点头。他一下将头凑过来，几乎就要亲到她的嘴唇了，她下意识地扭过头。

这一次她的表情显得很严肃：“你要是再这样，我会生气的。”

Carson 看起来很受伤：“好吧，我不会这样了。”

钟熙将 Carson 送到附近的酒店后，径直回了家。

睡前，她和江恪之又通了一次电话，跟他解释第二天上午要帮朋友一个忙，中午不一定和他吃饭了，但是下午的电影一定不会缺席。

江恪之安静了一会儿，很快说他把星期日要做的事挪到第二天早上。

不过，钟熙很快意识到一件事，江恪之似乎以为她的这个大学室友是女性，因为他以为她这晚会陪室友住酒店。

“我当然回家住啊。”钟熙犹豫了几秒钟，最后本着多一事不如少一事的想法，没有去解释。她原来住的地方离学校不算近，后来跟 Carson 同住的室友转学了，她就应邀搬了进去。

江恪之最近工作很有压力的样子，她觉得这些细枝末节的事还是不要说了。

隔天早上，十点左右，钟熙载着 Carson 去了那家经纪公司。

这家经纪公司实行大小周调休制度，这天来上班的人很多，有几个站在透明玻璃外在看他。

钟熙本来想把他送到交涉几句就走人，但 Carson 就像是没断奶的小孩，非拉着她要她陪着。他装可怜地说：“反正也只麻烦你这么一次，这都不愿意吗？”

钟熙不知道自己是不是真的有些不近人情。

她最后充当免费的翻译，陪同 Carson 签了一份为期三个月的合同，条件很宽松。

法国的假期真是一如既往地长。她感叹道。

结束后，钟熙将车开出来，停在路边，她告诉 Carson 中午再请他吃一顿饭，接下来的几天她有自己的生活。

Carson 昨晚倒时差没有睡好，冲坐在驾驶座的她眨着眼睛。

“你不是一直说这里外送非常方便？我们可以点到酒店吃吗？我想吃完就睡觉。”

钟熙想了想，回道：“我们直接在酒店吃好了，你住的这家餐饮很棒。”

她愣神的瞬间，突然觉得远处站立的那个身影的穿衣风格好像江恪之。

Carson 见她发呆，在她眼前招招手。她回过神，再看过去哪里来的江恪之？意识到根本不可能是他，她对自己很无语，不至于才一天不见就想他想到看到谁都觉得是他吧？

再过几个小时就要见到他了……钟熙一想到这嘴角就忍不住扬起一个笑。她得快点儿把身旁这个帅气的“包袱”解决掉。

钟熙离开酒店的时候大概一点钟，和江恪之约好的电影是在三点半，她感觉自己似乎穿少了，准备回家洗个澡再换套衣服。

停车的时候，她的肚子就一阵绞痛，洗完澡出来的时候才发现是生理期来了。

家里的暖气打得很足，钟熙套好睡袍，到外面找吹风机，正巧遇上正在客厅沙发穿大衣的秦悦。

钟熙回来的时候听到她在打电话，好像和她的男友约好下午去泡温泉。

钟熙说："你要出去了？外面有点儿冷，可以加条围巾。"说完，继续弯腰找吹风机。

秦悦将腰带系好，往她跟前走了几步："宝贝，你的脸色好像不太好，肚子疼？"

钟熙冲她挥挥手："没什么，就是痛经，我一会儿吃片止痛药就好。"

秦悦点点头，等钟熙再回头的时候，她人已经不在了。

钟熙笑了笑。其实她一直觉得"生理期中的人很脆弱"这种说法是一种自我暗示和放纵，给自己的情绪不稳定找个借口。

她弯腰吹着贴头皮的头发。大概两分钟以后，一只温热的手在她背后拍了拍她。

钟熙觉得这只手的触感和江恪之的很不一样，要小很多，还要柔软很多。

她透过面前的镜子看到了母亲，继而转头，看到她端着一杯水，手里还有一颗药。

"等你自己去吃药，不知道等到什么时候。"秦悦将药递给她。

钟熙接过水，她吃药的间隙，秦悦拿起吹风机吹她后脑勺的头发，热风吹在裸露在外的肌肤，有些痒痒的。

钟熙的心里感到些微别扭，母女俩从小到大的交流并不算多，一年大概也只通几次电话。她对眼前的这个处境感到无所适从但又有点儿温暖。

她手握着杯子："你和人约好了，不赶时间吗？"

秦悦说："时间还没到。"

头发吹到七分干以后，钟熙在沙发上躺着，秦悦从储藏室找来一个热水袋。

"不知道什么时候买的，用起来应该不会爆炸吧？"

钟熙闻言笑了。她接过热水袋，秦悦也在沙发上坐着，时不时看看手机，大概是在回人的信息，依旧没有要走的意思。

"人家在催你吗？迟到不好。"钟熙说。

秦悦很潇洒地回她："男人，等我是他的荣幸，不甘心等那就下一个呗。"

钟熙冲她笑了。

大约过了半分钟，钟熙抱着怀里的热水袋，小心翼翼地将头挪到秦悦的大腿上，这样的姿势不是那么舒服，但秦悦几乎是下一秒，就将左手覆在女儿的脸上。

钟熙眨了眨眼睛，轻声说："妈妈，你不急着走的话，我这样躺十分钟好吗？"

秦悦摸了摸女儿的脸："当然了。"

钟熙感觉到眼睛有些湿润，她想，或许"生理期中的人很脆弱"的说法是真的。

"你今早走那么急是去约会？"秦悦闲着无聊随口问道。

钟熙睁开眼睛："今早的不是，"她顿了几秒钟，继续说，"一会儿要见的是。"

"是什么样的人？"秦悦听出女儿语气中的认真，这还是她第一次和自己提起她的男朋友。

钟熙听到秦悦的问题，脑海里浮现起江恪之的脸，沉默的、微笑的……

她有些纠结，她该怎么和秦悦介绍他呢？最后，她只是笑着说："上次外婆见过他，还说他很帅。下次把他带给你看看。"

秦悦将女儿的手握在手心里：“好。”

送走秦悦以后，钟熙迫切地想要和他分享此时此刻自己的雀跃。别人或许理解不了她，甚至他可能也不能理解，但他只要在她身边倾听她说话，那样就很好了。

这样想着，钟熙第一次正视江恪之和其他所有人的不同。她和很多人谈过恋爱，比如她的初恋。当初她决定出国时，对方曾经抱着她流泪，说一定每天按照她的时间叫她起床，她则受到感染，在他的怀里承诺会每晚和他说“晚安”。

那时钟熙真的觉得自己爱他，事实上，一周后，她就对每日的晚安环节感到腻味。一个月后，她便提出了分手。

大约是骨子里就很擅长遗忘，钟熙后来很少想起他，现在甚至记不清他的长相了。后来，她或长或短地“爱”过很多人，但她总是可以收放自如。

其实秦悦对她的影响很深，她认为在感情中全情投入的女人有些蠢。她工作以后，接触到各行各业的男人，更加觉得没必要在男人身上花费太多心思。

一直以来，钟熙自我意识中自我控制的部分让她时刻对爱情有所警觉和保留，但是江恪之……她承认自己一开始会答应和他在一起是抱着腻了就分手的心态，但是，跟他共处时，她从未无聊过，只是被他注视着，她都会感到悸动。

这段时间，钟熙心底的理智和放纵两种情绪始终在不断搏斗着，到底是什么让他对自己那么特别呢？她摸着自己越来越热烈蓬勃的心跳声，终于愿意承认：她是爱他的。

等红灯的时候，钟熙给他打电话，是忙音。她有一瞬间的失落，但是没关系，导航显示她离目的地越来越近了。

她要快点儿见到江恪之，然后扑进他的怀里。

现实和钟熙设想的有些误差，她因为等商场的停车位就花了接近半个小时，这一次她终于打通江恪之的电话，说可能会迟几分钟上去。江恪之沉默了一会儿，再开口显得很平静。

“好。”他说。

等钟熙坐着电梯上了四楼，老远就看到背对着她站在检票口的江恪之，她一下子跑过去，挽住他的胳膊。

两个人往VIP厅走去，钟熙有一堆话想和江恪之说，本来想在这段路和他说几句，但不知道是不是影院内光线太过昏暗，她觉得他的脸色冷冷淡淡的，那种想要诉说的欲望瞬间被浇灭了一点儿。

还是等晚上吧，等两个人独处的时候说好了。

进入影院后，江恪之买的是六排，在上阶梯的时候，他松开了被钟熙挽着的手。

“小心台阶。”他说。

钟熙觉得哪里有些怪，但一切又似乎很正常，于是嗯了一声。

她不算是很情绪化的人，长这么大几乎没有因为自己的事流泪过，但看小说或者电视剧，她很容易情绪上头就流泪，虽然那只是“鳄鱼的眼泪”。

可能是不久前才和母亲待了一会儿，她在看到电影里主角的母亲受了很多苦的时候，不由得想起自己的母亲，继而流下了眼泪。

眼睛因为充盈着泪水，视线也变得模糊。她突然想起上次和江恪之看电影，中间她只是因为鼻子有些痒，吸了吸鼻子，他就递来一张手帕，无措地看着她。

但这一晚，他的手全程地搁在他的膝盖上，视线也始终向前，没有任何改变的意思。

过了半分钟，钟熙从包里拿出纸巾。

后半程，她不知道什么原因，精神不太集中，仿佛一眨眼电影已经进入尾声了。

两个人等到放映厅亮了灯，才站起来。

江恪之盯着她看了很久，而后移开视线问：“好看吗？”

钟熙望着他，想从他脸上看出什么。他这晚怎么了？

她想了一下说：“还可以。”

江恪之闻言点点头，没再说什么。下电梯的时候，没有人提起在商场吃饭的事，两个人就这样走到了地下车库。

下了车库，钟熙一开始跟在江恪之后面，走着走着突然想起了一件事。因为太想快点儿见到他，她也开了车来。

江恪之一直走到离她有五米远时才停下了脚步，回过头，问：“怎么了？”

钟熙说：“我也开车了。”

其实也可以把一个人的车留在这里，第二天再来开走就好，他们也不是没有这样做过。

钟熙正想这么说，就看到江恪之点点头，问：“你找得到你的车？”

她盯着他看，没有再说什么，只是指了一下身后。不知为何，她突然觉得车库好像有点儿冷。

两个人最后各自开自己的车回了江恪之的家。

钟熙一路上都在想事情，下车的时候看到江恪之背靠在车身站着，车库的灯光幽暗。她走过去，江恪之不发一语地牵住她的手。

一直到了门口，江恪之也没有松开她的手，只是低声说：“你开门。”

那天知道他房子的密码是股神的生日后，她为了方便记忆劝他改成他自己的生日。

钟熙输入“1101”四个数字后，门应声而开。

进了门以后，钟熙带上门。转过身看到江恪之就堵在她的面前，周身萦绕着冷意。不知道是不是止痛药渐渐失了效，她感觉小腹又开始抽痛。

她打算去烧点儿水，还没来得及开口，江恪之握着她的肩膀就把她推到门上，俯身堵住了她的嘴唇。

江恪之从没这么凶狠地吻过她，不能说是吻，这只能说是啃咬，她一点儿准备都没有。

那一刻，她已经分不清究竟是自己的嘴巴更痛，还是肚子更痛了。

她别过头，一脸抗拒地用力推他，他却像没有知觉一般，依旧紧紧地箍住她的身体。

钟熙有气无力地说：“江恪之，你到底在发什么疯啊？”

他在向她发泄怒火？

钟熙清楚地察觉到了。这一晚上她是哪里惹到他了？如果不是身体不舒服，她甚至想甩他一个巴掌。

她一把推开江恪之的头，身下的情况不容忽视，她得去卫生间换一片卫生巾，回来再找他算账。她将包丢在鞋柜上，瞥了他一眼后，径直去了洗手间。

钟熙在洗手间做了很长时间的心理建设，自尊和骄傲让她觉得自己应该转身就走人，她实在无法忍受江恪之刚刚的行为。但她思来想去，觉得很是费解，最后还是打算给他一次机会。

她自嘲地想，她好像变得没那么有原则了。

钟熙深吸一口气后，走了出来，看到江恪之已经站在阳台处，而她的包就被放在他的身旁。

他听到她的动静，转身看向她。

接着，钟熙看到他手上握着的是她的私人手机，屏幕亮着。

她双手紧紧地攥着，再开口时语气也变得有些尖锐：“你在做什么？”

江恪之脸上没有一点儿被抓包的尴尬或是愧疚。愧疚，或许是有的。

他始终注视着她的眼睛，沉声说：“抱歉，私自看了你的手机。”

第十八章

分手

钟熙从没想过江恪之有一天也会变成做这种事的人。她感觉自己说话的时候声音都有些颤抖。

“为什么要做这种无聊又低级的事？”她问。

江恪之因为她的话愣怔了一瞬，而后极快地笑了一下。

“低级吗？”他垂眸想了想，“是有点儿。”

他再度望向钟熙，他这天还做过更低级的事，但是怎么办？他没有控制住自己。在看到照片中的那张面孔后，他才明白，原来，她昨晚说的室友是他，他怎么会忘记呢？

钟熙厌恶的眼神隔着几米远落到他身上，他看着她双手紧握成拳的样子，有些无言。

“你想知道什么？直接问我不行吗？”她隐忍着怒火问道。

江恪之握着手机，语气难得带着一丝不确定：“我本来想知道，你今天和他做了什么。”

“本来？”钟熙看着他，“所以现在你不想知道了，你是已经给我定罪了，觉得我背叛了你？”

这一晚怎么会这么荒谬啊？钟熙愤怒的同时，感到一阵难以言喻的悲伤。她真希望现在的一切是她的想象，她计划中的周末不该是这样的啊。

江恪之走过来，钟熙对上他的目光，竟然有些想逃开。

两个人只有一步之遥，江恪之没有错过她眼底的躲闪。

他看着她的眼睛，感到一阵惘然：“你根本就不懂我。”

钟熙不知道自己现在心里是什么感觉，她因为他的这句话感到委屈，忍不住大声说：“可是你根本就没给我懂你的机会啊。”

江恪之没说什么，只是把她的手机放回她的手里，又将头贴上她的，低声说：“以后再也不要见他，可以吗？”

钟熙闻言后退了一步，她不懂，他为什么这么在意这件事。

“Carson现在只是我的朋友，我昨晚没有和你解释只是因为我觉得解释起来很麻烦，因为我还得再解释为什么我的大学室友是个异性。今天是Carson，以后我难道要为了你的占有欲和除你的所有男人都断绝联系？我是人，不是你的宠物，你想我答应你的要求，也得给我一个合理的解释啊。”钟熙道。

江恪之低垂着视线，逃避她目光中的探寻，声音有些疲惫：“他不一样。”

钟熙摇头：“哪里不一样？是，我在法国的时候是和他交往过一阵，可分手以后我和他还是朋友啊，这些都过去了。”

江恪之抿唇不再说话。

钟熙看到他这个表情就生气，他竟然就为这点儿事去看她的手机？还有，难不成她在公司外看到的那个人真是他？

“为什么不说话？我的前男友为什么给你这么大刺激？你以为我今天和他做了什么？”

她盯着江恪之的眼睛，刺激着他，说到最后甚至有一种互相伤害的痛快。

江恪之的神色没有什么变化。过了一会儿，他轻轻地点了点头，眼神也变得灰暗：“不愿意，就算了。”

钟熙也执拗地不肯再说话。

两个人沉默了许久，他望着某个虚空的点，轻声问：“所以……你想分手吗？”

说完这句话以后，整个大厅安静得没有一点儿声音。钟熙一开始愣住了，过了好一会儿，她掩掉了眼底的情绪看向他。

原来给一个机会的结果是这样，还好，没有在这晚说出那句话，不然太讽刺了，不是吗？

江恪之自始至终望着她，他以为她至少会质问一句“你是认真的吗”，但她没有。

“其实是你想分手了，对吗？”钟熙扬着头，摆出一张无所谓的脸说，“那就分手好了。”

她试图从嘴里再说出其他话，但都以失败告终。

得到回应以后，江恪之竟然觉得这段时间的不安终于得到了解脱，这样或许更好，至少他不会再对她做奇怪的事了，却在心底某处听到火熄灭的声音。

他在期待什么？

江恪之站在卧室外，钟熙正在卧室里收拾衣服。

尽管在这里住了不到一个月，但她的东西收拾起来也很困难。

好在钟熙搬家的经验丰富，半个小时后，她推出一个大的行李箱。

江恪之看到她出来，一直沉默地跟在她身后。

钟熙努力维持着表面的平静。

“可能还有一些杂物，你到时候收好，快递给我，运费到付就行。”她没有看着他，说。

她说完，江恪之依旧没有说话。

钟熙准备开门，江恪之的手也放在了把手上。

她的手握得很紧。她这天有一件事想错了，和江恪之相处，她开始感到无聊了。

她低着头，有些无奈地说道："你又想干吗啊？"

半晌，江恪之艰难地开口："很晚了，我送你。"

钟熙终于抬头，露出了一个不算轻松的微笑，过了一会儿才开口："你忘了吗？我今晚是开车过来的。"

原来一切都有预兆。

江恪之停在原地，就这样看着钟熙踏出门，看到她在原地停留了几秒，又放下行李再度走到他面前。

江恪之一言不发地等待着她对他的审判，但她只是平心静气地看着他，说道："分开也挺好的，我再也不用纠结怎么和我的助理解释我和你的关系了，"她对他笑了一下，眼睛有点儿红，江恪之知道那是她经常用的粉色眼影，"地下恋情其实有点儿麻烦，对吧？"

江恪之没有说话，这一次，她并没有去等江恪之的回应，转身离开了。

江恪之回到空无一人的客厅。他并不感到寂寞，这是他本该有的平静生活。

他坐了一会儿，耳边的声音一直不停。他才注意到，原来有一只螃蟹爬了出来。

他认了一下，是之之，从前它没那么好动。

江恪之将它放回玻璃缸里，静静地看着它很久很久。

——你在找她吗？但是，她不会再回来了。

其实，江恪之已经很少会去回忆在法国当交换生的那段时光了。

父母去世之后，江恪之绝大多数的时间都在英国度过。初到英国，这里从星期四晚上就开始的聚会令他疲于应付。

起初，他出于尊重参加了两次，但他实在抗拒酒精和学业外的社交，在来到法国第二周的星期四，他借口要完成课业婉拒了晚上的活动。

那一次的聚会正好由江恪之同一栋的室友组织，大家晚上会直接来他们住的地方。住在附近的同学中有人听说江恪之要学习，说可以把自己的房间或者客厅给他。

江恪之的第一反应是拒绝，麻烦别人会让他感到很有负担，但最后，他没能拒绝热情的法国同学。

他想，待在自己的卧室应该会被吵得睡不着觉，而且还会让别人玩得束手束脚，最后只好接受别人的好意。

离开自己的住处前，江恪之将他前几日在超市购买的食材放到一起，让他们这晚随意使用。

到了别人的寝室以后，江恪之一直坐在公共的客厅桌前，谨慎地没有去触碰这里的其他东西。

室内安静，只偶尔能听到隔壁的音响传来的音乐。江恪之的耳机就放在桌子上，但这个声音并没有影响到他。

他看了一会儿书后感到一丝困倦，起身准备去外边买一杯咖啡。

这时，门也被从外面推开。江恪之下意识地望过去。昏黄的灯光下，一个女孩儿正倚着门框。

江恪之没有想过，那堂讨论环境污染的课后，他会这么快再遇到她。

事实上，他还不知道她的名字。只是一向喜欢开玩笑的同伴那几天总是说："原来她是你的菜啊，江。"

对于同伴的打趣，江恪之一开始还会辩驳，但意识到自己的回应并不重要后，他学会了无视。

他从不觉得自己对她是一见钟情，他一直认为这种感觉极为廉价。

对于这场不在计划中的碰面，江恪之认为，出于绅士风度，他也应该问声好。

他面向她，打算打个招呼就出门。很快，他意识到她的眼神落在自己的脸上。

江恪之对上她的目光，才发现这个晚上的她看起来和那天下午很不一样。不只是着装，她的眼神有些迷离，在看到他之后，她终于露出了笑容。

江恪之没有想过她笑起来是这个样子的，整个人看起来很轻松，和那天始终带着一股劲儿的感觉很不一样。

不过这都和他无关。

就在江恪之犹豫用哪国语言和她打招呼的同时，她已经往他的方向走过来。

她的步子有点儿乱，江恪之从来没想到的是，下一秒，她笑着上前双手搂住他的脖子……

她倚在他的身上，眯着眼睛打量他："你头发没打理的样子太帅了。"

江恪之不知道她为什么会用英文和他说话，他甚至没想明白眼前这个局面是怎么发生的。

她靠近他的时候，江恪之终于闻到她身上的酒味。她喝了很多酒，醉了。

"你醉了。"他僵硬着身体，用英文说道。他猜想她可能从小在国外长大，并不会说中文。

钟熙伸手要摸他的鼻梁，他避开了她炽热的目光，身体向后倾。

但紧接着她整个人就像八爪鱼一样黏到他身上。他被她抱得往后退了一步，背靠到了墙上，双手也条件反射地箍住她的腰……

钟熙在他的怀里哼唧着，而他的头狼狈地向上仰着。不管这一切是怎么发生的，他都要放开她。

江恪之松开握着她腰的手，去推她的肩膀。她却将头靠在他的颈窝闻了闻，说："你好香啊。"

"你在做什么？"他抿唇，用中文问出声，声音僵硬极了。

钟熙听到中文也有一瞬间的愣怔，但酒精将她的脑子已经搞迷糊了，她完全想不出哪里不对劲。

只是他用中文，她也下意识地用中文回了。

“你忘了吗？今天下午是你邀请我的呀。”她讲中文时的语气和她说英语时不太一样。

江恪之一边手足无措地用手挡住她，一边回忆自己什么时候做过这样的事。

怎么会有这么混乱的事？他一脸正色地看向她，正打算和她解释清楚，就看到她盯着自己的眼睛，接着是嘴巴。

四目相对的瞬间，江恪之忘记了说话。

“你真的好好闻哦。”她盯着他的嘴巴，许久才闭上眼睛，虔诚地在那张薄唇上印下一个吻。

亲完，她的笑容变得狡黠俏皮：“亲到啦。”她依旧眯着眼睛，一脸笑容地催促他，“我们去房间吧，Carson。”

就在这一刻，江恪之终于知道哪里出了问题，飙升的体温骤然降了下去。他沉默了几秒，再睁开眼时看起来很平静。

他握住她的肩膀，这一次他轻易就让她离开了自己的身体。

“你认错人了。”他已经完全忽略掉唇上的余热。

而钟熙还是晕晕乎乎地想要靠回他的怀里，就在这时，从隔壁房间出来一个男人。

江恪之冷淡地看了他一眼。

Carson没想到出来会看到这幅画面，不由得露出一个尴尬的笑容。

“抱歉，”他用英文向江恪之说，一下将靠着江恪之的钟熙抱到自己怀里，“嘿，亲爱的，你认错人了。”

钟熙完全在状况外，她刚刚在隔壁喝了不少兑了雪碧的酒，现在整个人大脑完全转不过来，只是望着眼前又冒出来的男人。

“认错了？”她呆呆地指着面无表情的江恪之说。

Carson 再度和江恪之道歉，希望他不要介意他朋友的失误。

江恪之没有再看钟熙，只是低头，过了几秒才说："没有关系。"

离开客厅的时候，他听到钟熙带着醉意的笑声。

十月的夜晚，风已经有一些凉。江恪之拿着刚从对面面包店买来的咖啡，在外面站了很久，里面没有任何声音。

这天制定的学习计划还没有结束，他的东西还在里面。这种感觉很不好。

他想了想，最后还是推开门，坐回客厅。

刚一坐下，他就想到……

江恪之的手握紧笔，在发现自己将某一页看了十分钟后，他戴上了降噪耳机。

整个世界像被瞬间按上了静音键，江恪之终于将思绪集中。这个世界很安静，除了他什么也没有。

两点钟的时候，江恪之摘掉耳机，靠在桌子上闭目养神，他住的地方的聚会似乎还没有结束。

他的睡眠很浅，一有动静就会立刻惊醒。

背后传来开门的声音，江恪之没有回头看。来人的脚步声很懒散，江恪之很快听到了冰箱门被打开的声音。

过了很久很久，身后的声音消失，他终于忍不住回头。

他看到沙发上堆着几个已经吃完的哈根达斯盒子，而她穿着吊带和短裤整个人缩在沙发上，像是睡着了。

江恪之隔着一段距离，就这样无声无息地看了很久，其实他并不知道自己在想什么，也不知道自己为什么会站起来，走到她的面前。

他坐在她的对面，漠然地盯着她。

这样看，她和那天课堂上的那个人毫无相似点。

过了许久，她双手抱胸，看起来似乎有些冷。江恪之低头看了一眼自己身上的衣服，又看到她的胸口，下意识地收回了目光。

收拾好东西以后，江恪之回头看了她一眼，她还是没有醒。离开前，他将衣架上不知是谁的外套丢到她的身上。

第二天早上，他罕见地做了一个梦。

在这之后，同伴再度提起她的时候，他的反应变得极为冷漠。

因为不是一个年级，江恪之后来很少再遇到她。等到他结束交流，准备回国前，他听说她和Carson已经住到一起了。

而这些和他毫无关系。

那时，江恪之是这样想的。

江恪之从没想过自己还会记得那个男人。在法国时，他和那个男人只打过几个照面，但在看到那张照片里只露出的一点儿侧脸时，他几乎第一时间就认出了，对方是Carson。

江恪之甚至清楚地记得钟熙叫Carson时的声音，很动听。

看到照片的时候，江恪之正开着车。胡诚坐在副驾驶座上整理资料，两个人刚刚与合作商见过面。

因为是周末，堵车严重，等红灯的时候，手机响了一下，是收到新邮件的声音。最近江恪之对这个声音已经感到厌烦，但他依旧没能控制自己的手。

望着照片里的两个人，江恪之惊觉自己的记忆力并没有随着年岁的增长而下降。

有昨晚的照片，还有这天早上的。

其实照片并没有什么特别，但是两个人之间熟稔亲密的感觉还是第一时间就被他捕捉到。

他一言不发地放下手机，绿灯亮了。他将车驶出去，身边不时有车按着喇叭超过去，他终于忍不住骂了一句。

这是胡诚第一次听到江恪之骂脏话。

“现在没素质爱超车的人真多，别和他们计较。”他在一旁说着，试图让老板冷静。

但江恪之在发泄完以后，看起来和平常又没什么不同了。只是很快，他将车靠边停下，对胡诚说：“我有点儿事，不能送你了。”

是极度压抑下的低沉声音。

胡诚下车后，江恪之不知道是什么驱使着他将车开到公司，胸口中各种纷杂的情绪压得他喘不过气。

在公司门口，他下了车，冷空气使血液流动的速度变慢。在看到钟熙的车时，他并没有特别的感受。

只是，接下来，他做了让自己极为不齿的事情。他跟在钟熙的车后——他在跟踪她。

钟熙和那个男人进到酒店时，江恪之将车停在酒店附近的便利店门口，没有下车的意思，他打开车窗，风依然很冷，夹带着点点雪粒子涌起来，但他其实已经感觉不到。

在车里坐了几分钟后，江恪之下车去便利店买了一包烟。

买好以后，他背靠在车门上，人生第一次尝试了烟。他吸了一口，冰冷的气息也瞬间侵入了五脏六腑，然而尼古丁并没有起到任何作用。

他望向酒店大门，血液里某种危险的因子让他开始期待如果钟熙这时候出来，发现了他，结果会是什么样子。

她那么骄傲，一定会生气，说不定会对他发很大一通火。他想着想着，不禁露出一个自嘲的笑容。他发现自己并不排斥钟熙向自己发火，他开始正视自己似乎有些病态的心理。

只可惜，钟熙没有给他这个机会，在第三根烟被勉强抽完后，他回到了车上。

车内的温度并不能让人变暖和，他没有给她打电话，而是又点了一根烟，但这一次他只是将烟拿在手里，并没有抽。

在这个温暖的车厢里，耳边有两个声音互相撕扯着，钟熙答应过他的。他猜他们只是许久不见的老友一起在酒店吃午餐，但记忆中的那个夜晚，经过时间的隧道重归他的脑海。

江恪之终于愿意承认，愤怒和嫉妒令他想要发疯，怀疑的劣根性让他几乎能想象他们此时此刻在酒店做着什么。

川流不息的车流从他周围驶过，车里照不进阳光，江恪之在这片阴影里始终缄默着。

但最后，他只是靠着椅背，闭上了眼睛。其实这件事本就无关信任，他是知道的。

就在第五根烟的烟头已经烧到手的时候，江恪之迟钝地感受着手指的痛感，才终于驱车离开。

他漫无目的地将车开上高速，路上人迹罕至，因为地上有积雪，高速限行。

江恪之第一次开始感到后悔。

在国内重遇钟熙的时候，江恪之比在国外更为冷漠地对待她。事实上，他自己都不知道为什么会这样。

他为自己找到了无数的理由，他厌恶轻佻的人，他已经见过她最真实的面目……理由充分，他努力地和她划清界限。

如果不是在岛上时，她一而再、再而三地主动靠近，江恪之有信心自己永远不会走近她，沉默地忍耐是他最擅长的事。

他已经很努力地在抵抗她了，可是岛上那段只有两个人的短暂时光像海水一样淹没掉他早已筑起的高墙。

那段时间里，他突然意识到接纳可能是抵御钟熙唯一的方法。

他不知道为什么有些东西只有钟熙能够给他，他试图理智地分析，是雏鸟效应吗？她总是可以激发起他不冷静的一面，这样的人很危险。如果他足够聪明，应该及时抽身。

然而前所未有的渴望从心脏游走到周身的血液。

江恪之第一次觉得原来血缘是很微妙的东西。

他在英国时，是和祖父母住在一起的。他总会听到祖母用一种带着遗憾的口吻说他和他的父亲真像。

江恪之从前还不觉得，甚至对这句话极度排斥，他一直觉得自己的父亲就是个懦夫。

江恪之是在八岁那年失去了父母的。几乎是同一时间，他的母亲因为飞机事故逝世，而他的父亲在得知那个消息之后，在从机场回来的路上主动撞上高架当场死亡。

江恪之一直觉得生命中什么东西都是可以失去的，但某一个时刻，他想要抓住那个人。

可能是有些孤独，他想要有个人陪伴他，而钟熙总是很吵，很热闹。

没有人告诉他正确答案，但他这一次想试试看，想知道爱是不是防御钟熙的唯一方式，虽然他至今仍不知道自己为什么爱她。

可光是在一起还不够。钟熙总爱用那种看一个正人君子的目光看着他，但他知道，他根本不是她想象中的那种人。

对着她，他经常会产生一些极度阴暗的念头，和她一起的时候，他经常想要在她的身上留下无数印记，就像一头未经驯化的野兽。

有时他在注视她的时候，会觉得她很可恶，如果有光，为什么不可以只照向他一个人？

他开始恶劣地想：如果钟熙身边除了他，谁也没有就好了。除了他，没有任何人爱她，这样就好了。

但跨年的那个晚上，她谈起秦悦时的样子，让他感到心有些钝痛。

他想，钟熙还是笑起来比较美，她失落的样子并不好看。

如果问他唯一的遗憾是什么，大概是跨年那个夜晚，他应该也和她说点儿什么的。或许，那一晚，试着把他贫瘠过去中的一小块拼图分享给她，他们这天可能会不太一样。

江恪之不知道自己在说分手的时候，期待的究竟是什么，不过答案不重要了，重要的是——他的试验好像失败了。

将这段时间当作一场抵抗钟熙的试验似乎可以让他的失败显得

不那么惨淡。

望着钟熙离去的背影，他承认自己还是会有追上去的冲动，但和从岛上回来时会放纵自己去靠近她不同，这一次，他成功地克制住了。

江恪之想，分手真好，和她在一起的第一天他就在担心，现在，他终于不用怕她会离开他了。

第十九章

再遇

这是和江恪之分手的第七天。

那天晚上，离开江恪之的家以后，钟熙开车的时候手都在抖。

她没想到他们会这么快就分手，那个晚上她明明是想要好好和他度过的，她不知道为什么最后会搞成这样。

钟熙觉得自己的头有些疼，但她不觉得自己这是伤心导致的，觉得只是自己没做好准备罢了。

最后她将所有自己不愿接受的情绪转化为对江恪之的愤怒。

她认为江恪之有病。

她觉得没有搞清楚一切就和他贸然在一起的自己也有病，现在好了，分手将所有隐而未发的问题都解决了。

在钟熙过往的恋情中，也有被提出分手。虽然记忆模糊，但她大概也能记得，那时候的自己很平静，甚至有时会感激对方的识趣。

她不会允许自己为男人伤心，因为这很没出息，这一次，她也不要例外。

影视剧里那些分了手就要死要活的剧情真的不讲基本法，钟熙的工作依旧顺利，没有受到丝毫影响。

第七天，钟熙带着卢倩和投资商在外面吃饭。

在等待上菜的过程中，钟熙正打算去洗手间洗手，还没起身，恍惚间看到往门口走的一个男人。她的心一颤，在有意识之前，已经抬脚追了过去。

钟熙在男人开门前轻拍了一下他的背，她的心跳好快，她不知道自己在紧张什么。

等到那个人回头，钟熙在原地愣了愣。因为她发现自己看见的这个人并不是江恪之，只是一个和他穿衣风格很像的人。

追过去的时候，她甚至在想，她就知道，江恪之还是会来找她的。

还好不是他，不然一定很丢脸，因为她自己也还没想好追过来后要和他说什么。她这样想着，略带期待的表情却僵在了脸上。

对方见她追过来，以为她是来要联系方式，看她不说话了，正欣然要给，她突然觉得这一切没趣极了："不好意思，打扰了……"

江恪之才不会是主动给联系方式的人。

回到座位的时候，她感到胸腔中一阵怅惘。

不过，她只是对投资商笑了笑，并没有要解释的意思。

吃饭的时候，她依旧有说有笑，看不出一点儿问题。但等到送走投资商回到车上后，她整个人无力地靠在副驾驶座的靠背上。

其实卢倩刚刚看到她追出去就觉得有点儿奇怪，等到第二个红灯后还是忍不住问道："熙姐，你怎么啦？"

不知道为什么，被别人用这种有点儿同情的语气关心时，钟熙有那么一刻恨起了江恪之。

其实她是没有理由恨他的，虽然他们在分手那一晚闹得很不愉快，但在那天之前，他对她很好很好，这些她都是知道的，但不知道为什么，她就是怨怼他。

她望着窗外忙碌的人群，过了好一会儿才说："也没怎么，就是我好像……失恋了。”

“失恋”这个词真新奇，钟熙说出来的时候没忍住笑了一下，笑完她体会到了这几天以来她不愿意正视的难过，虽然只有一点儿。

她以为卢倩会问她和谁恋爱了，但很快，她听到卢倩小声地问：“熙姐，你和江总还是分手了呀？”

钟熙转头望过去，她知道自己应该很惊讶，但是她没什么力气，她不知道是不是“分手综合征”现在才开始在她身上显现。

卢倩看了一下她的表情，才继续说：“其实我也是最近才知道的，但你没提，我觉得你不想提，也就没说……就大半个月前，我们同事中有人去看电影，说正好和你跟江总看了一场，就坐在你们后面两排。她还说，你们可能不想被人发现，所以座位隔得有点儿远，但只要你稍微动一下，江总就会一直盯着你看，搞得她连电影的剧情讲的是什么都不知道……”

钟熙因为她的话出了神，其实她和江恪之一共就看过两次电影，卢倩说的应该是第一次。

半晌，钟熙忍不住轻声问：“他一直在看我吗？”

她不知道自己为什么还会因为别人话中的他而感到悸动，这已经是过去的事了。

这一周他们没有联系，也没见过面。她留在他那里的东西她没有要，他也没有给，不知道这是不是他们最后的默契。

卢倩点点头，说道：“不过我也是听说的，而且熙姐，你才是当事人，你自己感觉不到吗？”

钟熙将头靠到车窗上，沉浸在自己的思绪里，低声说：“我不知道，我看电影很认真。”

一直到快到她家，钟熙才问：“所以，其实好多人都知道我在和他谈恋爱，对吧？”

卢倩嗯了一声，本来她因为钟熙隐瞒自己还有点儿不开心，但现在他们已经分了手，她只好说：“我可能算知道得比较晚的，我听别人讲，隔壁公司还有人说在周末看到你从他们公司出来，还是江总送你出来的。反正你们在谈恋爱的事儿好多人都知道。”

“原来大家都知道啊，”钟熙闻言点点头，过了好一会儿，又低下头，笑了笑，“早知道就不瞒着了。”

她不知道自己现在是什么心情，原来和江恪之恋爱被大家发现，好像也没有她想的那么严重。

一开始她是觉得，他们作为两家竞争公司的高层，恋爱会让公司对他们不信任，再后来，好像也没有后来了。

下车的时候，天有些晚，冬日的天暗得快，暗橙色的夕阳被积雪浸润得仿佛有些潮湿。钟熙在打开家门的时候，似乎被寒冬感染，感到有些孤独和迷茫。

有时候，她也不知道自己想要什么。在这天这个乌龙过后，她承认自己还没有把江恪之这一页轻松地翻过去。

她将维克多搂在怀里，和江恪之分手的第二天她就把它接回来了。

钟熙想，可能就像有首歌唱的那样——春天分手秋天会习惯。她决定用一个季节的时间将江恪之淡忘。

她安慰自己，承认自己也会不坚强，这好像也是一种成长。

再次遇见江恪之，是在除夕的前一天。

一个月不见，但钟熙还是有种恍如隔世的错觉。这种感觉，和之前见到其他前男友的心情都不一样，不过这些都无关紧要。

这个晚上，钟熙带着维克多来洗澡。她办卡的这家宠物店第二日要闭店。

她没想到会撞见江恪之。

他穿着一件米白色的大衣，从人潮中走出的时候，她拉着维克多绳子的手差点儿没抓稳。

这段时间，她不是没有想象过再遇见他时的样子，她知道除非转行，不然见面是在所难免的事。

从江恪之家离开的那个晚上，她冲动而不冷静地想，她过几天就要挽着一个比他还帅的男人从他旁边走过，而今大半个月过去了，她早已没有了这个想法。

江恪之在看到她的时候，神情也有些错愕，只是下一秒，他已经恢复如常，只是望向她的眼神依旧复杂。

维克多的反应显然比她要热情，她没想到它还记得他，明明他们在一起没多久。

钟熙抑制住心底的情绪后，没有移开视线，率先打破了沉默。

“有段时间没见了，最近还好吗？”钟熙不敢相信自己可以这么自然地问出这句话，就好像他们是很久没见的老友在寒暄。但她知道自己的心远没有表面那么平静。感到世事无常的同时，她抬头看向江恪之。他的眼底有些血色，看起来也有些疲惫、憔悴。

分开以后，他过得没有那么好。钟熙以为这个发现会让她好受一些，但神奇的是，她并没有这种感受。

而江恪之因为钟熙跟自己打招呼，本就深沉的表情变得更加捉摸不透。

他深深地看了她一眼，随后移开了视线。

“还好。你呢？”他的声音听起来得体沉稳。

在和钟熙分开的这段时间里，生活并没有静止，江恪之又回到了从前没有任何弱点的状态，也不再畏惧失去任何人。

似乎一切都在按照他所期待的有条不紊地进行着，然而每当有人不经意提起她的时候，他看似无波无澜的那颗心就又被投掷下一颗石子。

前几天，他听到胡诚说，钟熙的助理说钟熙又被父母催着相亲了。

听到这件事的时候，他看似平静，实际上恨不能立刻找到她。

他要问她是不是去相亲了，如果她去了，他真想把她关在一个只有他一个人的地方。但这件事情永远不会发生，他也不会再去找她，那只会让他们再度陷入泥沼。

江恪之不知道他们还有什么话可以说，也知道应该离开了，但他的脚步停滞着，等待钟熙下一句不痛不痒的寒暄。

钟熙还在思索着怎么回答，就看到江恪之刚刚出来的那家餐厅门口此时又走出来几个人。

钟熙认得出其中的两个，是江恪之公司的人，而他们的脸上都挂着“大家都懂”的神情。

江恪之顺着钟熙的视线看过去，几乎是在发现他们的瞬间，身体下意识地背了过去，和她拉开了一点儿距离。

钟熙注意到他的动作，倏地想起那次偶遇外婆，她也是这样让他离远点儿，还有后来的很多次。她心中五味杂陈，看着他的背影，心头涌起一阵酸涩。

在面向那些人的时候，她吸了一口气，随后故作轻松地说：“别看戏，你们不是知道的吗？”

而江恪之听到她的声音，背影变得僵硬。他看着脚下的维克多，从见到他以后就乖乖地蹲在他脚边一动不动，就像之前他带它散步散累了一样。

他专注地看着它，耳边传来钟熙的声音：“我和你们江总确实谈过恋爱。”他望过去，看到她洒脱地笑了笑，眼底是他读不懂的情绪，“不过我们已经和平分手了。”

江恪之不记得自己有没有点头了。

最后，大家也没有为难他们，毕竟是一对刚分手的男女。

而他全程没有说话，只是沉默地看着钟熙。

等到人走光后，江恪之问道：“为什么？”

钟熙不确定他在问哪个为什么，只是有些怅然地望向天空。

“其实大家都知道我们的事儿，而且也没有那么在意。”她轻声地说着，带着一丝对自己的不理解，还有对他的愧疚，“我好像太把自己当回事了，对吧？”

江恪之凝望着她的侧脸，半晌才转过头，低声说：“你很好。”

钟熙笑了笑，我很好的话，为什么你还会提分手呢？和我在一起不快乐吗？

他们不再说话，江恪之望着汹涌的人潮，许久才开口：“我一直没为那晚的事向你道歉，对不起。”

A 市过年的气氛早在几天前就格外浓烈。钟熙也看着他，她知道他是在说他差点儿强迫她的事。

钟熙点了点头，感觉喉头也有些酸酸的：“我接受。”她想了想，又说，“一直以来，我都是一个很自我的人，太重视自己的感受，所以容易忽略别人。”

她不知道自己为什么会在这个时刻对江恪之开口说这些，可能是发现两个人同在 A 市，公司也离得近，但是只要两个人不刻意找对方，他们也可以很久不见面。

她想，以后也不会和江恪之经常见到了。

或许，坦诚才可以更快地放下。

江恪之站在她的身侧静静地听她说着，但他察觉出这是一个错误的决定，因为他已经感觉到心在隐隐作痛。

“那天，我特别想见到你。”她的表情带着一点儿困扰。

市中心的转角，人群拥堵。钟熙望着行人脸上的神采，大家看起来都很幸福，是因为新年就要到了吗？

“最开始，我也觉得我们不会长久。但我从小就是被期待才会更认真的类型，你让我觉得我被你期待了，所以我就不想让你失望。虽然我没有说过，但你对我来讲很特别。直到那天，你主动提了分手。”

钟熙露出一个有些脆弱的表情，虽然很短暂，但江恪之还是看出来了。

他的心随之被揪紧。

“我才意识到，其实好像不是我自以为的那样，我以为很多事谈谈就好了，但我们其实是两类完全不同的人，你并不能接受全部的我，所以，你对我也就不再特别了。”

江恪之默不作声地看着她。这一刻，他感觉到自己的心好像被踩烂了。

钟熙说：“我说这些不是在怪你，而是觉得，在这段感情里，我也有很多做得不好的地方，我没有为你改变。让你伤心的地方，我也要和你说‘对不起’。”

江恪之看着她望向自己，满眼的真诚，就好像很想为他们画下一个完美的句点。

许久，两个人都不再说话。钟熙的手机响了，她知道是秦悦催促她回家吃饭了。

临走前，她犹豫着说：“如果你愿意，我想我们还是可以做朋友。以后再见面的时候，可以打个招呼。”她努力地对他笑了笑，她该为自己的表现而感到骄傲。

江恪之望向天空。明明不久前，他和钟熙才一起跨年，零点的时候，她说下次新年还要和他一起过。包着糖纸的回忆仍旧黏在他的手心，他还没能丢掉。

许久，他听到自己的声音：“可以。”

这个时候，江恪之想起钟熙提到Carson时说的话，她说分手也可以做朋友。他想，不知道是不是从这一刻开始，他也进入了这个行列。

在钟熙打算说再见的时候，江恪之突然出声：“今晚看不到月亮。”

钟熙没想到他还会继续说话，她留在原地仰起头，跟他一起看着头顶的天空。

“快到除夕了嘛。”她说着，又看了一眼江恪之，问道，“你过年会回去陪家人吃饭吗？”问完，她才开始考虑这个问题是否合适。

江恪之依旧保持着抬头的动作，他一半的思绪在思考钟熙是不是已经在作为朋友来问这个略显家常的问题。

他笑了笑，说道：“他们都在国外，我现在坐船去，可能也来不及了。”

钟熙也笑了：“你真幽默。”

江恪之顿了一秒，嘴角的笑淡淡的，说：“你是第一个这么说的人。”

笑完以后，两个人又不再说话了。

钟熙不知道原来告别也不是那么容易的事，她注意到江恪之向她投来目光，他沉默了一会儿，问道：“你记不记得你问过我为什么不坐飞机？”江恪之的声音很低沉。

钟熙嗯了声，不明白他为什么会提起这件事：“但我不是想打探你的隐私。”

“我知道，”江恪之很快将视线移开，不知道在想什么。过了一会儿，他才慢慢地开口，“我妈在我八岁的时候因为坠机遇难，爸爸大概接受不了，所以去陪她了。”

他淡淡地说着，但钟熙的内心已经发生翻天覆地的变化。

她明明记得江恪之的父亲应该还是好好的，她前两年参加活动的时候有远远地见过一面。

江恪之看了她一眼，解释道：“在他们都离世以后，我被我的二叔收养，他和我的婶婶一直没有孩子，所以，我变成他们的孩子。”

钟熙恍然大悟，但表情还是很凝重。

“不过，两年后，他们通过试管有了自己的孩子，我就被送去国外和爷爷奶奶生活了。”他的语气很轻松，就像在讲述别人的故事。

“为什么？”钟熙关切地看着他，忍不住问道。

江恪之思索了一下，说：“可能因为弟弟的身体不好，一直住在医院，他们需要陪着他。”

钟熙的心情复杂极了。

“不知道为什么，我那次出国就坐不了飞机了，所以坐了船。”

江恪之深邃的目光在这时落在她身上：“从船上看月亮，很圆很亮。”

钟熙对上他的视线。不知为什么，一瞬间她好像也看到了那轮海上的圆月，而那个小小的江恪之孤独地坐在船上抬头望向它。

她想到这里，眼睛变得湿润，心口有点儿难受。

“一个人坐船，你不害怕吗？”她转过头，抑制住喉头的酸涩问道。

江恪之因为她的问题回忆了一下：“好像已经忘了。”

钟熙听到他的回答，有那么一刻，她很想冲进他怀里给他一个拥抱，可能是给那个船上的男孩儿，也可能是给早已变得成熟、此时就站在自己面前的“江恪之”。

但是她硬生生地遏制住这股冲动，她不知道自己为什么要为难自己，她到底在坚持什么呢？

而且，她该以什么身份给他拥抱，前女友还是朋友？拥抱过后呢？钟熙痛苦地意识到，她给不了自己答案，而江恪之需不需要，还是另一回事。

她不知道江恪之为什么会在这个时候对她说出这些事，她向来知道自己自私，就像刚刚自己向江恪之道歉，她真觉得自己做错了吗？还是只是为江恪之的受伤而内疚？她分不清。意识到错误意味着接下来会去改，可是她没有这个信心。她想，就算重来一次，她可能还是会无意地伤害他。而在得知他的过去后，这种担忧变得沉重了。

她纠结地注视着他，心为这段迟来的交谈而挣扎。

“你从来没有和我说这些。”她说。

江恪之沉默地凝视着她，很快又弯下腰去摸维克多的头。

许久，他低声说：“不是说做朋友？”

闻言，钟熙在他看不到的地方点了点头。她低头看向他，地上两个人的影子被拉得好长好长。她好像知道了他这么做的理由，可能和她一样，想为他们短暂的恋情好好地做个收尾。

秦悦又打来电话，钟熙不得不走了。最后的时候，江恪之问她：“要走？我送你。”

钟熙摇了摇头，努力摆出一个轻松的表情，对他晃了一下车钥匙：“我是开车来的。”

两个人停车的地方在两个方向。分开前，江恪之安静了几秒后，沉声说：“新年快乐。”

这样一来，他还是第一个对钟熙说“新年快乐”的人。

至少之前说到的事情，他还是想要做到。

钟熙没有说第二天才是除夕，她知道那一天他们不会有联系。

“你也是。”她对他微笑。

钟熙牵着维克多往车库走的时候，一直看着头顶的星空。

在他们分开以后，她迟钝地觉得自己有些懂江恪之了。

第二十章

他不会再来了

除夕这晚，和往年没什么不同，钟熙和家人在一起吃了晚饭。

吃完饭以后，钟父去了祖母家打麻将，她和秦悦回家看“春节联欢晚会”。到家的时候，节目已经开始有一会儿了。

两个人坐在沙发上看节目，钟熙不知道节目笑点在哪儿，但秦悦看得很投入，不时地发出笑声，而她看着电视大屏幕，不由得想起了江恪之。

昨天遇见过他以后，她想起他的频率有点儿高。有一瞬间，她有些恶意地揣测，不知道这是不是他的目的之一。

如果他没有跟她说起那些往事，她可能只会在烟花爆竹燃起的时候想到他跨年那晚驱车来找她；他在她的家门前吻她；他们在雪地里相拥；在烟花下，她许愿来年的这一天也要和他在一起……这些回忆可能或多或少有些遗憾，但还是很美好。但现在，她握着手机，忍不住去想：江恪之现在是在哪里，和谁在过年呢？还是说一个人？心疼的感觉比遗憾对她来说要复杂得多。

这个晚上，江恪之推拒了几个饭局，独自一人坐在家中看《两小无猜》。

第一次接触这部电影是去交流前，几个同学为了提前适应法语，所以特意找来看的。江恪之看得认真，不过只看到一半，其他人就嫌恶地说男女主角太过神经，又换成其他的电影。

前段时间的一个晚上，钟熙感叹自己好久没说法语有些生疏了，提议找部法语电影来看。江恪之提起了这部，却换来她的皱眉。

“我早就看过了，你想象不到这两个人有多拧巴，相爱又不承认，祸害了多少人，最后双双殉情在混凝土里了，我拒绝再浪费两个小时。”

此时，江恪之静静地坐在沙发上看着投屏，音质很好，就是回声让这个偌大的空间显得更加静谧和萧索。时隔多年，他终于看到了故事的结尾。

相比起钟熙不加掩饰的反感，他发现自己很喜欢这个故事。

当他还在思考埋葬主角的是苹果酱还是猕猴桃酱的时候，室外适时地响起鞭炮的声响，他才意识到已经零点了。

又是一年了。

江恪之望着窗外，玻璃有些模糊，屋外的一切看起来都朦胧极了。

手机被调成静音，在电影放映的过程中，不知多少次亮起又暗下去，江恪之一直没有拿起。

他怕自己会管不住自己。

不过才二十四个小时的时间里，他无数次想起她对他说：你对我很特别。

江恪之刻意忘记了一些他不想面对的话，闭上眼就是她说那句话时的样子，看到她因为自己流露出脆弱的模样，他竟然觉得内心深处的痛苦得到了安抚。原来，不是他一个人在受折磨。

她说那些话时在想什么呢？追究这些显得毫无意义，因为她总有离开他的能力。

和钟熙的这次见面再度证明，她是危险的。

可是，江恪之也不知道，到底怎样才算得上安全？

春节假期很快过去，钟熙除了和朋友出去看了两场电影、吃几回饭，就是应付差事地和相亲对象喝了杯咖啡。

其间，她完全没有找话题的意思，但对方也不觉得反感，反而很积极。

他说："我知道'熙'有光明的意思，未来跟你在一起的人一定很幸福。"

钟熙一时间为他的这个抬举感到肉麻："为什么？"

他说："这不就是说照亮对方的意思？"

钟熙回忆起小时候秦悦对自己说的话，想了想后，认真地说："不是，我妈妈说，照亮别人很累，照亮我自己就可以了。"

这个话题过后，两个人变得尴尬，但她对此并不在意。

冬天过去以后，时间过得飞快。

风变得轻柔，马路上的梧桐树褪去枯黄，焕发出极具生命力的绿，钟熙在鸟清脆的啼鸣声中变得忙碌起来。

公司两年前提出的开拓欧洲市场的项目有了初步进展，钟熙和其他几个有过海外工作经验的高层被拉着开了几次会，可能要从他们中选出一个空降欧洲部的行政总裁，为期两年。

因为欧洲部建在钟熙上大学的P城，大家都传人选大概率是钟熙。

钟熙不知道自己是怎么想的，她问自己想不想去，两年可能会改变很多东西。她试图去分析去与不去的优劣处，很快，她迟疑地想到一些人，比如秦悦，最近她们变得很亲近，还有……她的内心变得更加困惑。

星期五中午，钟熙没有吃饭。她早餐吃得晚，便下楼去咖啡店买咖啡。

还没走进店门，她就看到一个久违的人捧着一杯咖啡从店里走出来。

距离两个人上次见面，又过去了一段时间，其实有几次下班她曾经看到过江恪之的背影。

她竟然清楚地察觉到江恪之的头发短了一些，整个人给人的感觉更有距离感了。

看到她的时候，江恪之的表情没有太大的变化。她看着他走过来，离自己越来越近，他的脖子上围着一条围巾，同样的围巾她家里也有一条。

她不禁想，他确实奇怪，天冷的时候穿得不多，现在已经春天了，他又穿得像一个怕冷的人。

江恪之注意到她身后有车就要开过来，一下子将她拉到他身后。

“小心车。”他皱眉看着她身后那辆车，说完后就松开了手。

钟熙慌张地点头：“没注意到。”

两个人离得很近，钟熙看向他的眼睛。他的状态比上次好很多，眼底已经没有什么倦意。

“钟熙。”江恪之对上她的视线，突然轻声叫了她的名字。

钟熙下意识地屏住呼吸：“怎么了？”

江恪之看着她，很快笑了一下，指了指里面：“人很多，你大概要排很久的队。”

钟熙向后看过去。果然，她太讨厌排队了，脸已经开始皱起来。

就在这时，手心里传来温热的触感。

钟熙回过头，看到江恪之已经把手里的东西送到了她的手上，两个人的手并没有直接接触。

“我没喝过。”他望着她说。

钟熙说：“没事，我等等就好了。”

江恪之却没说什么。他低头看了一眼表，沉声说："我要走了，没时间喝了。"

钟熙也不想因为一杯咖啡在这里和他客气，一杯咖啡而已。

"那谢谢，"她犹豫了几秒，说道，"再见。"

江恪之看了她一眼："再见。"

钟熙目送他的背影渐渐离开自己的视线，又看向手里的咖啡，笑了笑。不知道这样的事情多来几次，自己是不是就能脱敏了。

她准备往公司的方向走，突然看到Carson从斜对面走过来，目光似乎也停留在江恪之离去的方向。

钟熙的第一反应是，她没想到Carson对江恪之还有印象，毕竟他们当时没什么接触。

Carson像是早就看到她，几个快步跑到她面前。不过，他的反应有点儿超出钟熙的预期。

"难以想象，你们的关系看起来还不错。"

钟熙瞪了他一眼，心想：没有你，说不定更不错。

这段时间，因为Carson工作的地方就在钟熙的公司楼下，所以他几次上来约她一起吃饭，但她一直借口有事要忙推拒了。

现在她对待Carson有种很微妙的感觉，当初她和他谈了不到半年的恋爱。恋爱后，他的一个室友因为转学搬了出去，空出来一个房间，她就住了进去。同居加快了他们对彼此的了解。很快，她因为他的幼稚提出了分手，但两个人还是很好的朋友。

事实上，钟熙很清楚自己和江恪之分开的根本原因并不在Carson，但是在面对Carson的时候，她又很难不去牵连他。毕竟把困扰她的事的责任推到别人身上，自己会好受很多……

钟熙不知道这天江恪之怎么这么多存在感，正感叹着就听到Carson笑了一下："不过，这怎么可能呢，你和他？"

这句话落在钟熙的耳朵里，瞬间引起了她的注意。

Carson正准备低头去喝她手里的东西，她一下子将咖啡举远。

这是江恪之给她的，而且，眼下好像出现了更为重要的事，

“你为什么会这么说？”她有一种强烈的预感，这可能是她最接近某个秘密的瞬间。

Carson 有点儿被她的反应吓到，神情有些犹豫，他不觉得她是在乎这种事情的人。

“你怎么会在意这个？”他问。

钟熙把他拉到一边：“你先告诉我你为什么这么讲，我和他，难道有什么我不知道的事吗？”

她的神色很严肃，语气也有些焦急。

Carson 本来还想开玩笑，让她陪他吃饭就告诉她，现在也不开玩笑了。他摸了摸头发，有些苦恼：“事实上，亲爱的，这件事情我不知道怎么说……不然我也不会一直没有提起了。”

钟熙手握着杯子的力变得有些重，她听到自己的声音：“该怎么说就怎么说，我想知道。”

这一天的中午，钟熙在马路边听到了一个她毫无印象，却是发生在她和江恪之间的故事。

“结果，等我洗完澡出来，就看到你贴在江的身上，他正在推你……当然，我知道你搞错了，虽然他没说，但我想他应该也是知道的。这么尴尬的事，我看你第二天酒醒什么也不记得，怕你尴尬，就没有告诉你。”Carson 在这里待了三个月，除了变胖了一些，中文也长进很多。

钟熙听着，全身遍布着羞耻的感觉。她试图从脑海里搜刮那一夜的画面，但无论她怎样努力，都回忆不出来哪怕一点儿。

她竟然对江恪之做过这种令人尴尬的事……

“还有吗？”她问。

Carson 看了她一眼，继续说：“后来我们在房里，他可能在外面……老天，我朋友说江那天很晚才回去。几年过去了，细节我

已经记不清了，我还以为他因为这件事情对我们很反感，毕竟后面遇见的时候他总是有点儿冷漠。不过现在看起来，他并没有把这件事情放在心上啊。”Carson 一脸轻松地说。

但他的轻松并没有感染到钟熙。她有些出神地站在原地，半晌才说：“这样啊。”

过去了几分钟，钟熙依旧尴尬到不适，各种情绪还有念头像团糨糊似的搅乱着她的头脑。为什么她什么都不知道？

Carson 早就饿了，他说：“好了，这都是过去的事情了，不重要了。我们去吃饭吧，等过两天我就再也吃不到这些美食了。”他的语气有些可怜。

钟熙却在这时摇了摇头。她定定地望向不久前江恪之离开的方向，说道：“Carson，我不能跟你去吃饭。”

“为什么？”Carson 问，接着，他听到钟熙冷静又有些急切的声音。

“我还有别的事情要做。”她看向 Carson，心底里有个声音在催促着她，转身的时候，她没忘记说，“谢谢你告诉我这件事儿。”

钟熙加快了脚下的步伐，现在，使她困惑了很久的一些问题好像有了答案。

为什么回国以后再遇到江恪之，他会像躲妖魔鬼怪一样躲她，她在不清醒的状况下强吻了他，事后却独自忘记，没有给他任何解释。

他会把她想成什么人？

这样的事要是发生在她朋友身上，她大概会很无语，这种狗血的剧情连三流编剧都看不上，但作为故事中的女主角，她……

她要找到江恪之，见到他的冲动驱使着她跑了起来。

钟熙穿过交错的马路，这里是 A 市最为繁华的地方，周围是高耸的大楼，只要过完马路，坐上电梯，她就可以见到江恪之。

就算过去那么久，钟熙想，她还是应该对那件事情给他一个交代不是吗？可能当时 Carson 替她道了歉，但那是不算数的。

她期盼着红灯快点儿过去，就在绿灯快要亮起的时候，一群小学生被老师组织着排队过马路，行人自动地为他们让开一条道。

钟熙只好等待他们离开，等待的过程中，她望向对面的写字楼。

尽管是白天，依然隐隐约约能看到楼里的灯光，有一盏灯光是来自江恪之的办公室。

她在找究竟是哪一盏。

等到孩子们已经走开，钟熙立即往马路对面跑。身边人来人往，她离那栋楼越来越近了。

她喘息着跑进大厦，遇到了几个认识的人，她没有顾上打招呼，就踏进电梯里。

电梯上方的数字越来越趋近江恪之的楼层，她的心也随之忐忑起来。

站在江恪之公司的门口后，前台很快看到她，过来接待她。

钟熙的心跳得飞快，等也不等地问："你们江总在吗？"她怕再过一秒，自己就会失去勇气。

前台说："是江恪之江总吗？他好像还没回来，请问您有预约吗？有他手机号码的话可以给他打个电话看看？"

钟熙看着对方的嘴巴一开一合，半天没有说出话。她在对方的视线里，捕捉到了自己的无措。

她低下头，拿出手机，很快就找到了江恪之的手机号码。她盯着这串数字，她知道，只要她拨出去，很快就可以见到他。见到他以后，她可以告诉他，她都知道了，说什么都可以，接下来会发生什么也都没关系，她走到这里不就是为了见到他吗？

只要她迈出这一步。

但她的手指就是怎么也按不下去，眼前这段小插曲似乎已经将她的一时冲动冷却。知道江恪之不在，她失望的同时，更觉得松了一口气。

钟熙想，现在见到江恪之，说什么呢？为几年前酒后认错人亲了他道歉？真荒谬。

还是说，为过去曾经在他面前和别的男人亲热而道歉？事实上，关于第二件事，钟熙并不觉得自己做错了什么。那个时候，她还不认识他。

那么她找到他就是为了说，她好像知道他为什么那么介意Carson了？

但在这一刻，有个声音回荡在她的脑海里，她终于知道最困扰她让她犹豫不定的事是什么了——为什么江恪之宁愿和她分手也不肯提起这些？

更重要的是，三个月快过去了，他为什么也从来没有主动找过她？

就在不久前，他们已经像是普通的朋友，在街转角的咖啡店随便聊聊，那个画面让她有些苦涩。

时间是不是已经改变了很多？她真的打算找到他吗？如果是，为什么不在来的路上主动给他打一个电话呢？

钟熙再一次退缩了，她知道，在“分手”两个字由他先提出以后，再让她主动，很艰难。

上学的时候，钟熙有过一些真心相待的朋友，每当和朋友出现矛盾时，她绝不会主动低头，哪怕再想念对方。然而等对方一回头找她，她会毫不掩饰自己的快乐跟对方和好，继而带有补偿心理地对对方更好。

可是，不论如何，强烈的自尊心让她绝不会主动踏出那一步。因为她觉得，有没有那么一点儿可能，对方的冷淡是因为真的不想和她做朋友了呢？

虽然爱情和友情截然不同，但钟熙认清了自己就是这样的人。

前台见她不说话，于是说：“你如果很着急，可以坐在那边的凳子上等一下，江总半个小时后有一场会议，可能马上就会回来准备了。”

钟熙却和前台挥了挥手，说：“算了，好像也没什么要说的，不打扰你工作了。”

离开的时候，江恪之雪夜开车来找她的画面还浮现在她的眼前。一瞬间，她竟然为他感到一丝不值。就算她还爱他，好像也只能为他做到这一步。

明知道她是这样的人，为什么要爱她呢？她不明白。

不过，大概是江恪之终于看穿了她自私透顶的本性，才会想和她分手。

回到自己办公室的时候，钟熙的情绪有些低落，办公室外有几个人围在一起不知道在讨论什么，表情看起来很愉快。

见钟熙出现，她们一脸喜色地对她说：“钟总，你有没有看到那个房地产富二代的事儿？他今早被带走调查了，还上新闻了，闹得挺大。”

钟熙本来没有什么兴致，只觉得他落得这个下场很好。

但不知道为什么，她突然想起几个月前，卢倩对她说江恪之打了朱启发。那时她很笃定地说那是不可能的事，但现在她发现自己有点儿相信了。

下午又有一场会议，钟熙开完会一直一个人待在办公室里，一直到快下班前，她才将卢倩叫进了办公室。

“公司最近在考核，准备选出一个人担任欧洲部行政总裁的事，你是知道的吧？”钟熙说。

卢倩不明所以地点了点头，她听说已经定下来了。

“上面已经有了决定，”钟熙看着她说，说，“这个人选是我。我会去欧洲。”

江恪之回到公司时，正接着电话，前台看到他后说："江总，刚刚有人找你，不过又走了。"

江恪之先是示意她噤声，跟手机那边的人说了句"稍等"才问："有预约吗？"

前台摇头。江恪之没有放在心上，继续打电话，他还有别的事情要忙。

这天，他很晚才离开公司，处理掉一件让他记挂很久的事情，他紧绷的心才稍稍松弛。

他开着车在黑夜里漫无目的地前行着，一直到回过神，他才发现自己竟然又开到了这里。

有段时间没有来了，门卫竟然还记得他，看到他的车牌，车还没有扫牌，就放行了……

江恪之把车灯关掉，将车停在了钟熙那栋楼的楼下，一个人坐在驾驶座里。

车窗打开后，春天夜晚的风有些凉。钟熙住的这个小区的绿化很好，空气中还能闻到清幽的花香。江恪之抬起头，看到她卧室的灯亮着。

他静静地望着。过了一会儿，他看到窗帘上映出一个人影。人影走到了卧室的窗边，很快又走开，不知道在做什么。

江恪之神情温柔地看着这一切，感觉到异常安心……与萧索。

这天，朱家的事终于有了结果，一直绕在钟熙身边的臭虫也差不多销声匿迹。

江恪之收回目光，肩头不知什么时候落进来一朵白色小花儿。他将它放在掌心里，只是很快，这片花瓣被春夜的风吹拂着离开。

江恪之最后望向窗边那个影子。

"钟熙。"他对着空气轻声叫了一下她的名字。他想，以后不会再有人来打扰她了。

他也不会再来了。

第二十一章

我爱你

周一，江恪之几乎开了一天的会。

临近下班，财务部的部长小刘拿着一堆文件在跟他汇报，胡诚替他买了杯咖啡送了进来。

要走的时候，胡诚的神色有些古怪，走到门口又欲言又止地望着他。江恪之看了他一眼，问："有事儿？"

小刘下意识地安静了一下。

胡诚纠结着说道："我听说了钟总被调到欧洲部的事，她可能就要出国了，去P城。"

说完，他抓了抓头发，又补了一句，"我也不知道要不要跟你说。"

在胡诚说完的时候，他的神情有一瞬间的恍惚。

胡诚不知道江恪之在想什么，只是下一秒，他就低下头，继续看手上的文件。

办公室安静极了，胡诚和小刘大眼瞪小眼。

“说完了？”江恪之平静地问，声音很低沉。

胡诚嗯了一声。

“那出去。”江恪之说。

胡诚离开后，小刘不知道要不要继续，就听到江恪之毫无温度的声音：“继续。”

小刘只好继续刚才的报告。

而江恪之始终坐在办公桌上，头也不抬地盯着桌面上的东西。

不知道过了多久，可能是三分钟，他突兀地起了身，抓起桌面上的车钥匙放进大衣口袋。

小刘被江恪之突如其来的动作吓了一跳，迟疑着叫了一声“江总”，而江恪之只对他说：“抱歉，你先下班。”

江恪之眼底早已没有往日的冷静。

他匆忙地离开公司，跑到另一边的电梯前。钟熙他们公司的写字楼就在四十层，只在他楼下十层，但是，他看过去，几部电梯离他所在的楼层都那么遥远。

江恪之抿唇，想也没想地就转身跑向楼梯间，三步并作一步地往下跑，大衣不时擦向扶手，发出布料拍打金属的声音。

这个台阶，江恪之走过几次，但他没有一次走完，可是这个时候他知道不可以再停下。

到钟熙的公司门口时，他因为跑得太快，头发有些凌乱。

前台几个人看到他的时候很惊讶。他深吸一口气，努力维持着镇定，问道：“钟熙在吗？”

然而他的声音暴露出他的不安。

“钟总？”前台回忆了一下，摇了摇头。江恪之因为她摇头的动作，强装出来的镇静终于出现裂口。

他没有再管别人的视线，步履匆匆地往钟熙办公室的方向走。之前在一起的时候他来给她送过一次钥匙，他知道在哪儿。

江恪之一路往前走，前台有人认识这是隔壁的江总，跟在他身后为难地说：“钟总不在这里，江总，您没有预约不能这么进来……”

江恪之沉默地往里走，终于走到钟熙的办公室门口。他推开门看过去，眼神里的最后一点光在看到那个人的时候变得黯淡。

只有她的助理站在桌子前，她不在。

“你找钟总吗？她中午吃了饭就去机场了。”卢倩看着他，想了想后说。

江恪之闻言，转身离开，内心的恐惧和怒火几乎在同一时间升起。

往车库走的时候，他不忘拿出手机，开始拨号。

“您拨打的电话暂时无人接听……”冰冷的女声从听筒中传来，江恪之看到屏幕上映出自己苍白的脸。

坐到车上的时候，他已经打了快十个电话，但都是无人接听。

江恪之猛地踩上油门，导航上的终点是他从没踏足过的A市机场。

沿途一个又一个红灯将他困住，他泄气地靠在椅背上，再一次拨出那个熟记于心的手机号码。

依然是那道女声，江恪之毫无温度的手握着电话，闭上眼，低下头叫着她的名字：“钟熙……”

他的眼里满是血丝，身体高度疲惫，但神经紧绷着。

他从没有想过她会走，和她分手的这段时间，他很少有过痛苦难忍的时候。可这一刻他才意识到，那是因为，只要他想，只要他走完那些台阶，他就可以看到她。

可以不在一起，甚至可以做朋友，但是要在他眼前，在他触手可及的地方。

该死，她要离开他……

车子开上高速以后，江恪之阴沉着脸，把车开得飞快，直到目的地离他的视线越来越近，他双手握着双向盘，竟然在这时想起，钟熙说他单手开车的样子很好看……他猛地刹车，车胎摩擦柏油马路的声音刺耳，但他已经听不见了，他将车停在机场外，一出来就往航站楼跑去。

这是对他全然陌生的地方，他想起自己上一次来机场，还是在很小的时候。

他百感交集地看着大厅，一楼大厅里有无数个身影。他在人群中奔跑着，试图在这些人中寻找出那个人。

“钟熙。”他在心里叫她。

他妥协了，他在和自己斗争的战役里认输了，他不介意做那个输家。

“出来吧。”

可是江恪之环顾四周，没有一个人回应他，没有一张面孔属于她。

时间一分一秒地过去，他将几层楼找完，还是没有找到她。

他放慢脚步，走到中间的机场服务中心停下。

江恪之紧握着手机，问道：“到P城的航班，今天还有吗？”

咨询人员查了一下，不好意思地笑了笑：“上一班十分钟前刚刚起飞。离现在最近的一班在今晚十一点四十分，请问您需要吗？”

江恪之闻言怔怔地看着对方，那颗焦躁不安的心也仿佛随之沉入了海底，被冰冷的海水浸润着。

只不过几秒后，那双疲惫不堪的眼睛却透着笃定。

“我需要。”他说。

护照因为上次坐船时被放在了家里，他需要回去拿。

江恪之看了一眼手机上的时间，时间很充裕。

江恪之停下脚步，嘴唇因为奔跑早已失去了血色。他终于低下了头，室外的夕阳透过机场的玻璃将点点余晖照在他苍白的皮肤上，他孤独的影子就这样落在大厅的地上。

身边不时有人说着话从他身边擦肩而过，有一家三口幸福地畅想即将到来的节假日旅游，还有情侣在告别。

江恪之落寞地听着，就在他准备抬头离开的时候，一个声音从他身后穿过机场大厅这些纷杂的人声，最终传进他的耳朵里。

“江恪之。”

听到这个声音的时候，江恪之的眼神有些空洞。他面上闪过一刹那的难以置信，过了几秒才转过身。

他回过头，来来往往的行人推着行李车从他眼前走过，遮挡住了他的视线，但他始终沉默地望着那个方向。

人群疏散后，他终于看到那个人就站在机场的落地窗前，她一半的身体嵌在光影里。

江恪之望过去，钟熙也在注视着他。

像是害怕打碎眼前的梦，有那么一会儿，江恪之一动不动，只是无声地望着她。

钟熙神情复杂地看着他，她克制住内心激烈的情绪，往前走了一步，一直到她走出那个虚浮的阴影，他终于走向她。

钟熙在离他两步之遥的地方停下，抬头问他：“你怎么会在这里？”

江恪之听出了她的鼻音，她的鼻尖有些红，他说：“你感冒了。”

说完以后，江恪之听到自己的声音沙哑得就像是那个感冒的人。

钟熙点点头：“已经快好了。”

江恪之又不说话了。

“你怎么会来这里？”钟熙还是在问这个问题。

江恪之看到她身上只背着一个小包，没有行李箱，是已经托运了吗？

“钟熙，”江恪之叫她的名字，他看着她的眼睛，再一次答非所问，“家里的两只螃蟹最近一直不吃东西，可能就要死了。”他低声说。

“真的？”钟熙下意识地皱紧眉头，但过了几秒，她轻声问，“所以你来，就是想和我说这个？”

江恪之又往她走近了一步：“不是。”

不远处一对情侣在等待航班的间隙靠在一起，小声地功放着音乐，深情的女声还在耳边唱着——

明知单恋惊险，
但我还未脱险，
如果初恋肤浅，
怎么我会兴奋狂热，
什么都想，什么都怯。

江恪之只是注视着钟熙，他认输，不在乎自己是那个更在意的人。

“别走，别离开我，”他看着她说，“我爱你。”

钟熙的呼吸因为这三个字瞬间变得急促，胸口也有些发烫。

从看到江恪之出现在机场的时候，她的眼睛就一直是热热的。

其实在他失魂落魄地跑到服务中心的时候，她就看到他了。钟熙从没见过他那副样子，那张一向冷静的脸上流露出慌乱还有脆弱。他的失控全是因为她……

钟熙睁大眼睛，努力抑制住眼眶里的湿意。

“可是，我可能无法给你你想要的东西。”

“嗯，你比较骄傲。”江恪之对她笑了一下，眼睛有些红。

他认命了吗？

钟熙心酸地问：“那你呢，你不骄傲吗？”

“骄傲，”江恪之无所谓地点点头，他伸手抚上她的脸。在触碰到她的脸颊时，他的指节有些颤抖，“不过没有你重要。”

钟熙感受着脸上的热度，对上他的视线，她仰起头固执地追问：“我不懂，你忘了我和你说过，你对我不再特别了吗？Carson 的事情我都知道了，你不是接受不了所以才要分手吗？你刚刚是想干吗？要买机票去找我？你不是坐不了飞机？不然我们也不会被困在螃蟹岛啊。”

她越说，声音越难以自控地变大，周围已经有几个人在看她，她毫无察觉。只是问到最后，她突然垂下了眼睛，双手攥住他已经有些皱的衣服，不确定地小声问：“为我这样，你不会累吗？你不害怕自己会后悔？”

机场大厅，人来人往，许多人都在看着他们，但江恪之对周围人的目光丝毫不在意，自始至终只看着钟熙的眼睛。半晌才低声问道：“那天的电影很感人吗？”

钟熙吸了吸鼻子，不明白他在说什么，只是心依旧无法平静。两个人离得太近，她能感受到他的气息也并不稳定。

“什么？”她问。

江恪之看向她的眼神无限爱怜，手指摩挲着她的脸，说：“那天，你走了之后，我总是会想起你哭的样子。”

他神情温柔，拇指轻抚过她眼下并不存在的眼泪：“明明你哭了，我应该为你擦眼泪的，我很后悔。”他的声音越来越低沉，只是反复呢喃着，“钟熙，不要走，留在这里。”

钟熙的眼睛因为他的话变得湿润，一时说不出话来。过了好久，她才闷声说：“我没有要走。”

她看向江恪之，注意到他眼底的不安并没有她的这句话而消失，只好继续说：“我要去欧洲的事情，是我让我的助理骗胡诚的。”

星期五那天，她将卢倩叫进办公室，说完她要走的事后，卢倩问她是真的还是假的，她说是假的。

“为什么？”江恪之松开捧着她脸的手，极力保持平静。

钟熙看着他喃喃道：“因为我想知道，如果你知道我要走，你会不会挽留我啊。”

江恪之沉默地听着。

清洁工人在离他们不远的边上拖地，钟熙继续说：“看，我就是这样一个不会低头，谈恋爱也会耍心眼，自尊胜过一切的人。”

江恪之低头看了她许久，才低声问：“你也会害怕我不理你吗？”

“会啊，为什么不会？”钟熙始终仰头对上他的视线，不允许自己躲避这道目光，一字一板地说，“因为我爱你。”

江恪之不说话了，因为这句话彻底凝滞住。

钟熙说：“那天看电影前，我就想对你说了。”

“我爱你，那些说什么你不再特别的话，都不是真心的。”她看着他的眼睛说道。

江恪之依旧没有反应。

钟熙望着他，像是受不了他炽热的视线，又像是受不了自己说的话，目光闪烁着，过了几秒忽然对他伸出双手。

“不抱我吗？”她眨着眼睛问。

问完以后才想起自己感冒的事，神情有些尴尬地收回了手。

“忘了我感冒了，不能传染——”

江恪之没有给她说完话的机会，捏住她的下巴，看向她的眼神再也无法伪装平静，低下头将唇狠狠地压了下去。

她闭上眼，无视周围所有人，双手环绕着他的脖子，回应着他的吻。

两个人吻了好久好久，江恪之终于松开她的嘴唇，将她紧紧地抱在怀里。她将脸紧贴在他的怀里，感受着对方并不平稳的心跳。

江恪之抱着她的力道很重，她甚至都感觉到骨头有些疼了，但她还是什么也没有说，安静地忍耐着。

过了几分钟，他在她耳边低语："不要害怕我会不理你，永远不会有这一天。"他对她承诺。

钟熙靠在他的怀里，心里很安宁，嘴上却还是忍不住说："那你都和我提分手了。"

"我没有。"江恪之将头埋在她的肩窝，低声说。

他牢牢地搂着钟熙，感受着她真实的温度。她此时此刻就在他的怀里，其他的都不重要。

钟熙不敢相信他这个时候竟然不认账了。她从他怀里抬起头想和他争辩，但对上他的视线她又有些不忍心了。

江恪之终于放开她，只是攥着她的一只手，深深地看了她一眼，沉声说："不走的话，我们回去。"

钟熙对他点头，他们是还有一些话要说，但她也不想在机场这种人来人往的地方谈心，想到自己刚刚在这里演了一出琼瑶剧，她后知后觉地开始感到尴尬。

两个人回到了江恪之的车上，天已经黑透了，江恪之停车的地方连辆出租车都看不见。

"去哪里？"他问。

钟熙想也没想，直接说："你家，好久没见熙熙和之之了。"她还记得刚刚江恪之说它们就要不行了的事。

离开了机场的人群后，在这个黑暗的车厢里，钟熙突然有点儿不好意思面对他。

很快，两个人都想起，钟熙上次离开的时候带走了她所有的衣服。

车上没有开灯，钟熙正准备系安全带，回过头才发现江恪之一直在看她。他嗯了一声，很快又沉默着将她捞进怀里。

不需要任何言语，他的眼神让钟熙感到一阵酸楚。他抱得很用力，她几乎是靠过去就能听到他剧烈的心跳声，还有她自己……

“我想你了，你想我吗？”她捧着他的脸，四目相对后，车厢内的呼吸声也变得沉重。

“想。”他问，声音沙哑至极，“告诉我，你不会走。”

“对……”她不会走。

在钟熙看不到的地方，江恪之望向她的眼神带着无限的爱和更复杂的情绪。她差点儿就要离开他……如果他没有找来呢？她还会留下吗？

最后，她听到他在她耳边低语：“别离开我。”

钟熙闭上眼睛，搂住了他的脖子。

…………

已是深夜，江恪之抱着她。这一天的体力已经超负荷，他想要保持清醒，但抱着怀里的人，没一会儿就在车上疲惫地闭上了眼睛。

钟熙感觉到身下的人呼吸渐渐平缓，像是睡着了，而她因为感冒，昨天睡了太久，现在怎么也没有睡意。

她将头靠在江恪之的胸口，静静地倾听着他有力的心跳声，就好像是他的爱。他睡着了，手依然紧箍在她的腰上。

她又想起刚刚他对她说的话，让她别离开他。

“我不会的。”闭上眼前，钟熙对熟睡中的爱人轻声说。

午夜，钟熙拿着从便利店买回来的食物走回车边的时候，后车厢的门被一下子推开，接着，一个高大的身影出现在她的面前。

钟熙看到月光下的江恪之，将手里的热饮递过去：“你醒了，渴不渴？”

光线昏暗，钟熙看不真切江恪之的表情。过了几秒，才听到他很低很轻的声音：“我刚刚做了一个梦。”

钟熙走到他身边，夜风有点儿凉，她脖子上起了一层鸡皮疙瘩，于是蜷缩在他怀里：“梦到什么了？我走了吗？”

她原本只是随口胡说的，江恪之的沉默却验证了。

钟熙望向他，说不清心里是什么感受。

“我让你很没有安全感吗？”她问。

江恪之深邃的目光落在她身上，说：“下次记得叫醒我。”

钟熙说“好”，她拉住江恪之的手，两个人再度回到车内。

有些话其实刚刚就应该讲了，但第一次进行这样的对话，钟熙并不知道怎么说才可以将自己的意思表达清楚。她注视着江恪之许久，才慎重地开口：“有关Carson的事情，我已经知道了，你先不要难过，听我说。”

江恪之看着她，突然笑了：“我没有难过啊。”

钟熙点头，神情很认真：“那就好，但我还是要和你说，当时我刚到国外，他帮了我很多，分手以后，他还是我的朋友。这一次他来国内，我没有和你说他是我的前男友，是因为我和他做普通室友的时间太久了，其实我真不觉得自己和他见面，帮他一点儿忙有什么错。”

江恪之沉默地听着。

“但是，”钟熙突然牵住他的手，摸着他掌心的纹路，“昨天他要回去了，希望我可以送送他，我也觉得我作为他在这里唯一的朋友，是应该要送他的，可是我没有，因为我不想伤害你。”

江恪之始终无言地看着她。

“我不希望你因为他难受。”她看着他，眼神很真挚，“可是，你要告诉我。”

说到这里，她的神情变得有些不确定：“你明白吗？如果再发生这样的误会，你什么也不说，我也不知道的话，很可能，下一次，我们就真的——”

江恪之却没再让她说出剩下的话，一下子将她扯进了怀里，他的呼吸变得有些沉重。

“我明白。以后我都告诉你。”他对她说。

“什么都告诉你，”他摸了摸钟熙的头发，沉声说，“不会再有这样的事情发生。”他低声对她许诺。

“真的？”钟熙问。

江恪之看着她的眼睛，一字一板地说：“我不说谎。”

他知道自己说的是真的，虽然有一件事情他还是不打算告诉钟熙。

其实，刚刚他不只是梦见她走了，现在的一切只是个假象，再往前的一个梦里，他又一次回到了异国的那个夜晚，她明明还紧贴在他身边，他甚至可以感受到她的体温。有那么一刻，他很想将她留下，或者带走她，将她带到没有其他人的地方，但伴随着一声带着醉意的“Carson”，他眼睁睁地看着她在他的梦里又一次被别人带着离开他……

江恪之从来不觉得自己会永远信任某个人，信任对他而言是很奢侈的东西，甚至在他意识到自己也会爱人的那一刻，他最先认识到的是，爱就是怀疑。

可是，这晚，钟熙说爱他。

“我爱你”这三个字像是有无限的魔力，就像是一束光，让他不再囿于黑暗。

这一夜，两个人在车里说了很久的话。直到半夜三点钟，江恪之听她的声音有点儿哑，才说要开车回家。

“你这是疲劳驾驶。”钟熙制止了他。她看得出他还是很累，眼底的血丝很明显。

钟熙没给他反抗的余地，将他的头按在自己的肩膀上，像哄小孩儿一样：“乖，现在闭眼，天亮的时候我会叫你，到时候我们再一起回家，我可不想出车祸。”

江恪之紧握着她的手，他想说，她在他的车上，他是不会出车祸的，但他只是安静地靠着她。

钟熙的肩膀有些窄，枕着并不算舒服，但江恪之已经感觉不到，他在脑海里反复回味着“回家”两个字。

他决定试试，既然抵抗不了，从这一刻，他会学会相信钟熙。

钟熙之前在便利店喝了一杯拿铁，眼睛有些疲惫，精神却很好。

江恪之靠在她的肩上睡着了。

手机早就没有电了，钟熙一直望向窗外，墨一般的夜色笼罩着大地。

不知过了多久，层层叠叠的云层上，慢慢地冒出了一个金黄色的点，周围的云像是被挤着飘荡到另一边。

这是就要日出了吗？

钟熙看得眼睛有些发酸，但是始终盯着头顶那个金色的点。她从没有看过日出，她一直觉得这样的行为是浪费时间，明明太阳每天都会照常升起，她永远不会失去它，为什么要给予关注呢？但此时此刻，她看向不断升起的金色圆点，感受到它温柔又逐渐夺目的光线，不知道为什么心里升起一阵感动和敬畏。

当车窗的玻璃被染上淡淡的金色，钟熙叫醒身边的江恪之：“江恪之，醒醒，跟我一起看日出。”

她轻声呼唤着，江恪之几乎在她刚出声的时候，就醒了过来。两个人的手在他的大衣下一直紧扣着，这么长时间过来，手心已经出汗了，但没有人要松开。

“累不累？”江恪之问。

清晨的气温有些低，车窗被打开，钟熙看向身边的那个人。春风吹着他凌乱的头发，还有发皱的衣领，他定定地注视着自己，她透过他的眼睛看到了阳光的炽热。

她摇了摇头，两个人沉默地注视着彼此。

这一刻，他们这段时间互相给予的怀疑与伤害，爱与试探都好像在春日的阳光下得到了坦诚与理解。

航站楼门口陆续停下一些车，情侣手牵着手走进航站楼。钟熙隔着车窗注视着这些普普通通的人，他们带着爱分开，再因为爱而相聚。她望着在这里发生的一切，感到一种平淡的幸福。

冬天已经彻底地过去了。

直到此刻，钟熙依旧没有去燃烧自己照耀谁的伟大想法，但是，她突然觉得每天睁开眼，拉开窗帘，阳光下，江恪之就在她身旁的感觉会很好。

钟熙抬起头，执着地注视着温暖到有些刺目的日光。

她感受着眼底的热意，紧握着江恪之的手。她想，她并不畏惧爱。

春天，应该对自己诚实。

正文完

番外一

平行时空之如果那夜没有推开她

被眼前这个人抱着亲吻上来的时候，江恪之没有想过，他会这么快跟她再次见面。

他一直觉得，如果不是这几天同伴总是戏谑地在他耳边提起她，他可能早已经将她忘记。

江恪之低下头，看着靠在自己怀里的这个人，其实他根本不知道这一切是怎么发生的。

他努力维持着理智，忽略唇上的触感，身体向后倾，与她保持着一段距离，但是她仍旧黏糊地靠过来。

为什么会觉得这个画面似曾相识？江恪之深感困惑。

不知道为什么，他有一种直觉，接下来还有更为荒谬的事情在等待着他。

江恪之垂眸看向她带着笑意的脸，听到了她含糊又足以听清的声音：“我们去房间吧，Carson。”

Carson，她认错人了。那么，至少她会这样热情对他的理由找到了，不是吗？

江恪之一言不发地看着她。不知道为什么，明明才第二次见到她，但眼前的这个场景就好像已经经历了千百次一样。

他竟然感觉到有些心痛，明明不应该是他的感觉，又那么真切，真是诡异的一晚。

江恪之沉默着，是时候推开并且告诉她，她认错人了。再然后会发生什么都和他无关，这本来就是一个乌龙。

可是脑海里一直传来一个熟悉的声音："别推开她，你会后悔。带她走。"

江恪之皱着眉头按了按太阳穴。后悔？事实上，他的生命里还没有可以称得上值得后悔的事。但脑海里这道像极了自己的声音是怎么回事？这个发现让他心中一阵迟疑，准备推开她的动作就这样停了下来。

江恪之不知道是不是自己在这条无波无澜看得到尽头和结局的路上独自走了太久，有这么一秒，他竟然有点儿想要顺从脑海里的这道声音，不切实际地抓住眼前这个人。

要这样做吗？他一无所知。

他望着眼前这个仍旧醉着的人，那句"你认错人了"已经到了嘴边，甚至觉得自己已经听到不远处的房间水声停止了。那声音就像墙上老式的挂钟，在进行最后的倒计时。

接着，江恪之说出了自己完全没有预料的话。

"我不是 Carson，"他握着钟熙的肩膀本意是要推开她的，甚至用了些力度试图让她清醒点儿。等到她那双迷蒙的双眼终于看向自己，他才神色未变地说，"看清楚的话，要跟我走吗？"

说完，他平静地松开了她的肩膀。

钟熙因为这句话努力睁大眼睛看向眼前这个帅哥。他在说什么？她望向他的嘴唇，她刚刚才在那里留下一个吻，还有他身上散发着自己很喜欢的味道……酒精把她搞糊涂了，期待中的事情迟迟没有开始，她隐隐约约知道自己好像搞错了点儿什么。可是，对上他那深邃的目光，她只是犹豫了一秒，最后还是把手搭在了他的掌心里。

手心相触的瞬间，江恪之听到几步之遥的房间里越来越近的脚步声，他反手攥住钟熙的手，没有给她丝毫准备的时间，牵着她的手带她离开了这栋房子。

江恪之一路无言地拉着钟熙，钟熙被动地跟着他跑到了房子后面的林荫道。

这里没有路灯，林间的树木遮挡住了月光，只落下一点儿光线。他们进来的时候，一只在树下小憩的野猫警醒地跑了，在灌木丛中发出了窸窸窣窣的声响。

入夜之后，这里透着一股森冷的气息，钟熙觉得自己好像闯进了古老的森林里。

深秋的风还有对黑暗的恐惧让钟熙轻微地醒了酒，她气喘吁吁地用力握了一下江恪之的手。

“等一下，我们这是要去哪里？我跑不动了……”

江恪之听到她的声音，终于回神般停下了脚步。

他沉默着将背靠在树上，闭上了眼睛，只是手仍然抓着钟熙的没有放开。

钟熙在昏暗的光线下注视着他，他不说话，而她的脑海里还是一团糨糊，于是又安静地靠回他胸口，他的胸膛让人很有安全感。

她的眼皮有些沉重，她打量着眼前的一切，最后还是打破眼前的静谧，含混不清地问道：“你是想……”

江恪之因为她的这句话，理智逐渐复苏，而胸口前的温热让他一贯平静的心前所未有的矛盾。

就在刚刚，他放任自己将一个只见过两次的女孩儿拉到了树林里。

他这时终于睁开眼睛，双手握住钟熙的肩膀，低下头看着她。她的眼睛在若隐若现的光影里很黑很亮，但还是带着酒后的不清醒。

黑暗掩盖了他所有的情绪，他低声问："你知道我是谁吗？"

钟熙就这样盯着他看了一会儿后，摇了摇头。

"好像不知道，"半晌，她伸出双手捧住他的脸，认真地注视着他，"不过，你妈妈把你生得有点儿好看。"

江恪之被她真挚到直白的语气和眼神搞得不知道说什么，于是偏过了脸。

钟熙又去摸他的耳朵，那里有点儿热。她笑了一下，整个人又再次倚回他身上，双手搂住他的脖子。

"我夸你，你怎么都不理我？"她问他，头在他的脖颈处蹭了蹭。

她俨然忘记自己这晚是来做什么的，人物、地点还有事件没有一个是对的。

计划里，钟熙这晚应该是和Carson在一起的。Carson是她的同班同学，一个阳光帅气的大男孩儿。入学第一天就主动地坐到独自一人的她身边，在学业上给了她很多帮助。

前几天，他主动邀请她去他家。

这一夜，他们本应该是共度良夜的，但是，她在最关键的时刻跟别的男人离开了。

钟熙不知道自己为什么会这么做，她只是有种预感，她会和这个男人发生点儿什么。

江恪之垂眼看着她，许久才听到自己低沉的声音："你也是。"

钟熙听着他磁性的声音，散了不少的酒气又涌了上来。

"真心话吗？"她心情极好，抬起头时，两个人的目光在这个昏暗的林间对上。

钟熙的手无意识地再度摸上她已经亲吻过一次的嘴唇，迷离的视线投在江恪之的脸上。

“刚刚我已经主动亲过你了，”钟熙闭上了眼睛，轻声对他说，“你要公平点儿。”

说完，她耐心地等待着。

只不过，看不见之后，听觉和嗅觉变得格外敏锐，钟熙竟然听到了草丛里虫子发出的声音，她好像闻到了深秋灌木丛特有的萧索气息。

时间一分一秒地过去，她从期待变成对黑夜的不安，就在她觉得有虫子在叮她的腿时，一个温凉而柔软的物体贴上了她的嘴唇。

几乎是同一瞬间，钟熙搂紧了他，而他先是愣了一瞬，很快压下来，加深了这个吻。

酒精通过这个吻传递，将江恪之也迷醉。

钟熙站得有些累，又往江恪之怀里凑近……

几分钟过后，江恪之的唇舌缓缓地离开钟熙的嘴唇，钟熙的睫毛轻颤着，听到黑夜中他低低的声音：“你要知道，我不是Carson。”

“你已经讲过了啊。”她的酒意渐渐苏醒，有些不解地说，“可是，是你带走我的。”

江恪之看着她的眼睛，心里一闪而过一种本不应该属于他的复杂情绪。

“所以，”他问，“还要继续吗？”

钟熙的视线里是江恪之的眼睛、鼻子，还有嘴巴。她觉得自己好像见过他，昨天下午的那场辩论会，他是反方的四辩，说话的时候就是现在这样，坚毅冷淡，她感到心一阵摇摆。

在他问出要不要继续的同时，她问他：“那你要我回去吗？”

即使不是全然清醒，钟熙还是惯性地把问题和责任抛给了对方。

江恪之再一次倾身堵住了钟熙的嘴巴。

“不。”他说。

钟熙睁开眼的时候，天色还早。她很快就感觉到背后有一个宽阔的胸膛。

昨晚，她把他带回了自己的出租房。

钟熙拿起床头柜上的手机，她本来是想看时间的，结果上面全是 Carson 的未接来电。她还没来得及打开软件，一双手突然环住她的腰。她没有回头，不知道他是什么意思。

“醒了？”他带着睡意的声音有些哑，“上午有课？”

钟熙忍不住打了个哈欠：“下午第二节才有呢。”

说完，她听到身后传来一声很低的“嗯”，就又没有声音了。她听着他平稳的呼吸，再次有了睡意。

闭上眼睛前，她感到有点儿苦恼，她好像还欠 Carson 一个解释。

再次醒来时，钟熙抬手挡住从窗帘缝漏出来的光。阳光很晒，可能已经十一点了。

回头一看，床上只有她一个人，那个人已经走了。

半睡半醒的时候，她好像听到他在自己耳边说话，说了什么她没印象了。

宿醉让她裹着被子在床上发了一会儿呆才下床。她准备烤个比萨垫垫肚子，再做作业。

住的地方只有三十多平方米。钟熙刷着牙，没走几步就走到了小厨房，然后，她一眼看到冰箱门上贴着一张白色便笺。

她凑近一看，上面中文写着——

“我上午有课，先走了，门外有东西。”落款是江恪之。

江恪之？钟熙傻眼了，这谁啊？下一秒才想起这可能是她昨晚带回来的男人。

她揭下便利贴，往大门那里走，住的地方就在马路边上，走近都能听到摩托车擦过地面的声响。

钟熙打开门，就看到门把手上挂着一个大袋子。

里面还有几个小纸袋子，有这条路上很出名的牛角面包，还有各种点心。她抱着袋子，有些茫然。

吃着这些东西的时候，她承认这个人还是挺贴心的。如果以后的对象不如他，她觉得自己会很失望。

钟熙把下周要交的作业写完以后，看了一眼时间也差不多可以去学校了。

她打算提前几分钟到，好在上课前跟 Carson 解释一下。

不过出来一直没看到出租车，她正迎头往前走的时候，看到一辆黑色的车开过来，停在了她面前。

钟熙本来没当回事，一直到车窗打开，她的目光不经意和车的主人对上，才停下了脚步。

“钟熙。”他在车上注视她，“我送你，上车。”

钟熙对上他的视线时，她的第一反应是他怎么会知道自己的名字。

“我是要去学校的。”她说。

“我知道。”江恪之看着她点了点头，“这里不好停车，上车。”

钟熙犹豫着坐上了副驾驶座，时隔半天，她又坐回了这个位子。其实想想也没什么，法国的大学生开车上学的有很多。有时她在路上遇到同学，也会搭一下顺风车。

他安静地开着车，没有说话。过了十分钟，钟熙受不了这种沉默，于是找话说：“对了，你是怎么知道我的名字的？”

“你的身份证就放在鞋柜上，”他说着看了她一眼，“抱歉。”

钟熙没理解这有什么抱歉的，望着他问道：“我身份证上的照片拍得很丑吗？”

她看着他一本正经的模样，突然觉得，那种和并不熟悉的人相处的尴尬好像消失了。

江恪之怔了怔，没明白她的意思。他直视着前方，学校就要到了。

“没有。”他开始找停车的位置。

逗寡言的人好有意思，钟熙又找到乐趣了。她凑近他，仔细地观察着他，轻声问：“那你为什么觉得抱歉？”

江恪之又不说话了，钟熙也没放在心上。

停好车后，两个人一起下了车。

江恪之这天的课已经结束，要去图书馆，钟熙的方向和他的差不多一致。

等到钟熙看到同班同学，准备和人家一起的时候，江恪之轻握了一下她的手腕。

钟熙看他：“怎么了？啊，我们也要贴面吻吗？”

说着，她开玩笑地踮起脚，把脸贴过去。

江恪之没有躲闪，但是也没有说话。

钟熙和他的面颊轻轻地贴了一下，这个动作，她来法国以后一天要做几十次，两颊相触的时候，她闻到了他身上好闻的气息，昨夜两个人的画面又浮现在她的脑海里……

半晌后，江恪之垂眸问她：“你下午有几节课？”

两个人靠得很近，又有几个钟熙的同学从他们身边吹着口哨经过，钟熙难得脸红了。

“你问这个，是晚上要送我？”她抬头问道。

“对，如果你愿意。”江恪之的目光没有离开她。

钟熙低头哦了一声，不知道在想什么。

深秋的巴黎，下午三点还有些晒。钟熙一只手挡在额前，终于问道：“所以，你刚刚会出现在我家那里，是专门接我的？”

江恪之站到她面前，耀眼的日光瞬间被他遮挡住，他轻轻地拉下她额前的那只手。

十指扣在一起的瞬间，钟熙感觉到心像是被什么轻轻地挠了一下。

"对。"他松开她的手，看着她的眼睛说。

"今天以后呢，每天都来接送我吗？"钟熙又问他。

江恪之对上她的目光，原本严肃的脸上突然露出很淡的笑意。

钟熙不知道他在笑什么，正想问他，就听到江恪之的声音。

"可以。"他说，"所以，要吗？"

钟熙注视着他的眼睛，她发现自己不太想拒绝他。

"要。"

她最后是这样回答的。

那天上课前，她和 Carson 道歉，由于种种原因，接下来他们只能做朋友了，Carson 也只生了她一节课的气，很快这事儿就过去了。

钟熙并不后悔爽了 Carson 的约，江恪之确实要更吸引她一点儿，有时候眼缘这种事真是说不清楚，虽然她也不知道自己对他的兴趣能维持多久。

其实江恪之提出会一直接送她的时候，她一开始几乎以为他是在和自己表白了，但很快她就明白，他们只是要将昨晚的游戏继续玩下去，只不过，游戏的时间是有限制的。他只是来这里交流学习半年，几个月后就会回英国了，他们的关系只用维持到那时候。

钟熙觉得江恪之也是这样想的，所以他们都默契地没有提起过"谈恋爱"这三个字，更多的是在异国他乡互相陪伴。

两个月后的星期五晚上，钟熙靠在江恪之肩上休息。

考虑到课业，他们只在星期四到星期日约会。钟熙认床，所以他们大多是在她家。因为第一次江恪之就留宿了，所以大多时候他都没有走。

衣柜多了几套男装，本就不算大的住处更拥挤了。钟熙以为这些变化会让自己腻烦，但事实上，她面对江恪之很少出现不愉快的感觉。

而且，两个人在冬日里挤一挤，好像更暖和了。

钟熙靠在他怀里，嘴里抱怨着："最近外面晚上吵死了。"

江恪之嗯了一声，摸了摸她的头发："圣诞节快到了。"

钟熙感到一阵轻松。圣诞节还没到，长达十六天的假期已经开始了。

她面朝着江恪之，问："你假期有活动吗？"

"没有。"江恪之说。

钟熙盯着他看了一会儿，突然拿过桌上的手机。江恪之不知道她怎么忽然来了精神，问："怎么了？"

钟熙泛着水光的眼睛投向他，看起来亮亮的："我打算过几天去北欧玩，你想跟我一起去吗？"

问完，她竟然感到一丝忐忑，觉得自己好像有点儿主动了。

钟熙喜欢旅游，也爱做攻略，她在暑假就开始计划圣诞节去哪里玩了。

她继续说："从这里坐飞机去那儿很快的，只要两个多小时。你看过极光吗？我很早就想住那个玻璃房了。"

江恪之沉默着接过钟熙的手机。他看到上面安排的行程非常紧凑，很长一段时间，他都没有说话。

钟熙说完，才发现江恪之一直没有任何反应。她这时又望向他的眼睛，然后，她在他眼里看到了抗拒。

江恪之放下手机，他的眉头皱着，许久才说："钟熙，我不能陪你。"

钟熙注意到他沉重的表情，一时间感到了尴尬。她刚刚好像演独角戏的演员，她被拒绝了。

"没事，你干吗这副表情？本来就是问问，我可以和我朋友一起去。"钟熙拿回手机，冲他不在意地笑笑。

江恪之注意到她面上的释然和理解，她好像只是随口说出一个提议，也并不关心结果，于是他也没有再说什么。

三十平方米的空间，没有人再说话了。

钟熙闭上眼睛，觉得自己好像搞错了什么。不知道是不是持续的相处让她对江恪之产生了别样的感觉。

其实，不只是陪伴。这段时间，她家厨房的水管堵塞，卫生间的灯泡坏了，都是江恪之修好的。她要考驾照，他就周末带着她去郊区练……还有很多很多事，这些都无形中让她从心理上开始依赖他。

这是不好的征兆，他是要离开的人。

钟熙静静地翻了个身，用背对着江恪之。

过了很久，她听到江恪之在身后对她说："回来的时候告诉我，我去机场接你。"

钟熙应了一声，她望向白色墙壁上的一个黑点，发觉自己好像没有游戏最开始那么游刃有余了。

钟熙这次的出游并不算特别顺利，落地的时候，她的手机在下飞机没多久就丢了。后来报警也没有找到，她只好认栽，第二天的一个上午都花在买新手机和补卡上了。

不过，接下来的几天她和朋友还是玩得很开心，圣诞节当天，他们去了圣诞老人村。

下午两点钟，钟熙躺在透明的玻璃房看向屋外藏在雪花中的粉色晚霞，忍不住想，这里三点就要入夜了，不知道 P 城现在什么样，有没有下雪，还有，江恪之现在在做什么……

在外面游玩的这些天，她跟江恪之一次都没有联系过。

她拿出手机拍了一张晚霞的照片，最后还是按捺住心中某种混乱的躁动，没有发给任何人。

一月五日开学，钟熙提前三天回了 P 城。

回去了才知道，P城从元旦那天就开始下雪了。

她买了一堆手信，摊在桌子上又懒得收拾。家里只有她一个人，她突然觉得好像变空旷了一点儿。

一月三日是她的同学Alexia的生日，她被邀请去对方家里吃饭。

Alexia家住在近郊的小镇，她哥哥开车来接钟熙还有其他几个同学一起去他们家。

到了她家后，因为外面下雪，大家也没有怎么逛。聊了一会儿天后，就用Alexia家里的蔬果做沙拉。

钟熙坐在有遮挡物的院子里处理薄荷叶，Alexia坐在她身边削苹果。

“嘿，亲爱的，谢谢你给我带的礼物，不过出去玩怎么没看到你发照片？”

钟熙皱了皱鼻子，忍不住跟她诉苦：“我很惨，刚下飞机就丢了手机，买了新手机后还没有下回那些软件。”

Alexia同情地将头靠在她的肩膀上：“真倒霉。”

不过这确实提醒了钟熙，后天就要开学，她确实得把社交软件安装回来。

钟熙把碗放到一边，开始下载软件，两个人又聊起开学之后的几门考试。

钟熙打开聊天软件，发现自己这十来天收到了不少信息，她顺着头像一路翻过去。Alexia凑在旁边看，有些信息是中文，她因为看不懂，所以格外感兴趣。

不过她很快就察觉到钟熙滑动屏幕的手指突然顿住了，于是问她：“怎么了？”

钟熙摇了摇头，只是看着江恪之给她发的信息。

其实只有三条。

Alexia一眼看到了对话框上的名字，又看了看钟熙的表情。

“哦，你们相处得很好啊。”

Alexia之前有遇到过钟熙和江恪之周末逛老×爷，知道他们的关系。

钟熙想了想这个问题，相处得很好吗？好像是挺好的。

“我也不知道。”她盯着他给自己发的最后一条信息说道。

Alexia前段时间和江恪之的同学玩过，她想到了什么，于是随后问钟熙：“所以，你的江真的不能坐飞机？”

钟熙却在这时突然回头看她。

“谁说的，他不能坐飞机？”

Alexia没想到钟熙是这个反应，她以为他们这次是一起出去玩的。

“是他的同学Baron告诉我的，我和Baron玩过几次，”她冲钟熙笑笑，“Baron说他们来的时候都是坐飞机，只有你的江是坐欧洲之星的高铁，据说他的父母是飞机事故去世的，这是真的吗？”

钟熙看着Alexia一张一合的嘴唇，陷入了迷茫，眼前浮现出江恪之那晚拒绝她时的神情。

“我不知道。”她对Alexia说。

钟熙其实一点儿也不喜欢这种感觉，不清不楚的，让她一点儿都不舒服。

吃完饭以后，大家商量着在客厅看电影，钟熙又看了一眼手机上江恪之的留言。

“圣诞快乐。”

“什么时候回来？”

“我想你了。”

最后一条是新年发的。她看着最后这三个字，心动的同时，又有点儿生气。

可她到底在气什么啊？好烦。

钟熙握紧了手机，在位子上纠结了好久，最后还是站起身来。

她搂过 Alexia 的脖子，抱歉地亲了亲对方的脸颊。

“对不起，我今晚没办法住你家了，我有件事想要搞清楚，开学我请你吃饭补回今天好吗？”

Alexia 大致猜到了什么，甚至好心地让自己的哥哥把钟熙送到学校宿舍，这附近根本打不到车。

下车的时候，天已经很晚了。钟熙让 Alexia 的哥哥路上开车小心后，就往江恪之的宿舍走。他们在一起后，就很少来这里了，她是凭着记忆找到了他住的地方。

钟熙敲了好一会儿门，才有人开门，是江恪之的室友，他正戴着耳机打游戏。

他告诉她，江恪之很早就出去了。

钟熙闻言点点头，拿出手机想要给江恪之打电话，这时才发现这个新手机里根本没有他的手机号码。

钟熙叹了一口气，打开聊天软件，再次点开那个白色头像。

“你在哪里？”

点击发送的时候，钟熙觉得这好像没有自己想中的那么难。

她等了一会儿，发现信息还没有变成已读，打算先回家再说。天儿实在太冷了，她的手都要冻僵了。

下着雪，她戴上帽子往自己家的方向走。天空逐渐变成浓郁的蓝色，街道两旁梧桐树上的树叶早已脱落，盏盏路灯发出暖黄的光，一切都透着冬日的倦意。

不知道走了多久，快到家的时候，钟熙的身体已经有些热了。

钟熙一边找钥匙，一边往家的方向看过去，脚步却顿住了。

她看到昏黄色的一盏路灯下，一个颀长的身影正倚靠在她家门前。

雪花不知方向地飘在空中，钟熙隔着不算远的距离，看到他灰色的大衣肩膀处已经有些湿了。

门框不够高，所以他低着头，钟熙看不到他的表情。

她不自觉地皱起眉头，一步一步地走过去。江恪之是不是笨啊，明知道备用钥匙就在花盆下面，不知道自己进去吗？

大概是听到了脚步声，江恪之从漫天的雪花中抬头。有几片就这样停在他的睫毛上，但他眼睛眨也不眨地只是看着走过来的钟熙。

钟熙站到他面前，面无表情地拍掉他肩头的雪花：“你站这里是在演圣诞老人吗？不冷吗？”

江恪之垂眸看着她，眼底纷杂的情绪早已无迹可寻，他对她笑了一下。

“圣诞节已经过去了。”他对她说。

钟熙抑制住心底的心动，恶人先告状：“你就不会发短信或者打电话吗？你在别的地方给我发消息我都没有看见。”

江恪之将钟熙拉回屋檐下，沉默了几秒。

“你跟我说过打电话和发短信很老土。”

钟熙忍不住瞪了他一眼：“记性真好。”

她开了门之后，把江恪之拽进来。

两个人回到了温暖的室内，神情都有些不自然。

“你不能坐飞机的事儿为什么不告诉我？”

江恪注视着她，内心想着：因为你没有问啊，你不问的话，我会以为你不想知道。

通常他在说一句话前，一定在心里已经辗转无数次。可是钟熙这段时间的漠然竟然让他迟钝地得到了一些慰藉——她是在意的。

他将她小小的手包在掌心里，低语：“以后，你想不想知道，我都会讲，好不好？”

两个人之后像是恢复了之前的相处模式，钟熙在Alexia家没有吃饱，想出去吃东西，江恪之说给她做千层面，很快就好。

钟熙站在料理台看着他。其实她还是有些不懂，最后憋不住问道：“说真的，你告诉我原因的话，我们可以去不用坐飞机的地方玩啊，再或者，我一个人坐飞机到那里先玩，你再乘高铁过去。解决的办法有很多，不是吗？”

江恪之将盘子放到桌子上，目光沉沉地看着她。

“因为我不想你为我做出改变。”他对她说。

钟熙对上他的目光，不解地摇了摇头。

她不明白，这是原则上的改变吗？

“那假如我愿意呢？”她问。

江恪之闻言，有些失神。他伸手抚上她的脸，像是在思考她的话，又像是在想其他的事。

钟熙被他看得有些不好意思，许久听到他低沉的声音。

“你愿意？”江恪之看着她，淡淡地开口，“大概是因为我喜欢你，所以不想你为任何人改变。”

钟熙倏地抬起头。他温热的呼吸就这样拂过她的脸，她感觉到整颗心脏都在不稳定地跳动。

“你这是，在和我表白？”这超出她的预期。

江恪之毫不掩饰眼底的情绪：“是，我想要你一直和我在一起。”

“可是，我们这两个月一直在一起啊。”

“不一样，你知道我的意思。”他沉沉的目光落在她的脸上。

钟熙想说自己不知道。但她只是望着江恪之，迟迟没有吭声。就在这一秒钟，理智让位感性。江恪之覆在她脸上的手好烫，几乎让她无法思考了。这滚烫的热度让她忘记他几个月后就要离开的事，忘记自己根本不可能谈异国恋，脑海里有个声音不断地在说：答应他，等到他走的时候再戒掉，到时再说就好。

江恪之忽视胸膛的热意，只是紧盯着她，等待她的回答。

“好。”她说。

那就在一起好了。

临近江恪之离开的日子，正好是钟熙的小组作业最繁重的时候。

江恪之的行李已经差不多收拾好，各种证明盖好章，他就可以离开了。车票他还没有买，但大致定在这个星期日，没有办法再拖了。

钟熙做完作业，从同学家回来时已经是晚上七点。到家的时候，江恪之正躺在床上看她的书。

钟熙望向他，他们这几个月相处得很好，但这几天她总是会想很多比如江恪之打算什么时候说分手呢？不会等到他回去的那天吧。他们一直没有聊过他要走的这个话题，但她还是很矛盾——她要去车站送他吗？然后送他的那一刻果断地说分手？

还是说，江恪之打算维持他一贯的绅士作风，等着她来开口？

谈恋爱的麻烦之处在这时候就体现出来了。

江恪之见钟熙回来，拉开被子的一角，示意她坐过来。

钟熙走过去，江恪之把她的手放在掌心里焐热。

“手有些冷。晚上有没有吃饱？”

春天了，她的手哪里冷了？她不知道江恪之是不是年纪轻轻就有给人当爹的爱好，之前她在吃上没那么讲究，但最近嘴好像被他喂挑了。

“我不是给你回信息了？在同学家吃过了。”钟熙在床边坐下，随口回道。

“嗯。”

钟熙若无其事地看着他，犹豫着要不要现在开口。

江恪之像是察觉到她的目光，一点儿一点儿地将她拉进自己的怀里，随后望着她的眼睛，吻上了她的嘴唇。

“有事要和我说？”他注视着钟熙每一个细微的表情，低声询问。

钟熙盯着他看了很久，突然脱口而出一句：“要不你别回去了吧？这里的商学院也很好的。”

江恪之看着她，过了好几秒，他摸了摸她的头发，说：“我回去是要答辩的。”

钟熙点点头。她转过身，不知道自己刚刚在犯什么蠢。

“也是，那……我们只能——”她说得有些慢，“分手”这两个字不该那么难说出口的啊。

江恪之突然从背后环抱住她。

“钟熙。”他叫她的名字。

钟熙感受着这个怀抱的温度，低下头有些别扭地开口：“干吗？你搂得好紧。”

江恪之并没有松开她，只是说：“我走之后，要尽快把冰箱里的蔬菜吃掉，生鲜在下面，也要尽快吃，知道吗？”

他低沉的声音传进她的耳朵里，她心里感到一阵酸涩。她想说那就不用你管了，但她也只是哦了一声。

钟熙讨厌厨房，觉得做饭浪费她做作业的时间，学校的饭很不错，她很喜欢吃那里的帕尼尼。等江恪之走了，她就在学校解决伙食就好。

气氛有些沉闷，钟熙一点儿也不喜欢拖拖拉拉。她在他怀里安静地待了一会儿，突然摊开手。一月的时候，她把备用钥匙给了他，现在也该要回来了。

就在她犹豫着开口的时候，她感觉到江恪之又将她搂紧了一点儿。

“不过没关系。”他将下巴搭在她的肩窝上，语气极度温柔，“以后我会每个星期都来找你，周末给你做饭。”

他的嘴唇有些干燥，说话的时候碰到钟熙颈部的肌肤，她的身体也变得僵硬。

过了好久，她才挣开他的怀抱转过身。两个人目光对上，她察觉到江恪之视线里的不安——他也在害怕吗？

“每周都来找我？”钟熙的心因为江恪之的话跳得异常快。她想说点儿什么，但是她忍不住想起自己在国内的前男友。他们当时也说好会每天联系，但他们都没有做到。奇怪的是，她为什么会相信江恪之呢？

两个人面对面，江恪之握住她的肩膀，目光越发坚毅笃定。

“现在，从L城到P城的列车只要两个小时十五分钟，见面一点儿也不难，只要你相信我。”

钟熙双手攥在一起，眉头也皱着，思绪在天人交战：“可是，每周都这样，你总有一天会烦、会累的……”

“你不是我，钟熙。”江恪之看着她，安抚着她，“只要你想见到我，我就不会累。”

“你什么都不用做，”他凝视着她，“只要告诉我你想，给我一点儿信心。”

钟熙心情复杂地看着他，她感觉到胸口因为他的话在发烫。这一刻她才知道，她一点儿也不想和他结束关系。

最后，她终于认命地搂住江恪之的脖子。

“好吧，我也想。”钟熙将脸埋在他的肩膀上，许久才说吸了吸鼻子，“还有，我也可以去找你。”

江恪之紧绷的身体因为她的这个拥抱终于有所松动。他闭上眼睛，回抱着她。

“好。”

钟熙感受着江恪之的气息，她知道自己做下这个决定可能有些冲动，似乎面对江恪之，她总是冲动。

不过没关系，她还年轻，还有勇气接受未知的一切。至少此时此刻，她只想紧紧抱住眼前这个人。

番外二

春夏秋冬

钟熙和江恪之复合之后的一天晚上，她躺在他的怀里，不知怎么就想起了过年前偶遇他和他同事的事，于是在他的胸膛里抬起头。

“早知道上次就不要那么老实地跟他们说我们分手了……”

江恪之不明就里地垂眸望着她。被这样深邃的目光盯着，她没忍住又凑过去亲了他一下，笑着说：“现在我们一和好，就都变成吃回头草的人了。”

钟熙话是这样说，实际上她也没有那么在意，她几乎第一时间就把他们和好的事情告诉了助理。

江恪之闻言，倒是没有说什么，只是收紧了这个怀抱。

“顺其自然就好。”江恪之说。

重新在一起这件事情，他们没有刻意和别人说过，但也没有谈地下情的意思。

某天中午，钟熙的会开到接近一点，饭还没有吃上，江恪之过来给她送午餐。

钟熙站在电梯口接他的时候，正好被公司的几个同事撞到。

几人面面相觑，她正打算开口，就听到电梯里已经有好心人替他们“解释”。

“你们是没听说吗？钟总和江总已经分手了，现在就是好朋友。钟总，对吧？！”

等到电梯门关上，钟熙目瞪口呆地抬头看着江恪之。她晃了晃两个人牵着的手，问道：“我是不是落伍了，这年头还有十指相扣的好朋友吗？”

江恪之被她这个难以置信的神情逗笑了，无所谓地说：“可能。”

两个人进了钟熙的办公室后，江恪之把几个饭盒一一打开。

钟熙坐下，还在想刚刚的事，忍不住问江恪之：“你说，我们现在是不是在他们面前热吻，他们还会以为我们只是朋友啊？”

江恪之将餐具用热水烫了一下：“那……应该不会。”

他们又不是他的助理胡诚。

“我觉得至于，你能相信去年平安夜你强吻我，一堆人觉得你是为了恶心我、报复我吗？你说他们是怎么想的？这是正常人类会有的思维吗？”

钟熙随口说道，又想起卢倩跟她转述的江恪之闯进她办公室找她的那件事儿，道：“这些人怎么回事啊，怎么一点儿新媒体人该有的敏锐嗅觉都没有？”

她话说完，半天没有听到江恪之的回应，于是看向他。

她看到江恪之将筷子递向她，不过他头微微地低着，并没有看她。

钟熙没有接筷子，故意凑近他：“你干吗这副表情？我说你强吻我那件事儿，你害羞了吗？”

“我没有。”江恪之没有看她，身子向后仰，躲避她直白的目光。

“先吃饭。”他说。

“哦。”钟熙倏地笑了。

江恪之转移话题的模样还是一如既往地生硬，没有一点儿长进。

一段时间过后，他们复合的事还是被走得比较近的同事们发现了，看来他们也并不完全是傻子呢。

于是，在一次聚会上，两个人不幸地被起哄。

大家酒喝得正兴奋的时候，不知道谁问两个人初次见面是什么时候。

因为江恪之在，钟熙喝了不少酒，人已经不是那么清醒，从刚刚开始就只知道傻笑。

江恪之更加不会搭理他们了，他很清楚，只要给一点儿反应，这些人就会无限度地问下去，没完没了。

就在他打算冷处理的时候，已经有些喝高了的胡诚忙抢着回答。

“我知道，这个问题你们问我啊……我们江总他在……”他在众人的起哄声中大着舌头地说着话。

江恪之扶着额，听着胡诚添油加醋的故事，严重怀疑自己把胡诚留到现在是在海上待久了，脑子里进了水。

胡诚因为酒意，口齿不太清晰。钟熙眼睛眨也不眨地看着他，意识也渐渐回笼。

其实，在这之前，她一直以为江恪之对自己的第一印象是她吻错人的那一次。

她侧头望向江恪之，双眼因为醉意透着水汽，看起来湿漉漉的。

因为一会儿还要开车，江恪之一直喝的温水，所以这一刻格外清醒，而她的注视让他的目光有些闪烁，但那句“他说的不是真的”怎么也没有说出口。

最后，他决定忽略周围人的调笑，将钟熙拉起来：“她明天还要早起，我们先回去了。”

“别走啊，江总！”

“就是啊，我们还想听呢……”

…………

此时此刻，钟熙静静地坐在副驾驶座上。

江恪之握着方向盘，不知道应该说点儿什么。

钟熙回神一般“啊”地尖叫了一声。

这是江恪之完全没有料到的反应，刚才的尴尬瞬间被他抛向脑后，他皱着眉头问道：“是不是胃难受？”

钟熙后知后觉地问：“胡诚说的不是真的吧？他一定是编的，对不对？”

江恪之没明白她突如其来的问题，见她的脸皱成一团，只是问：“是不是想吐？”

钟熙已经完全听不到江恪之的话，她沉浸在胡诚描述的那个令人羞耻的画面里……

“我的人生里就不可能做出过这么缺头脑的事，胡诚一定在造谣我。”

江恪之见她急匆匆地从包里掏出手机，摸了摸她的脸，低声问：“你要做什么？”

他发觉自己有时候完全不懂自己的女朋友……

钟熙抬起头，一脸痛苦地看着他：“我要查查B市的空气质量……”说完，她捂着脸扑进江恪之的怀里，“你说我以前真的做过这么傻的事吗？我不信……”

这是江恪之第一次看到钟熙备受打击的模样，她看起来就快要哭了，还是因为这种事情……

虽然无法理解，但江恪之还是伸出手试图安抚她，只是钟熙很快挣开了他的怀抱。

她手忙脚乱地打开手机“天气”那一栏，嘴里喃喃道：“我现在就要来看看空气质量，一定是‘优’……”

车灯闪烁，江恪之无奈地安慰着醉酒的爱人，一直到钟熙终于闭上眼睛躺在座椅上，他才驱车回到他们的家。

周五的傍晚，钟熙在外面收拾餐桌，对着厨房的方向说话：“我们‘五一’假期出去玩吧？”

江恪之在厨房做菜，油烟机从昨天开始就有些失灵，厨房的油烟味夹杂着青椒的辣呛得他忍不住咳嗽。

“你讲什么？”他没听清钟熙的话，关掉火。

这是他们在一起的第三个春天，两个人虽然偶尔趁着周末出门闲逛，但在外游玩超过三天的次数屈指可数。

吃饭的时候，钟熙说这次怎么也要在外面待够十天才行，她好久没休假了。

江恪之问：“你想好要去哪里了？”

钟熙点头：“我们上次不是看了电影《花样年华》吗？看完有点儿想去柬城。”

“可以，不过我记得你看到一半睡着了。”江恪之看了她一眼，又给她夹了一块牛肉。前阵子她出差，吃了当地的小炒牛肉，回来后就一直缠着他让他做。

钟熙轻咳一声：“但结尾的时候我又醒过来了。”她伸出左手去戳了戳江恪之的脸，“我想知道是不是在那个石窟里深呼吸，真的能听见自己的心跳声，你不好奇吗？”

江恪之早已习惯她这些戳戳碰碰的小动作了，头都没有偏一下。

他下午喝了咖啡，现在还不是很饿，吃了几口就放下了筷子。

“不好奇，”他擦了擦嘴后说，“在这里也可以听见心跳声。”

“是吗？”钟熙闻言来了兴趣，筷子都没放下，就要凑过去听他的心跳声。

江恪之开始后悔自己的多言：“我收回，去那里再听。”

其实想去听心跳声只是钟熙随口找的一个理由，主要的原因还是去东南亚坐船很方便。

江恪之前说过可以和她一起坐飞机，他已经没有那么排斥了，但她还是认为他没有必要为难自己，又不是那么迫切。

只是，临行前的一通电话还是让这次的旅行计划出现变数。

江恪之接到电话的时候是夜里两点钟，他离开床的动作很轻，但钟熙还是醒了。

她直觉江恪之这通电话打了好久，等到他再度回到床上，她眯着眼睛出声："谁这个点打来的电话？"

江恪之默不作声，只是抱着她将头埋进她的颈窝，他的身体还带着一丝午夜的凉气。

"怎么了？"钟熙察觉到他的不对劲。

江恪之盯着他看了好久，再开口时声音异常低沉："钟熙，我们可能去不了东南亚了。"

借着月光，钟熙对上江恪之的眼睛。

"发生什么事情了吗？"她关切地问。

江恪之只是注视着她，说："我奶奶去世了。"

"对不起，"他捧住她的脸，略带歉意地说，"我知道你很期待这次旅行。"

钟熙的眉头蹙起来："你在说什么傻话，去英国的机票买了吗？"

江恪之嗯了一声："已经买了十点的机票，还可以再睡一会儿。"

过了几秒，他疲惫地闭上了眼睛："陪我。"

"当然了。"钟熙听懂了他的意思，她握住他的手，他现在看起来情绪似乎很稳定。

"你还睡得着吗？"她问。

江恪之将她箍在怀里，半晌后她才听到他的声音："嗯，她是在睡梦里走的，没有痛苦，这样很好。"

这一夜，两个人都没有睡好。

第二天，坐在飞机上，江恪之看着舷窗外，地面离自己越来越遥远，发现自己好像没有想象中恐惧的感觉。

就是一种很陌生的感觉。

他牵着钟熙的手，依旧望着窗外："说不定早一点儿试试，也没有问题。"

钟熙故作轻松地笑了笑："那可不行，那我们岂不是没有机会流落到螃蟹岛了。"

机舱外的一切早已变得模糊。江恪之收回落向窗外的目光，握紧了钟熙的手："也是。"

这是江恪之时隔近二十年直面死亡，最亲近的人的离世，让他再度意识到生老病死是他无法左右的事。但是，在这之前，他会把这双手握得再紧、再久一点儿。

国庆节，钟熙被江恪之拉着去做了全身体检。之后，她陪秦悦去法国购物，江恪之出差。两个人有一周没有见到面，不过每天都有视频通话。

和江恪之出差的一行人因为昨晚喝多了酒，都改了下午的高铁票回 A 市，江恪之依旧还是早上回去。

江恪之看了一眼手表，现在是早上七点。

几个小时前他刚和钟熙打过电话，那个时候她正在候机。秦悦留在法国的朋友家里，但她还得上班，于是提前回国，再过几个小时应该也要到 A 市了。

车不是很好打，因为离高铁站不远，江恪之拉着行李箱步行过去。

沿途的早餐店门口冒着热气。江恪之走了一会儿，路过当地的一所高校。校门口的梧桐树下站着不少看起来青葱稚嫩的大学生，每个人的手里都拿着点儿东西。

这个点，天色依旧是深深的蓝色，太阳还没有升起来，街上的人并不多。

很快，一个扎着马尾的女孩儿往江恪之的方向跑过来。

她将手机递过来，鼓起勇气问："可以吗？"

江恪之垂下眼，是添加微信好友的二维码。

"抱歉，"他神情未变，"我有女朋友。"

"啊，没关系。"女孩子摸了摸头，露出了一个不好意思的笑容。

在江恪之要走前，她热情地将另一只手上的信封拿出来一份："再过两天是世界邮政日，我们正在发这个，你可以给你的女朋友写信的。"

江恪之因为她的这个提议有一刹那的愣神。

"收下吧。"对方将信封放到他的行李箱上，而后笑嘻嘻地跑回同伴身边。

江恪之望着信封，低声说了句"谢谢"。

坐在高铁上，车厢很安静，江恪之靠在椅背上闭目养神。

过了好一会儿，他感觉到眼前有隐隐的光亮，眼皮传来一阵热意。他睁开眼睛，天光正逐渐拉开帷幕。

江恪之望着天空，头顶的橙红色像极了跟钟熙和好后的那个早上。

独自看日出的次数很多，那一天是他第一次同人分享一个清晨。

钟熙，她现在在做什么？在飞机上是睡着还是睁着眼睛？

江恪之安静地想象着，又想起行李箱的那个信封，最后，他不知道出于什么目的地将它拿了出来。

钟熙：

如果你收到这封信，大概会对我给你写信这件事情感到莫名其妙。

我现在坐在回A市的高铁上。

这是今天最早一班的高铁，你现在应该还在睡觉。

我现在独自看着窗外的日出，想起了我去机场找你后的那个早晨，一切都很像，除了你不在我身边。

刚刚路过一所学校，门口有年轻的学生在发邮票和信封，我才知道原来后天是世界邮政日。

如果你在，应该会很感兴趣。

你可以写信的对象很多，我猜，你会给你的妈妈写。又或者，有那么一点儿可能，你会选择我。

笔落到这里，我已经知道我不会把这封信交给你。

钟熙，我从来没有对你说过，你有时候把我想得过于完美。

你说我对你很好，其实只是因为我想而已。看到你高兴，我的心情会很好，所以本质上也只是我的自我满足。

还有，我不想让你离开我。

每当你用看正人君子的目光看着我，都会让我怀疑，我是不是如你想象的那样。

可以说吗？最近我已经有变坏的趋势，不知道为什么，看到你为我担心、生气，我就会很高兴。

不过不能太频繁，我怕我会沉溺在这种感觉里。

又或者，有一天，你会感到厌烦。

钟熙，和我在一起的时间里，你感到过厌倦吗？

面对你时，我是不会问出口的。因为我知道，哪怕有一秒钟让你有过这样的感觉，这样的答案我都无法接受。

因为，跟你在一起，我从未厌烦过。

只要你在我身边。

之前你问我，我最快乐的时光是什么时候，那时候我没有回答你。

你在我身边时，我从没有想过这个问题。只是几天前，车经过一座不知名的岛屿，我想起我们被困在荒岛的那段时间。

那里什么人也没有，你的身边只有我，你只能依赖我，被你依赖让我感到很有安全感。

现在也很好，你在我身边最好。不过那时候，早上我跑完步，回来给你做海鲜粥，没有人来打扰，你也不会离开我，那样的日子我很喜欢，虽然没到怀念的程度。

但我知道，你不喜欢，你喜欢热闹。

不过没办法了，你喜欢热闹，也只能跟我这样的人在一起了。

奶奶去世的时候，你说你希望我可以更爱自己，对自己好一点儿，我有试着做，所以更加不会放开你。

应该更早一点儿这样的，不过人生无法回头。钟熙，我已经不打算再遗憾当初没有抓住你这件事情了。

所以，就算未来有一天，你告诉我你感到无聊，想分开，我也不会松开你的手。

我这样说，你还会觉得我是你心中完美的那个人吗？

不过没关系，我不会把这封信交给你。

假如会让你失望，现在的我可能还没有办法接受。

高铁就要到站了，我很快就会见到你。

我很想你。

钟熙的航班晚点了一个小时，江恪之在接机口安静地等待。

其间，他接了一个电话。电话挂断的时候，一双温热的手从背后抱住他，带着秋日午后的暖意。

钟熙用脸颊去蹭江恪之的背："好想你啊，等很久了吗？"

江恪之握住腰间的那双手，转身将她抱进怀里。

"没有。"

元旦前，钟熙和江恪之一起休了年假，去了先前因江恪之祖母去世而没能去成的柬城。

不过到了柬城后，钟熙并没有按照几个月前的计划去石窟里听心跳声，她想让江恪之带自己去海上兜风。

江恪之没想到她连游艇都提前租好了，一切准备得如此齐全。在这之前，他从没有觉得她对海有多么热衷。

“兜风，你确定？”江恪之问道。

钟熙拉着他去检查游艇：“当然确定了，你看，我连食物都已经让老板提前准备好了。”

江恪之自然也就没什么好说的了。

检查完毕以后，两个人登上了游艇。

江恪之坐在驾驶舱内，看到了钟熙计划的目的地。

她给他展示手机上的地图：“这里，你能找到吗？”

江恪之看了一眼后，就收回了目光：“你太高估我。”

“你找不到，我也不会对你失望的。”

江恪之没说话，最近钟熙真是不管说什么话都能以“不会对你失望”收尾。

他驾驶着游艇，目光偶尔投向地图上的目的地，越发感到熟悉，心里有个念头一闪而过。

等钟熙坐回他身边，他终于开口：“目的地是螃蟹岛？”

钟熙被晒得口渴，抱着一个椰子喝了几口，才说：“你好迟钝，怎么现在才发现？”

江恪之没有看她，只是问：“为什么？”

钟熙惬意地感受着海风，过了好一会儿才轻声说：“你不是说，在这里的日子你很喜欢，我以为你会很想来。”

信，被她看到了。

“嗯，”江恪之依旧注视着前方，努力让身体没那么僵硬，“所以是为了我？”

钟熙看着眼前这张看似沉着的脸，想从他身上看出点儿什么真难。

“对啊。”她没有提起那封信，只是看着他的脸，“但是，和我重温旧梦，你看起来好像也没有很高兴？”

“没有，”江恪之说，“我很高兴。”

…………

不过想象总是美好的，螃蟹岛也不是那么容易就能再次“流落”的，钟熙眼看着游艇往她越来越陌生的地方驶去。

“感觉不对劲，螃蟹岛是两边都有岛的，后面还有树林，怎么这周围完全看不到树？”

江恪之无法回答她的问题，神情变得有些尴尬。

最后，两个人只好妥协着将游艇停到了岸边，幸运的是这一次，天气非常好。他们打算在这里待一晚上，第二天再原路返回。

江恪之看出钟熙的失望，握着她的手说：“这里也很好。”

很多事情，想一想已经很好，不一定真的要做。

钟熙环顾四周，很快，这座未知小岛带来的新鲜感驱散了一切遗憾。

一回生二回熟，这一次，钟熙完全没有几年前初到螃蟹岛上的狼狈。

钟熙说想吃鲜鱼饺子，所以去了海边叉鱼。江恪之在离她不远的地方和面，她竟然连面粉都准备好了。

等到饺子入锅的时候，钟熙支着下巴，看着江恪之为自己忙碌的身影。

明明已经吃了四年他做的菜，但她看着锅里卖相精致的饺子们，还是开口道：“你的厨艺真好。”

“在国外的时候经常做饭。”江恪之说完，看了她一眼，示意她接一碗凉水过来。

钟熙把凉水倒进沸腾的锅里，说道：“我在国外就没练成。”

“你不做饭。”江恪之低头找醋，钟熙吃饺子一定要蘸醋。

钟熙反驳道："谁说的？我做的。"

"做什么？"

钟熙想了想说："我把超市买来的比萨放进烤箱……"

江恪之摸了摸她的脸，笑了。

"你手上有面粉！"钟熙嘴上这样说，但还是站在原地，并没有动。

"没有，"江恪之将手伸到她面前，"洗干净了。"

两个人吃完饺子以后，一起坐在岸边看月亮。

胃得到满足以后，钟熙心情愉悦。

"你说，我们要是早点儿勾搭上，我是不是就可以早点儿吃你做的饭了？"她随口说道。

她一讲完话，就猜到以江恪之的风格，一定会说为什么用"勾搭"这么难听的词，又或者说，他不会回答假设性的问题。他一贯如此。

结果，他只是低低地嗯了一声。

江恪之的眼神看起来平静而真挚："每天都给你做。"

钟熙将下巴垫在他的肩头，想了想说："不过其实也吃不了多久，因为你到我们那里本来就是来交流的，时间一到，你就得回英国了。"

两个人挨得很近，江恪之嗯了一声，仍旧用那样灼热的目光深深地注视着她，低声道："那样也没事，等我回去以后，每个星期五晚上再去找你，给你做饭。"

钟熙因为他的话露出了笑容，顺着江恪之的话想象着："这么好啊，那这样的话呢，一开始应该是热恋期，不过时间久了，我们可能也会像其他大学生一样因为各种小事情冷战，我那时候就很骄傲，应该也不会哄你——"

江恪之打断了她的话："没关系，我会哄你。"

海风拂过，钟熙望着眼前的这个人，就好像他们口中的这些场景在某个平行的时空里真的发生过，或者正在发生着。

“你这么爱我啊？”

“对，”四周除了海浪的声音，什么也听不到，江恪之用拇指摩挲着钟熙的面颊，神情温柔，“很爱你。”

钟熙目不转睛地凝视着江恪之，海上的月亮见证着一切。

“我也是。”

“是什么？”

“很爱你。”